La vie ripolin

DU MÊME AUTEUR

A bulletins rouges, Gallimard, 1973.
Billy-Ze-Kick, Gallimard, 1974. Mazarine, 1980.
Mister Love, Denoël, 1977.
Typhon Gazoline, Jean Goujon, 1978.
Bloody-Mary, Mazarine, 1979. Prix Fictions 1979.
Prix Mystère de la Critique 1980.
Groom, Mazarine, 1980.
Canicule, Mazarine, 1982.
Patchwork, (nouvelles) Mazarine, 1983.
Prix des Deux Magots 1983.
Baby Boom, (nouvelles) Mazarine, 1985.
Prix Goncourt de la Nouvelle 1986.

75, rue des Saint-Pères, Paris VIe.

Jean VAUTRIN

La vie ripolin

roman

MAZARINE

« Sie leben in einer Welt für sich. »
(Ils vivent dans un monde à eux.)
BLEULER, 1911.

« Je cherche une goutte de pluie qui vient de tomber dans la mer. »
Jules SUPERVIELLE.

A fils Mathias,
passionnément.

J'aimerais commencer ce livre en vous disant : Il était une fois un homme qui avait quatre cent deux milliards huit cent cinquante mille sept cent trente-sept mots à prononcer avant de mourir. Mais je serais un fameux menteur.

J'aimerais pouvoir vous dire : Je vais vous parler d'un héros qui marche à reculons pour rencontrer les imbéciles à rebours. Mais on ne recule que dans les grandes occasions.

J'aimerais vous persuader que nous dérivons sur un lit, au milieu d'un océan de Martini et de glaçons en cubes. Que la situation est désespérée et que nous approchons de l'équateur. Mais vous ne m'écouteriez pas.

J'aimerais pourtant tellement vous faire croire qu'il y a deux nains japonais posés sur votre épaule. Que si vous comptez jusqu'à trois mille sept cent quarante-deux sans demander à boire, vous aurez droit à huit jours dans un Eldorador sur la Lune.

J'aimerais aussi vous persuader que j'ai été brise-glaces dans la flotte soviétique, shaker au Crillon ou humidificateur dans un coffret de cigares de La Havane. Mais ça ne changerait rien à l'affaire. Vous me prendriez pour un fumiste alarmant.

Ce qui compte finalement, c'est votre grande pureté. C'est que vous ayez les yeux bleu pâle, que vous aimiez les jeunes zigues et qu'un jour vous ayez tenu un cerf-volant par la queue.

Brrr. Le Petit Chaperon Rouge est mort. Comme le temps passe.

J'aurai, tout au long de ce livre de sauvetage écrit au bord des autoroutes, suffisamment l'opportunité de vous expliquer quelle catégorie de fuite devant le réel est celle de Charlie Floche pour que vous vous contentiez, à la deuxième page, d'informations laconiques à son sujet.

Vouloir à toute force raconter une vie tombée sur le carrelage, perdue dans les miettes du temps et de la géographie, est une entreprise ahurissante. Parfois, j'ai peur qu'elle soit au-dessus de mes capacités. Mais, après tout, même la science est un à peu près. Quel type en blouse blanche peut se vanter d'avoir jamais enfermé dans une éprouvette le sourire d'une femme, l'astuce d'un enfant, la beauté d'un athlète ou la justesse d'une idée? Franchement, est-ce qu'on dose la lumière d'un paysage, la perfection d'une fleur ou l'horreur de la guerre? Autant d'approximations miraculeuses ou révoltantes qui m'encouragent à penser que, selon toute logique, le meilleur du bon est aussi l'affreux du pire.

A peine sec du premier cri, le petit mammifère de l'homme n'a pas le choix. Catégorie économique ou première classe, il est sur un manège. Il essaie de tirer la queue du Mickey. Ça monte et ça descend. La course à la partie gratuite commence. Tant pis si la musique de foire est un peu forte. Tant pis s'il est monté sur un âne. Son instinct lui conseille de se dresser sur les étriers. D'aller le plus haut possible. L'ambition et l'amour sont les deux tropismes de l'homme.

Charlie a toujours eu le bras en l'air et la main ouverte. Au jeu de la vie ripolin, il est incorrigible.

Pénétrons chez lui.

La maison Floche est située dans un village du Hurepoix et j'en tairai le nom. Elle est située au bord d'une rue unique, ceinte de grilles noires et ourlées de marronniers. Un jardin la baigne de verdure, aquarium sur toutes ses faces. Pas d'ordre. Pas de jardinier. Les choses de la nature vont comme elles veulent aller. Troènes sur le devant. La boîte aux lettres ne ferme pas.

Abritée par une véranda, l'entrée est desservie par une volée de cinq marches à balustre de ferronnerie. Derrière la bâtisse, le jardin, centré par une pelouse, descend à la rencontre d'un bras de rivière paresseux. Herbes et limons, la Rémarde s'enlise de ce côté-ci du bief, prise au piège des arbres et des rives. Arrive-t-on sans trop de bruit qu'on dérange une poule d'eau qui court, affolée, vers son repaire de brindilles ou un rat musqué qui plonge vers son terrier à double entrée.

Au bout d'un petit pont, une île inondable en période de crue apporte sous son tapis d'orties une nuance vénéneuse. Personne ne foule jamais son territoire urticant et, si d'aventure un étranger s'y risquait, le moindre de ses pas s'y imprimerait comme une grave inconvenance.

Ultime défense naturelle, par-delà une ligne de trembles, sirote et rebondit sur un lit de cailloux le second bras de la rivière.

Plus loin encore, la commune s'élève jusqu'au plateau beauceron dont la terre agricole, avant de s'accroupir dans les blés pour gagner Ablis sur le plat, garde quelques velléités de collines et de vallons.

La maison Floche, j'y reviens, est d'obédience strictement bourgeoise.

Même si dans les faits elle admet son déclin – un tantinet décrépie, il est vrai – elle reste garante d'une majesté bourrue de riche campagnarde du XIXᵉ. Élevée à quatre niveaux, portant gilet de briques rouges en façade, elle s'honore d'un vaste toit d'ardoise à quatre pans, flanqué de monumentales cheminées. Avec ça, trois œils-de-bœuf sur le devant, autant côté rivière, elle a été en son temps le symbole de suffisamment de prestige pour que – dos aux marronniers – les noces en habits de fête s'y viennent faire immortaliser le physique et l'espoir, en groupes engoncés.

Sur ces clichés d'une autre époque, bobinettes apprêtées, gantés beurre frais, toilettés du guidon des moustaches au sous-pied de la guêtre, des messieurs à l'œil rigolard prêtaient un bras avantageux à des dames exigeantes, dont les pâleurs cachaient mal, au détour d'une moue, l'amertume conjugale des devoirs négligés.

Mais il y avait d'autres dessous.

On imagine bien qu'autant de renommée pour une simple maison de bourg n'allait pas sans raisons supplémentaires. La vérité est que le spécialiste des jeunes mariées, monsieur Eugène Borne, photoseur des familles, rue de Chartres à Dourdan, guignait la demeure pour sa fille. Il ne se lassait pas de la prendre sous tous les angles. Il la collectionnait en secret. La stockait par avance.

C'est que la foutue bâtisse avait des origines. Du solide, pas qu'un peu. Et même plus : du notable. On pourrait dire de l'historique. Elle avait été bâtie (comme une brique sculptée par la truelle d'un maçon anonyme en atteste à hauteur de portail) par le bottier de Napoléon III. Grâce à ses appuis illustres, l'honorable tire-botte de Sa Majesté Impériale était parvenu à faire débaucher à sa discrétion les ouvriers du baron Haussmann. C'est leur habileté à manipuler le moellon qu'il convient de célébrer si la maison possède ce degré de fierté qui n'échappe à personne. C'est à leur crédit qu'il faut porter cette harmonie qui s'en va nicher jusque dans l'encorbellement, jusque dans cette torchère à volutes ou dans ce grand escalier qui s'élance vers les étages, galbé de ferronnerie d'art. Tant il est vrai que l'avisé chausseur sachant chausser fut assez chanceux pour chasser demeure à son pied.

Mais n'en restons pas là. Plus tard, la maison devait en voir d'autres.

Elle passa tout d'abord aux mains d'un éminent praticien polonais du nom d'Ozer Minz. Issu d'une famille juive de stricte orthodoxie, ce dernier, bien qu'il ne pratiquât pas lui-même, avait une *ikhess* d'une grande pureté ou, si vous préférez, une généalogie des plus honorables.

Son grand-père, le rabbin Samuel Minz, était né en Russie dans la partie la plus misérable du ghetto de Schawli, petite localité lituanienne du gouvernement de Kovno. Il était un des meilleurs amis de son voisin, Yosef Kessel, le grand-père de l'illustre Jef, écrivain à tête de lion. Et c'est sur le conseil de Yosef que Samuel envoya son fils Heyele en Pologne, afin qu'il échappât aux tracasseries de l'administration tsariste et fît des études dignes de son intelligence précoce. Heyele eut un fils qui naquit à Hrubieszow et s'appela Ozer. Devenu médecin vers 1934, Ozer, pour se soustraire à la mégalomanie perverse de cet Autrichien qui se prenait pour un Allemand et commençait, en vertu d'une oiseuse théorie sur l'espace vital, à faire sécher son linge noir sur le manège de l'Europe, tendit la main en l'air et attrapa la queue du Mickey.

Or, voyez comme les choses se mettent : fraîchement débarqué en France, Ozer Minz, fléché en plein cœur par une goye un peu gourde, épousa, au grand dam de sa propre famille, Lucette Amélie Borne, fille d'Eugène Borne, photographe à Dourdan. Qu'on se rassure : des amours si soudaines et si déraisonnables pour la région et pour les mœurs devaient trouver une conclusion moins romantique.

En effet, Eugène Borne, voulant à tout prix faire le bonheur de sa fille, eut à cœur d'installer les jeunes gens dans du respectable. Il se trouve qu'à l'âge de sa retraite, il avait acquis la maison du bottier. Il la tenait d'héritiers peu scrupuleux du patrimoine, partis faire fortune en Algérie. Il en dota donc Lucette.

Cette dernière, élevée à la condition recommandable de femme de médecin, concrétisait l'inaccessible rêve de notable qu'avait entretenu son père tout au long de sa vie.

Las! Six ans plus tard, contrecoup prévisible de circonstances rédhibitoirement orientées d'est en ouest, Ozer et Lucette perdirent la queue du Mickey.

Quand l'injustice de la guerre frappe, elle dérègle tout. Sa brutalité même incline à parler au présent. Déguisé en Chat Botté, voici Hitler qui entre dans la maison du bottier. Il bouffe Mickey Mouse. Ozer et Lucette ont beau se cramponner au manège, ça monte et il y a du vent. Ils sont éjectés par la force centrifuge. En vertu d'une fatalité nauséabonde, ils tombent avec leurs deux enfants en Pologne et partent en fumée.

Fou de douleur, Eugène Borne à Dourdan se suicide au cinquantième de seconde devant son appareil à objectifs Zeiss pour avoir cru à l'acier Krupp. Clic-clac, les officiers de la Wehrmacht posent devant la maison. Zum wohl! Champagne! Ils glissent sur le parquet ciré en chantant *Lili Marlène*. Ils vident la cave. Mickey revient d'Amérique avec ses Craven « A » et son accent du Middle West. Il a une nouvelle queue. Des parachutistes anglais glissent sur le parquet ciré de la maison en chantant *It's a Long Way to Go*. Ils vident la cave. Le manège tourne. La France respire. On tond les femmes. On épure. On se photose en FFI sur pellicule Vérichrome. A cette époque, Charlie a onze ans. Quelque part en Bourgogne, plein été, il est saoul de vin de Chablis. Il danse la valse, enroulé dans un drapeau. Il se sent patriote. Une grenade dans sa poche. Son père en prison. C'est la vie ripolin. Du côté de Dourdan, un couple d'artistes attrape la queue du Mickey. La maison change de mains. Ça monte et ça descend. Le manège n'arrive pas à ralentir. Les artistes sont culbutés par des hôtesses de l'air, elles-mêmes culbutées par des stewards qui louent la queue du Mickey. Entre deux voyages vers la libre Amérique, ils installent des lignes téléphoniques pirates et font de l'agrandissement photo dans la buanderie. Quinze jours avant de mourir dans l'avion qui va s'écraser au-dessus des Açores avec Marcel Cerdan et Ginette Neveu à son bord, Camille Raffin, steward à Air France, découvre au grenier toute une série de plaques photographiques au bromure. Passionné de labo, il les tire sur papier mat. La vue de tous ces gandins en redingote lui inspire des larmes de joie. C'est son dernier fou rire. On est en 1949. Charlie a seize ans. Toujours niais, il vient de perdre son cristal à la sortie d'un ciné-club. Ce galop d'essai, limpide et bénévole, s'effectue debout contre une porte cochère, sur l'initiative affectueuse et inspirée d'une rousse Parisienne à queue de cheval. Pour Charlie, Josiane sera éternellement belle dans ses spartiates à lanières. C'est une nuit pleine d'étoiles à Auxerre, Yonne, et ils ont vu *Potemkine*.

Le lendemain, au cours de gymnastique du lycée de Saint-Cloud, une grande sauterelle de treize ans affublée d'un bloomer écarlate fera rire ses camarades. En remontant les élastiques de ce pantalon de zouave confectionné par elle-même, la jeune fille est capable d'étirer le vêtement au point d'y disparaître entièrement. Mais ses talents de clown s'arrêtent au pied de la corde lisse. Elle est incapable de s'y hisser. Elle s'en fait une gloire. Encore un zéro, mademoiselle Samothrace...

Samo s'en fout.

Elle relève sa bouche qui creuse des fossettes sous ses étonnants yeux bleus. Elle fait la grenouille. Encore un truc qu'elle réussit à la perfection. Son père est metteur en scène. Elle connaît Abel Gance et Jean Mercure. On l'appelle Samothrace parce qu'elle n'est pas manchote et que son prénom, c'est Victoire.

Victoire attend avec impatience l'heure du cours d'initiation au théâtre. Encore quatorze ans avant que Charlie ne l'épouse. Cet aprème, elle essaiera de sortir avec un quart d'heure d'avance pour rencontrer les garçons du collège. En 49, on n'en est pas encore à l'époque des enfants mixtes. Le manège tourne. Dans quinze ans, Samo jouera *Le Soulier de satin* chez Jean-Louis Barrault.

Là-dessus, Paul Claudel, petit-fils du Paul Claudel qu'on ne présente pas, entre en scène. C'est la vie ripolin. Haussé par sa femme, l'inusable Mélusine de Haulleville,

Paul arrache la queue du Mickey de la main des artistes, gênés par un peu de mistoufle. La maison change de mains. Elle respire. Ouvre ses fenêtres. L'été s'attarde sur le magnolia. Le manège des années 70 prend une allure plus régulière. Mélusine profite des retombées d'une révolution manquée pour repeindre les murs en jaune souffrance, en rose mirliton et en vert bobinard. Acrylique jusque dans son tréfonds le plus élégiaque, la femme de Paul déclame et postillonne les hémistiches de ses poèmes transfiguratifs en apostrophant le Péloponnèse. Fuyant la métrique envahissante, Paul Claudel répond au téléphone. Il travaille chez ITT. Prononcez Aïe Ti Ti. Charlie survient avec un peu d'argent, emprunte, saute le plus haut possible et arrache la queue du Mickey. Ça y est, c'est fait. Il est dans la maison-ventre. Mélusine s'éloigne vers la Grèce en emportant toutes les glaces Napoléon III laissées par le bottier. Comme Charlie s'insurge, le cheveu défait et l'accent haut perché du XVIe, la Haulleville prend l'air si poète qu'il lâche prise. L'affrontement a lieu au pied de la grande torchère du vestibule. On se regarde à hauteur de nuages. L'haleine mercantile mais le buste bien fait, la grande dame de la versification sacrifie pour une fois à la prose. Elle articule son mépris dans un staccato détimbré :

– Oh, je vous en prie, entre artistes, foin de ces mesquineries inutiles!...

Puis ripe avec ses dorures et ses glaces de Venise. Charlie n'a jamais pardonné. Comme elles sont biseautées, elle ratera l'achat de sa maison en Grèce.

Bon. La maison, c'est assez parlé d'elle. Poussons la porte. Passons aux gens...

Tout de même, laissez-moi dire, dès le début du vestibule, l'atmosphère saute au visage, transmise par le passé. On ne détourne pas les vraies demeures. Elles appuient sur les êtres du poids de leur personnalité.

Ici, il fait sombre. Les plafonds sont hauts. Le silence fige l'ordonnance des pièces immenses. Comme on a vu vaste! Quel orgueil on avait! Au-dehors, les arbres veillent devant chaque fenêtre. Ils imposent leur ombrage aux meubles et teintent les lambris d'un halo de vert cruel. Il y a des tableaux sur tous les murs.

Au sous-sol, Victoire, dite Samothrace, la femme de Charlie, fait une lessive. Dans son bureau sous les toits, Charlie travaille à un roman sur son bureau par Ruhlmann. Au premier étage, un grincement régulier provient d'une chambre fermée.

Au rez-de-chaussée, par l'entrebâillement d'une porte à double battant, nous apercevons une petite fille aux yeux de porcelaine. Elle rêve, un crayon enfoncé dans la bouche. Elle est tout au bout d'une très longue table à cinq pieds. Sa peau a encore la blancheur sucrée du lait maternel. Pourtant, elle est le genre de petite personne en jeans qui jette un regard froid sur les événements de la vie ordinaire.

Elle est la fille de Charlie. Elle écrit une lettre. Elle écrit toujours des lettres. Elle dit que ça l'aide pour l'oxygène. Elle aime tellement les gens que, souvent, ils lui déchirent le cœur.

En ce moment, elle en a marre que les filles de son âge ne voient pas plus loin que le bout de leur nez. C'est comme les horoscopes de cette semaine sur les femmes Gémeaux, elle pense que c'est un tissu de conneries. Par exemple, quand un mage comme Francesco Waldner se met à écrire qu'entre mardi et jeudi « elles avanceront toutes voiles dehors si elles ont en vue un voyage d'agrément », il se plante. Il se plante cruellement. Surtout si vous savez pertinemment que votre seul horizon du moment est une composition d'histoire et une famille plongée dans le malheur.

A ce propos, pour s'obliger à pleurer, la petite fille pense à la mort de Groucho Marx. C'est la mort qui, normalement, devrait la faire pleurer le mieux en ce moment. Elle a revu récemment tous ses films.

Comme le chagrin de cette perte immense ne suffit pas à déclencher ses larmes, elle pense à des chaussures trop étroites. Elle s'oblige à marcher avec elles jusqu'au sommet du Kilimandjaro. Naturellement, elle arrive là-haut les pieds en sang. Mais, malgré la douleur, elle reste les yeux secs. Impossible de pleurer, mon vieux, ça continue.

La petite fille soupire.

Elle trempe son index dans un pot de confitures. Se lèche le doigt. Parfois, même les rêves ne mènent nulle part. Elle lève la tête vers le plafond. En haut, une porte claque. Un pas appuyé martèle le parquet avec emportement. Le lustre vibre sur ses globes, traversé par la tempête itinérante. Les pas abordent maintenant l'escalier et se rapprochent.

La petite fille s'immobilise, tétanisée par une crainte attentive. Soudain, son front se plisse d'une nervure d'inquiétude. Elle demande, elle interroge :

– Ben? Benjamin?

La porte s'ouvre aussitôt.

Un enfant apparaît. Sa beauté aérienne contraste avec l'agitation de son comportement. De sa longue main de violoniste, il se frappe une tempe. Encore. Avec haine de soi-même. Il claque la porte à la volée. Avec brutalité. Avec haine de l'espoir.

La petite fille se lève. Un ressort. Elle s'approche. Elle suspend le geste quand il se frappe à nouveau. Elle demande :

– Tu es fâché? Pourquoi?

L'enfant la dévisage. Benjamin, une fraction de seconde. Un regard perçant et net comme un coup d'épingle. La lueur d'amusement pervers qui s'y dessine laisse place à un demi-sourire. Deux dents de rongeur sous la lèvre supérieure. La petite fille demande encore :

– Tu voulais dire bonjour à Marie-Marie?

Benjamin, l'enfant perdu sur les hauteurs, explore rapidement la jungle de son angoisse. Sa fureur revient au galop. Il se frappe. Frappe. Coup sur coup. Sa tempe est rouge. Il tape du pied.

– Tu veux de la musique?

Ben lève la tête et rit. Équilibriste malchanceux, il vient de lâcher le trapèze et fait trois tours dans le vide. Il s'absente. Sans transition, il attrape avec dextérité le poignet de sa sœur, le crochète et l'entraîne devant un tourne-disque.

La petite fille choisit une pochette pour lui.

– Tu veux Mozart?

Benjamin saisit le trapèze de la musique avec soulagement. Il reprend les airs.

– Hi-i-i-i.

Il s'accroupit puis passe à genoux. Le corps en appui sur ses jambes d'araignée, les mains posées au sol, il entame un balancement régulier qui s'accorde aux premières mesures du concerto.

– Tu vas te couper la circulation, déplie tes jambes.

Pas de réponse. Le calme a repeint le visage de l'enfant. Il bouge en cadence. Cinq et deux font sept. Cinq et deux font sept. Ben regagne son monde de verre. Il reconstruit rapidement un mur qui le met à l'abri et ne s'effritera qu'au bout de trente-trois tours.

Marie contourne son petit frère qui ne la voit plus. Ou ne souhaite plus la voir. Il se balance. Merci pour les contours de la musique. Maintenant, chacun pour soi.

Elle regagne sa place au bout de la longue table. Mozart et Benjamin. Cinq et deux font sept. La coque de l'huître se referme. Elle trempe son doigt dans la confiture de mirabelles. Elle rêve.

Le Petit Chaperon Rouge est mort? Bien fait pour cette pomme. Cinq et deux font sept. Si elle avait dragué en ville pour une glace à trois boules plutôt qu'à la cambrousse pour un petit pot de miel, elle serait tombée dans la gueule d'un loup bigrement plus excitant que le sien.

En ville, sur les trottoirs gras, pas loin des poubelles, il y a des types qui ont de grosses pattes et des oreilles vraiment patibulaires. Avec leurs diamants incrustés dans le nez, leurs tatouages à serpents et leurs coupes iroquoises en trichromie, vous les sentez autrement plus violents qu'un loup de village dans le lit d'une grand-mère.

Ceux-là, quand ils montent dans les trains de banlieue, sont capables de se coucher sur vous par surprise et c'est sans doute comme un frisson. Ils frottent très vite, à ce qu'il semble, et vous ouvrent le ventre avec la pointe d'un couteau caché sous leur blouson. Les rescapées de ces outrages disent que vous avez mal la première fois. Vous criez, vous appelez au secours, mais les voyageurs du train laissent faire. Personne ne bouge. Il paraît que c'est l'habitude de ne plus se battre qui fait ça.

Cinq et deux font sept. Mozart et Benjamin. La petite fille reprend son crayon qu'elle avait posé sur une feuille blanche. Elle commence à écrire sa lettre, sa plume est si loin de ce qui se passe dans la pièce.

Brrr. Cinq et deux font sept. Le Petit Chaperon Rouge est mort. Bien fait pour sa pomme.

La Maison-ventre, 15 janvier, il pleut.

Chère tante Zo,

Ton rhume de cerveau de la semaine dernière me donne du souci. Le cerveau est une chose si fragile. Papa dit qu'il faut pas plaisanter avec sa matière grise. Et je n'aimerais pas du tout que ton nez coule trop longtemps. Aussi parce qu'il s'irriterait en dessous, comme le mien à Noël, et après, tu te retrouverais avec les jambes faibles derrière les genoux. Impossible de sauter à la corde ni rien. Si bien que, s'il est de famille, le médecin te demande de venir sur ses genoux. Tu y as droit, ma vieille, et ça n'est pas bon signe. Il prend l'air ennuyé en te regardant de près. Il pose ses mains si propres sur tes cuisses et les tâte comme s'il ne les connaissait pas.

Si elles sont des cuisses de poulet, il te parle à l'oreille, genre messe basse, ça n'en finit pas et t'as chaud, un discours au sujet de les remplumer. Tant pis s'il sent la

Gauloise, il faut aller jusqu'au bout, c'est remboursé par la Sécurité sociale, tirer la langue et se faire tâter les glandes, t'en as vraiment marre. Après, quand il écrit mal sur une ordonnance, tu es bonne pour les vitamines. Franchement, c'est pas en la tripotant comme ça qu'on fait le bonheur d'une gamine. Et puis tu sais, tante Zo, à force d'avoir des ennuis à la maison-ventre, maintenant j'ai peur pour tout le monde. Je voudrais pas qu'il t'arrive la moindre mort ou n'importe quelle saloperie pareille. Fais double attention dans les escaliers, tu me jures? Parce que tu es sûrement cassante à quatre-vingt-six ans et qu'en plus d'un petit frère autistique, j'ai pas envie d'écoper de ma meilleure tante au cimetière. Ça me ferait trop de peine pour les larmes que je n'ai plus. A force de les pleurer, ça les use. Il faudrait un peu de rigolade pour ravitailler mes yeux en eau salée. Trois ans déjà que j'ai pas pleuré.

Quand Benjamin sera guéri, j'arrêterai les pendules. A la campagne, ils le font toujours quand un grand-père meurt dans son lit. Ça suspend le temps. Il reste en l'air et tout le monde en profite pour dire des prières. Moi, quand j'arrêterai les pendules, ce sera plutôt pour rattraper le temps. Celui que nous avons tous consacré dans cette famille à mon petit frère, martyr de sa tête. Et je pleurerai. Ce sera des larmes chaudes comme une pluie d'été. Ça coulera, ça coulera, ce sera comme à Conflans-Sainte-Honorine, un chagrin de joie qui durera plusieurs jours je pense. Et à la fin, tu pourras faire passer une péniche dans la salle à manger. Elle flottera.

Voilà. Je te quitte et je te bise. Écris-moi vite parce qu'à la fin de cette lettre, j'attrape un cafard noir. Comme disent papa et maman quand ça va plus mal dans leurs cœurs : « Ça monte et y a du vent. »

Eh bien moi, avec la buée sur les vitres et la pluie qui martèle, ça monte drôlement. La Terre entière.

Ta dévouée, Marie-Marie.

Ce soir, demain, les autres jours, ce que j'ai envie de raconter est vrai. Tout est vrai. Enfin presque.

Tant pis si je tâtonne, Charlie. La vérité est un machin trop biscornu pour qu'on sache d'emblée s'en servir. Souvent, elle coupe, inquiétante à force de transparence. Et, mal éclairée, elle est si moche et tout.

Par où commencer?

Benjamin est une boule-merde d'enfant-fleur. Il a les dents écartées. Une vivacité de cerf-volant. Et pas de serrure apparente. Il ne parle pas.

Au fond de ses yeux gris plutôt acier passent en reflet des énergies consternantes. Des lueurs de violence, tempérées d'exercices de pitié.

Il est dans sa chambre, suspendu à un fil. Il dévide. Il tisse. La solitude est son domaine. Il règne sur le blanc. Il se balance au rythme de son tam-tam intérieur.

Avant, arrière. Avant, arrière. Cinq et deux font sept. Cinq et deux font sept. A la moindre saute de vent, il se cabre. Du haut de sa perception mirador, il crie halte aux excès de réalisme. Cinq et deux font sept. Cinq et deux font sept. Juché à des hauteurs funambules, il crie son désespoir. Sa colère. Son angoisse.

Avant, arrière. Avant, arrière. Cinq et deux font sept. Sept et trois font dix. Le temps n'existe pas.

En 1963, Charlie et Victoire venaient de se découvrir. Ils faisaient la pluie et le beau temps sur leurs corps. Pour filer la métaphore jardinière, ils allaient au verger de l'amour dès qu'ils en avaient l'occasion et consommaient leur désir à ventre-joie. Emmanchés de bonheur l'un dans l'autre, ils étaient infatigables. Une complicité de lit jamais vue. Genre association zigzag pour randonnées pédestres, ils ne se lâchaient plus, même pour grimper au ciel. Parfois Charlie faisait monter Victoire si haut qu'elle demandait une rémission. Elle tournait la tête en tous sens au creux de l'oreiller, s'y enfonçait, se pâmait, narines pincées, hors d'elle-même ou bien, au contraire, se mettait à crier, à geindre, à supplier; ses jolies mains tordues en éventail, elle tapait sur les draps.

– Stop, Monsieur, suffoquait-elle, je demande « petit répit ».

Suspendu à un fil au-dessus d'elle, il lui accordait grâce. Il la laissait refroidir, les paumes en l'air, la bouche entrouverte, le teint empourpré. Elle cherchait sa respiration, déglutissait, tendait sa gorge sèche, arcboutée dans un état de candeur nerveuse, et finissait par se mordre les lèvres. Il la dominait avec l'orgueil de celui à qui l'on doit tout. Il se conduisait en soudard, visitait son âme comme un envahisseur :

– Quelle gueule a ta vie? demandait-il en se cabrant sur elle.

– C'est une vie miniature, répondait Victoire. Rigoureusement horizontale. Je me sens inutile.

Elle fermait les yeux. Il suçait la poire de son sein. Elle sursautait.

– Aïe, tu me fais mal!

Elle se protégeait avec les draps. Il luttait. Elle suppliait :

– Non! arrête! Laisse-moi encore un peu. J'ai le ventre si dur.

– Bon, concédait-il, je me les jongle au plafond et je t'attends. Sois pas trop longue.

Ils en étaient arrivés à ce point d'osmose qui permet toutes les trivialités. Il se rejetait sur le côté. La contemplait. Elle avait les yeux si bleus qu'il voyait au travers.

Au bout d'un moment, il allumait une cigarette. La pièce perdait graduellement ses contours. Comme une seule peau, ils avaient la même odeur. Ils somnolaient, noyés par la pénombre qui descendait du jour. Charlie dérivait. Une main mouillée se posait sur son sexe écroulé.

– Tiens, soufflait la voix de Victoire. La mer est descendue sans qu'on y fasse rien.

– C'est un cas de désamour classique, disait Charlie.

Il gardait les yeux fermés avec confiance. Les doigts en cornet de douceur, elle le caressait attentivement. Il se sentait revenir comme une sauce. Sa respiration lui échappait. Il se retournait brusquement sur le côté, plantait son regard dans le sien.

– Je devine tout, disait-elle.

Il essayait l'indépendance.

– Tu es sans pouvoir sur moi, murmurait-il.

Leurs yeux riaient. Elle ne le lâchait pas. Sur un rythme imprévisible, sa main tenace inventait des balançoires, des parcours soyeux, des arrêts furtifs qui empiraient le flux battant de son désir.

– Tu m'as donné un arbre, avouait Charlie.

Il l'embrassait. Souffles mêlés, sûr de sa force retrouvée, il lui demandait avec l'air détaché :

– Ça t'intéresserait de baiser un peu cette nuit?

Elle battait des paupières, tout effarouchée :

– J'suis pas preneuse, personnellement, elle faisait. Mais je vous envoie une fille dans un p'tit quart d'heure.

Trois secondes après, elle rappliquait sous les draps. Charlie faisait semblant de découvrir sa présence :

– Ça fait combien de temps qu'on ne t'a pas sautée, salope?

– J'sais pas, M'sieur. Depuis le dernier orage, elle prétendait. Et je me sens plus seule qu'une bouteille vide.

Il la retournait brutalement sur le ventre. Il la pénétrait. Elle l'attendait comme une grotte.

– A la santé du serpent! s'emportait-il.

– A la santé du jus de pomme, échotait-elle.

Et il s'enfonçait dans sa gloire. Il voyageait le plus loin possible. C'était une géographie sans cesse renouvelée. Des détroits, des caps, une lagune inexplorée. Elle l'aidait à gagner des pays où l'on ne retourne pas deux fois dans une vie. Ils entrecoupaient leurs découvertes, leurs efforts de cris de surprise, de mots insignifiants, de bêtises de bonheur brut ou de phrases dont l'importance leur échappait encore.

– Fais-moi un enfant bleu, commandait Victoire. Maintenant!

– J'en ferai dix, promettait Charlie. Je te rendrai si heureuse que tu ne manqueras jamais de rien, et quand nous serons vieux, nous entreprendrons le tour du monde pour être sûrs que nous n'avons rien oublié.

Ils s'acharnaient l'un sur l'autre comme pour extirper le meilleur feu de leurs corps. Ensuite, ils tombaient en cendres. Côte à côte, avec une lourdeur de plomb derrière les épaules et une bienveillante vacuité dans la cervelle, ils faisaient des projets de huit ans d'âge.

– Où habiterons-nous? demandait Victoire.

– Sur un arbre, répondait Charlie.

Il réfléchissait. Il disait :

– L'été, on aura une maison sur un arbre et l'hiver, on habitera un ascenseur.

– C'est ça, disait Victoire. L'été dans un arbre. Et l'hiver dans un ascenseur.

– On se fera vacciner contre la grippe.

– On aura un chien jaune.

– Et de la tendresse l'un pour l'autre.

– Oui, on en aura.

– Et puis, si tu veux, on se mêlera des injustices. De tout ce qui ne nous regarde pas. On aura des intimes convictions.

– Oui. Ça ne nous empêchera pas d'avoir des fesses et des joues.

– Une cave avec du bon vin.

– Et de passer des nuits balkaniques.

– On prendra l'Orient-Express.

– Et on sera bons pour les p'tits oiseaux pendant les temps froids.

– Mais alors, est-ce qu'on sera pas devenus des cons? s'inquiétait Charlie.

– Si. On aura la tristesse canarie. Une assurance sur la vie. Et un petit pavillon « ça m'suffit ».

– J'en veux pas! disait Charlie. Je suis pour le froid qui brûle! Alors on voyagera, exactement comme je t'ai dit.

– Okay, se résignait-elle. Par où commencerons-nous?

– Par le Grand Nord, disait Charlie. Nous débarquerons en Laponie. Je t'achèterai des peaux de renne et une isba sur la banquise.

– Nous n'irons jamais en Laponie, soupirait Victoire. Et tu le sais bien.

Elle se dressait sur un coude. Le regardait. Il baissait les yeux. Il avait sommeil. Il se mettait en chien de fusil.

– Tu ressembles à un petit garçon, s'attendrissait Victoire.

– Attends, répondait-il en s'endormant, je ne suis pas encore né, mais ça va venir.

Déjà, il souriait au passé.

Charlie est né un 17 mai. En 1933, ce jour-là tombait un mercredi. Le soleil s'était levé à 5 h 09. Son coucher était prévu pour 20 h 25. Sur toute la France, il allait faire un « beau temps brumeux, clair ou quart-couvert ». Profitant de la météo clémente, le trimoteur *Arc-en-Ciel* de l'Aérospatiale volait au-dessus de l'Atlantique Sud. Il allait en accomplir victorieusement la traversée d'ouest en est, un exploit bien qu'un des moteurs se fût arrêté à seize heures GMT. A cette minute même, Georgette Boucher, trente-cinq ans, domestique à Claye-Souilly, venait d'être condamnée à trois ans de prison et six francs d'amende pour avoir acheté son bébé à Aline Pluchard, sa meilleure amie.

Dans les journaux, la publicité conseillait le vin de Vial si vous n'aviez plus goût à rien. La poudre de riz Tokalon pour empêcher la peau des élégantes de briller. Et la tisane de l'abbé Hamon pour lutter contre le diabète. La Volkswagen venait de naître. Au Tremblay, dans le prix Zouave, c'est Saklawi qui était favori devant Capricieuse. Au Ciné-Pathé, on donnait *Le Chasseur de chez Maxim* et à l'Impérial, *Le Testament du docteur Mabuse*.

A Berlin, le chancelier Adolf Hitler s'apprêtait à parler au Reichstag. Au sujet de l'Anschluss, le vice-chancelier von Papen avait déclaré le matin même à Munster que le Reich ne songeait pas à absorber l'Autriche.

Toutefois, ce personnage singulier dont la courtoisie avait enchanté monsieur Herriot lors des conversations de Genève expliquait dans le même temps à ses interlocuteurs que la nation allemande avait rayé de son vocabulaire l'idée de Pacifisme.

Justement, de l'autre côté de la mare, le Président Roosevelt s'inquiétait pour le sort du monde civilisé. Il venait de proposer de signer un pacte solennel et définitif de non-agression entre les peuples. A Pagny-sur-Moselle, Meurthe-et-Moselle, un médecin généraliste du nom de René Floche refermait son journal d'un air blasé. Le ton important, calamistré de brillantine, il se tournait vers sa femme Eugénie, née Schneider, qui était alitée.

– Les Américains sont des jean-foutre, lui disait-il. Et ce Roosevelt est un malappris.

– Pourquoi, mon cœur?

– Parce que la distance l'empêche d'apprécier correctement la situation en Europe et que son programme de réduction immédiate des armements offensifs est une pure utopie.

– Il est peut-être idéaliste.

– Non, il est capitaliste. Son ton de banquier qui veille à tout fait injure à l'Allemagne.

Une grande douceur attentive se peignait sur le visage d'Eugénie Schneider. Elle fermait les yeux pour réfléchir avant de porter la contradiction à son mari.

– Je n'aime pas tellement les Allemands, finissait-elle par dire. En 70, ils ont bousillé notre maison dans la Meuse et en 14, ils ont recommencé à Metz.

– Foutaises! s'insurgeait le docteur Floche. Le peuple allemand veut vivre en paix. Hitler l'a dit.

– Moi, s'entêtait calmement Eugénie, je me souviens du uhlan de la mort et du cuirassier rouge qui se sont embrochés à Saint-Privat-la-Montagne. Ils sont enterrés dans le jardin de ma grand-mère. Des mirabelles et des morts : c'est une image qu'on n'oublie pas.

– Plus jamais ces choses-là n'arriveront, disait Floche en ce fameux 17 mai. En tout cas, pas avec les mêmes acteurs. Crois-moi : c'est des communistes qu'il faut avoir peur.

– Je me méfie tout de même des boches, répétait Eugénie avec son immuable entêtement.

– Ce sont des musiciens, rétorquait Floche. C'est le peuple de Brahms et de Schubert que tu insultes.

Et pour se mieux faire comprendre, il chantonnait *Die Vorelle, La Truite aus deutsch*.

– C'est le peuple de Bismarck, persistait Eugénie. Derrière la forêt, au-delà des sources, il y a la Prusse et les casques à pointe.

– Il y a Wagner! s'enflammait Floche. Je donnerais ma vie pour *L'Or du Rhin*!

– Mon fils se méfiera des Allemands, n'en démordait pas moins Eugénie. Je n'aurais même pas besoin de lui apprendre. Il aura ça dans le sang.

Elle laissait passer un sourire entre ses lèvres, soulevait son beau visage encadré de cheveux blond cendré et inspectait son ventre dur.

– Hubert et Lucien aussi se méfient des boches, relançait-elle.

– Forcément! Des officiers! s'emportait le docteur Floche. Ils n'ont qu'une envie, c'est d'en découdre!

– Mes frères sont des patriotes! A dix-huit ans, Hubert faisait la campagne de Syrie. Il a chargé en gants blancs et casoar!

– Des fous! Ces gens-là sont des fous!

– Des héros, tu veux dire. On ne peut pas en dire autant de ton côté... Un père socialiste!

– A quatorze ans, mon père descendait à la mine. Sa guerre, il l'a gagnée au fond du puits n° 4 à Bruay-en-Artois. C'était un ouvrier, figure-toi, avec des poumons noirs. Il mangeait du hareng. Et j'en suis fier.

– Ça ne t'a pas empêché de faire des études de médecine... Ni ton frère d'être ingénieur.

– Parce que notre mère croyait à l'instruction! Elle était institutrice.

– Eh bien, mes frères, eux, croient à la France.

– La France! Vous avez failli être boches!

– Mon père ne l'aurait pas voulu.

– Un notaire!

– Un homme de caractère.

– N'empêche que vous étiez bilingues, tu ne peux pas le nier?

– Justement, figure-toi. Après 14, on n'a plus parlé allemand à la maison.

– Vous leur ressemblez, dit soudain René Floche en dévisageant son épouse.

Il se mit à hocher gravement la tête, comme s'il venait d'être traversé par une évidence irrecevable.

– Même raideur, même absence de grâce. Aujourd'hui encore vous leur ressemblez. Vous êtes mûrs pour l'annexion!

– Nous n'en avons pas voulu! répliqua fièrement Eugénie.

Elle se tourna sur l'oreiller en grimaçant et porta ses mains à son ventre.

– Je vais boire un bock en attendant que tu te décides à nous donner un fils, dit le docteur Floche en se levant du chevet de sa femme. La bière, c'est encore ce que vous avez de meilleur.

Voilà. C'était le 17 mai 1933 à Pagny-sur-Moselle. Ce jour-là, Eugénie ferma les yeux et pinça le nez jusqu'à vingt heures. A Paris, on venait d'allumer les réverbères dans les allées du jardin du Luxembourg. Dans celles du pouvoir, sous la verrière du sénat, se poursuivait une âpre discussion sur la loi de finances. Joseph Caillaux venait de monter à la tribune pour proposer de vastes opérations d'emprunt et une cure d'austérité pour la France. Quand il en descendit sous les applaudissements de ses pairs, il faisait nuit noire sur la capitale.

En Meurthe-et-Moselle, Eugénie ouvrit des yeux plus vigilants au fond de son lit et essuya son front en sueur.

– René, appela-t-elle tranquillement. Le travail se fait. Je viens de perdre la poche des eaux.

Une demi-heure plus tard, elle accoucha de Charlie Floche.

– Il a l'air Schneider, dit sa mère.

– Il sera socialiste, dit son père.

A Berlin, le chancelier Adolf Hitler, en caleçon long, taillait sa moustache. Dix minutes auparavant, sur le sujet des minorités allemandes à l'étranger, il s'était laissé aller à une gigantesque colère contre les Tchèques, les Polonais et les bolcheviques. Son visage s'était empourpré, gonflé d'une fureur qui, pour feinte qu'elle était, revêtait tous les signes extérieurs d'une courte folie. Il avait hurlé en agitant les bras, en martelant les tables et les murs. La démarche saccadée, il avait ensuite quitté la pièce au seuil de l'hystérie, en mêlant les juifs à des torrents d'anathèmes où perçaient d'impressionnantes menaces.

Une fois de l'autre côté de la porte, il avait souri. Il avait remis de l'ordre dans sa chevelure et dans sa tenue. Il avait regardé l'heure, lâché un pet et ôté son pantalon. Dieu! Qu'il aimait à s'enivrer de haine! Il s'en nourrissait à mesure.

Comme un acteur qui a bien joué la pièce et mérite son souper, il s'apprêtait à aller retrouver discrètement une jolie blonde écervelée du nom d'Eva Braun. Il l'avait séduite un an plus tôt, alors qu'elle n'était qu'une simple vendeuse. Quelques compliments, une gerbe de glaïeuls avaient suffi à sa conquête. D'ailleurs, à vingt-trois ans, Eva n'était rien. Adolf ne lui permettait pas de paraître en public. Mein Gott! Qu'elle reste à la maison! Qu'elle continue à lire ses bouquins de quatre sous et à se faire projeter des films de troisième ordre! Le chancelier aurait détesté qu'elle fût nantie de la moindre opinion personnelle. Beaucoup de sport, un peu de cinéma et pas de politique. Les femmes étaient de simples objets de collection.

Le chancelier s'énervait en taillant sa moustache. Est-ce que ses bottes étaient prêtes? Son grand manteau de cuir? Sa cravate en peau d'hippopotame?

Il s'énervait à cause d'un poil.

Mon petit coin de grenier,
1er mars,
ça dégèle dans les gouttières.

Chère tante Zo,

Croix de fer, croix de feu, comme je t'avais promis, j'ai mangé moins de confitures en février. En fait, j'avais pas tellement exagéré avec la fraise, surtout avec la mirabelle. L'ennui, maintenant, c'est que je fais fondre pas mal de chocolat. Je le garde dans mes joues. Pas question d'y aller avec les dents. C'est un engourdissement sucré qui aide les mauvais moments à passer, principalement quand mes parents sont trop énervés.

En ce moment, ils le sont de manière permanente. Des puces. Charlie dort pas et Victoire, je la reconnais à peine. Quinze jours que Ben leur pousse le cri de la mouette sauvage.

C'est un cri le plus aigu possible qu'il a inventé un soir où il en avait marre de ses dimensions, de son corps qui n'est pas limité (comme il le croit par archaïsme) – hi, un cri qui fait mourir et qu'il laisse tomber sur nous comme une goutte d'eau sortie d'un robinet qui fuit. Hi, hi, si tu écoutes ça toute la nuit et toutes les autres nuits, tes nerfs deviennent des hélices. Ça monte et y a du vent. Tu ferais n'importe quoi pour que ça s'arrête. Et même, tu pourrais cogner sur l'enfant. L'abîmer. Mais tu ne le fais pas. Un enfant, c'est sacré, même s'il est autistique. Alors tu t'engueules entre nous. C'est préférable. Plus personne ne se comprend plus. L'énervement général qui fait ça. Samo, ma maman, fait des lessives à tire-larigot. Benny fait hi et, comme ça n'arrange pas le cœur de papa, il sort. Pourvu qu'il n'aille pas au-devant de Papy Morelli et de sa section Haine de l'Espoir.

Tante Zo, j'ai peur qu'ils l'attendent déjà sur l'autoroute. Ça ferait grabuge.

Ta dévouée Marie-Mad.

Quand souffle le grand chinook du désespoir, Charlie perd carrément la boule. Son intelligence naturellement déliée, son abord attrayant se dessèchent sous la brûlure d'un chagrin que personne ne peut partager avec lui et ses lèvres s'affinent jusqu'à devenir un trait de plume.

Ces jours-là, le visage barré, il s'avance un verre à la main. L'haleine volatile, au hasard des bars où il s'enfourne, il harangue depuis des tabourets la foule des inconnus, obligeant ici à boire ceux qui lui font la politesse de l'écouter, là faisant sauvagement éclater le nez de ceux qui se récusent. Jetant plus loin sa gourme, encore un bar. Après celui-ci, un autre : l'alcool fait décoller des avions dans le cerveau de Charlie, trois ou quatre monomoteurs qui moustiquent un furieux mal de tête derrière ses tempes. Et même s'il les chasse d'une aspirine, souvent ils se regroupent en escadrille et essaient d'accomplir l'exploit impossible : atterrir sur une seule pomme au four située juste sous ses paupières. Celui qui n'a jamais piloté un zinc bourré de gin n'imagine pas combien il est pénible d'avoir un aérodrome dans le crâne. Et c'est tellement exténuant, cette histoire de pomme ramollie par la cuisson, que Charlie boit encore un peu plus. Il entre dans la manche à air. Son vocabulaire subit alors des altérations ordurières ou bien au contraire s'enlise en aphorismes indignes de sa profession d'écrivain.

Dans ces moments de chagrin farouche, il nie l'existence de tout ce qui lui tient le plus à cœur. C'est comme s'il n'avait plus de loi, plus d'amis. Plus de culture, plus de retenue. Barbare sur toute la ligne, il s'esbigne.

Fatras. Désordre. Chaos.

Il attend la venue imminente de Papy Morelli et de sa section Haine de l'Espoir. Il sait qu'il va être emporté. Tout est repeint en vert cruel. C'est la vie ripolin qui s'installe.

Il ferme les yeux et s'engloutit.

Ce soir, au Venezuela, Charlie remonte en rêve une rue véronèse où il marche à reculons.

Dans le ciel, un petit avion à court d'essence se pose sur un pot de confitures de mirabelles.

Charlie voudrait dire à quelqu'un qu'elles sont trop sucrées. C'est une question de vie ou de mort pour le pilote. Mais tous les enfants de cette maison ont leur visage caché par des illustrés. Ils bouquinent.

L'interprétation des rêves a longtemps été une turpitude dans cette maison.

Il y a bientôt dix ans, au début de l'autisme de Benjamin, il faut même admettre qu'il y eut cette période mystique et plutôt cocasse où les gens d'ici se réveillaient avec circonspection. Avant d'ouvrir les yeux, Victoire et Charlie s'introspectaient avec acharnement afin de savoir si leur subconscient nocturne avait été un pâturage suffisamment gras pour donner à brouter à mademoiselle Métianu.

Vieille saloperie de Métianu, Alice pour les personnes en cours de transfert affectif, était cette foutue lacanienne qui avait mis le grappin sur le cas Floche à des fins d'analyse. Le lundi et le samedi étaient dévolus à Benjamin et à Victoire. Mais les mardi et vendredi l'étaient à Charlie. Dans l'un et l'autre cas, il fallait se présenter recta devant elle avec ses rêves, comme on va à la selle. Je veux dire pendulairement et bien à fond. Cette exonération obligatoire et tarifée des boyaux du surmoi n'allait pas sans à-coups. A raison de deux fois la libido par semaine, Charlie s'emmerda rapidement.

Métianu le comprit non sans finesse le jour où elle surprit le regard de Charlie posé en porte à faux d'oisiveté sur le versant le plus exposé de sa poitrine agricole. Soustrayant rapidement la vision laitière de ces mamelles, elle noya son jabot dans la laine et ramena le sujet sur le plat.

– Chaque regard cache une souffrance, proposa-t-elle.

– En dehors de Benjamin, je ne souffre pas, s'acharna Charlie.

Il sembla se refermer. Un vilain silence s'installa, qui pesait des tonnes.

– Quand un malade entre en thérapie, il est là, malgré son trouble spatio-temporel, dit vieille Métianu au bout d'un siècle. Tout à l'heure, vous regardiez mes seins pour essayer de vous échapper, mais, que vous le vouliez ou non, vous êtes là, aujourd'hui mardi 14, de cinq à sept. Nous sommes dans l'atelier où je vous écoute, et vous *êtes là*.

– Foutaises, articula Charlie, si je veux, je m'absente, et il mit son doigt dans son nez.

– Vous ne pouvez pas être ailleurs, tint bon mademoiselle Métianu. Cet *être là* existe seulement dans le temps et l'espace thérapeutiques, nulle part ailleurs.

– Je vous emmerde, dit Charlie.

– Vous vous figez dans la souffrance, fit remarquer mademoiselle Métianu.

Et son cache-col, glissant peu à peu, ramenait son sein mi-nu.

En fait, mademoiselle Métianu n'avait rien de louche. Elle était le résultat soixante-huitard d'une extravagante combustion des idées libertaires. Métianu croyait au dialogue, au féminisme, à l'alcoolisme et même à l'échangisme. Elle officiait à Pontoise, au deuxième étage d'un modeste immeuble de briques, et pesa lourd sur le couple Floche.

Parfois, Samothrace se réveillait en sursaut et, sans ouvrir les yeux, agrippait la main de son mari sous les draps. L'angoisse crispait son visage.

– Charlie!

– Humwouais?

– C'est lundi et je ne trouve rien. Pas le moindre rêve.

Charlie ouvrait les yeux. C'était un matin pluvieux avec de mauvaises nouvelles à la radio. La vie augmentait. Les guerres empiraient. La terre regorgeait de cas sociaux et de famines tiers-mondistes.

– Dieu, que nous sommes bien nourris! soupirait Charlie.

Il passait dans la salle de bains. En chemise de nuit, il se pesait en rentrant son ventre. Victoire rappliquait avec un visage défait.

– Trouve-moi un rêve, Charlie.

– Débarque avec une situation scabreuse, conseillait-il férocement, vieille Métianu en raffole.

Victoire s'emparait de sa brosse à dents et la laissait en l'air.

– Bon sang! mais qu'est-ce que je vais bien pouvoir lui raconter?

– Tu n'as qu'à lui dire que tu te trouvais au fond d'un barrage à sec et que tu tentais de déboucher une bouteille de vin rouge, elle grimpera au rideau.

– Une bouteille? Du vin rouge? Pourquoi une bouteille?

– Choisis du bordeaux, le bouchon est plus long. C'est meilleur pour le symbole érotique.

Victoire haussait les épaules. Elle se brossait les dents. Charlie restait sur la balance. Il faisait la lippe amère. Victoire recrachait. Elle consultait le bleu de ses cernes. Soupirait.

– J'ai fait de l'insomnie, mais je n'ai pas rêvé. Tu as entendu hier? Le petit a mis un temps fou à s'endormir. Et il faisait si froid dans cette grande baraque.

– J'ai grossi.

– Mange moins. Muscle-toi.

Elle se passait de la crène sur le visage.

– C'est cette lacanienne de merde qui me fait grossir, accusait Charlie. Si on la larguait? hein? on placerait le fric dans des emprunts d'État.

Le visage de Victoire devenait dramatique :

– Vraiment, tu es inconscient.

– Non, terriblement subconscient, je trouve. Je me sens une haleine de feu.

– Pas question d'interrompre la thérapie.

– Je ne vois pas ce que ça changerait.

– Nous faisons ça pour Benjamin.

Victoire avait le visage complètement crémé. Elle ressemblait à un Cheyenne sur le pied de guerre. Charlie haussait les épaules et finissait par abandonner sa balance.

– Quand je pense, disait-il en se regardant de profil dans la glace, quand je pense que le pauvre gosse est incapable de parler et que cette grosse vache exige qu'il lui tende son billet de cent balles avant chaque séance, je rugis.

Il rugissait en retroussant ses lèvres et en profitait pour examiner ses incisives.

– Avec la cérémonie des cent francs, mademoiselle Métianu établit un rapport à l'argent, disait Victoire. C'est la règle.

Charlie refermait son claquoir.

– Grosse vache! recommençait-il. Quand je pense que l'autre jour, elle m'a entrepris sur les fausses limites du corps vécu!

– Je suis sûre que tu finissais en queue de poisson, disait Victoire.

– Ah! Ton idée est excellente! applaudissait Charlie.

Il arrachait une feuille de papier d'un bloc et prenait des notes.

– Qu'est-ce que tu inventes encore? s'inquiétait Victoire.

– Dans mon prochain rêve, je vais faire violer Métianu par un banc de poissons-bananes, prévenait Charlie.

Et ça le mettait de meilleure humeur.

En fait, seul l'absentéisme répété de Charlie et son attitude de plus en plus cynique eurent raison de l'obstination thérapeutique de mademoiselle Métianu.

– Bon dieu, se cabrait Charlie, nous sommes des gens normaux! Un couple heureux à baise-extra-forte! Notre seul malheur a été d'avoir un gosse handicapé... Qu'on nous foute la paix!

Il se cognait la tête contre les murs.

Désormais, Victoire continua seule sa quête du Graal onirique. Mère et coupable potentielle, elle offrait à mademoiselle Métianu une prise en charge excessivement plus fusionnelle que son mari.

Le rituel était immuable.

Vous sonniez plusieurs fois avant qu'on ne vous ouvrît. L'attente était vraisemblablement destinée à déclencher les sucs de la demande. Des pieds nus glissaient dans le couloir. Trois verrous étaient libérés de leurs pênes. Enfin la porte s'entrebâillait sur le visage blafard de la prêtresse de Lacan.

L'œil fardé de khôl, la tignasse assez mal démêlée, le regard vague, Alice tendait une main molle. Il convenait de s'en débrouiller avec entrain.

– J'ai sonné trois fois.

Son visage s'éclairait imperceptiblement.

– Bien. Vous aviez envie de rentrer.

Elle glissait devant vous dans le couloir sombre. Un fade remugle d'ail ranci, de bière tiède et de bois de santal dessinait son sillage olfactif. Elle sinuait entre une fourchette, un coussin, deux ou trois têtes de baigneurs décapités.

Au passage d'une porte qu'elle refermait à demi, vous aviez le temps d'entr'apercevoir le regard charbonneux d'un jeune homme torse nu. Un peu fakir, un peu katangais de Sorbonne, il buvait du café en fumant un joint dans la position du lotus.

Plus loin, vous pénétriez dans l'atelier. Les murs étaient éclaboussés de peinture à l'eau, de marc de café et de taches d'origine douteuse. Des valises éventrées dégueulaient des jouets, des fleurs artificielles, des trousseaux de clés, des tire-bouchons, des canifs, des clous, des pinces, une canule, des morceaux de chambre à air découpés, un biberon, plusieurs tétines, une poupée nue et de la pâte à modeler.

On s'asseyait.

– Alors? disait mademoiselle Métianu.

Elle allumait invariablement une cigarette et s'absentait avec son air végétal. En réalité, elle pensait à boire une bibine Karlsberg ou au dernier orgasme que lui avait fait obtenir le gourou allumé de la pièce voisine, Shri Krishnaswami Robert, qui aura son chapitre plus tard.

Victoire, elle, fermait les yeux. Oublieuse de sa propre sécurité d'esprit, elle s'avançait dans le noir. Avec patience et humilité, elle s'apprêtait à descendre le grand colimaçon intérieur. A rechercher sa faute. Psy, adorateurs de l'oreille interne ou magiciens de la voix intra-utérine, pendant dix ans les flics du subconscient allaient avoir beau jeu! Elle était si pure, Victoire! Elle donnait. Prête à se dénoncer jusqu'au tréfonds d'elle-même pour sauver Benjamin, elle se mouchardait dans ses moindres replis. Ménagère de ses plus intimes pensées, elle balayait devant sa porte. Plus un coin d'ombre qui restât secret. Elle s'inventait. Dieu, qu'elle était belle!

Et comme je comprends ta colère, Charlie! La haine et la rancœur se nourrissent patiemment. Au fil des jours, n'a-t-il pas fallu en rencontrer, de ces choquants imbéciles, de ces expérimentateurs douteux, de ces ténébreux salonards qui aliénaient une âme!

– Alors? répétait mademoiselle Métianu.

Et elle refermait le silence.

Victoire regardait le papier à fleurs. Elle s'aventurait. A petites phrases cabrées, sa voix prenait son élan, se brisait. C'était la glace et le feu. Une promenade du côté de chez Sigmund. Un pays où même les jeunes filles ont des peaux à neuf vies. On reparlait des planches de Deauville, des bains de mer, et de cette promenade lapone cent fois reportée par Charlie.

Parfois, Victoire se sentait un tel sens du péché qu'elle avait envie de mourir par sa propre main. Elle éclatait en sanglots et, seule dans la pénombre, cherchait à tâtons la sortie du labyrinthe.

– Alors? disait saloperie de Métianu en déroulant l'échelle du papier à fleurs.

Et c'était tout le secours qu'elle pouvait.

Le temps s'émiettait en vert cruel. Une mouche se posait sur la vitre. On était encore en 1975.

Quand souffle le chinook du désespoir, Charlie se met à détester la terre entière. Lui par-dessus tout. Sa chère femme, ses enfants perdent leurs contours. Il les quitte jusque dans sa mémoire. Il attrape mauvaise bouche et s'éloigne, les poings dans ses poches.

Il se jette sur l'alcool. Boit comme un trou, comme 18, comme un parcours de golf. Après un bar, encore un autre. Le voilà au Twickenham, au Pont-Royal. Il passe. Il va plus loin, quitte les quartiers civilisés. S'enfonce dans le borgne, dans le rebuté, dérive. Il agite des glaçons en disant publiquement que l'amour est un gâteau de semoule – « sucré au premier abord, consistant par la suite, franchement bourratif pour celui qui a la faiblesse d'en reprendre, et s'émiettant vers la fin ». Tous propos misogynes que sa conduite dément si l'on connaît comme moi sa vie ordinaire, c'est-à-dire la grande passion qu'il nourrit pour Samothrace depuis plus de vingt ans. Mais quoi? Charlie souffre comme un bœuf. Il n'en peut plus. La tête en avant, il charge la barrière du corral et s'échappe lourdement. Il sort de Paris. S'expulse. S'élance au-devant de la mort, tant mieux si elle recule. Il roule à deux cents à l'heure en fermant les yeux le plus souvent possible. Il suit les autoroutes parce qu'elles ne mènent nulle part, s'imposant une règle du jeu qui l'oblige à ne jamais quitter le chemin de bitume contenu par les rails de sécurité.

Deux cents à l'heure. Deux cent vingt.

Le paysage recule en hurlant devant la Mercedes. Jamais plus de villes. La recherche de l'argent est une prison. Pas de voies secondaires, la fidélité au passé est une prison. Un mouvement lisse dans un monde clos. Charlie devient torpille. La morale est une prison. Trait de lumière. L'habitude des habitudes est une prison. Rayonnante déchirure à l'état pur. La pitié est une prison. Peu importe s'il est en France ou s'il roule en Hollande. Tout arrachement est liberté. Est-il à hauteur d'Amsterdam? Dévale-t-il vers Hambourg? Autobahn. L'uniformité du décor convient à sa détresse. A sa férocité. L'opinion des autres est une prison.

Parfois, il s'arrête sur un parking. Le réservoir est vide. La pluie joue à jazz sur le capot. Les bruits s'amenuisent. La batterie range ses baguettes. Drum drum. Le tambour du moteur se tait. Charlie cherche ses propres yeux dans le rétroviseur. L'amour de soi est une prison. Il glousse un sourire mi bémol. Il ouvre la boîte à gants. A droite du tableau de bord, une gueule sans dents laisse pendre sa mâchoire, crache un guide Michelin, un passeport – signes particuliers néant – et un trousseau de clés. Au fond de son palais, elle garde un revolver.

Sur son siège de cuir, Charlie, les yeux ouverts sur le vague, se projette dans un axe de vitesse immobile. Court-circuit. Vertige. Il tombe vers le haut. Franchit le pare-brise, puis la ligne des arbres. S'enveloppe d'un concert de nuages. A ces altitudes extrêmes, l'aventure équilibriste est rigoureusement symphonique. La météo, grande cymbaliste des deux mains, joue tempête sur l'Europe septentrionale.

Dédoublé, visionnaire de lui-même, Charlie observe le théâtre du ciel en polyvision satellite. Là-haut, rafales et combats. Wagner est un nain qui s'agite. Les nimbus gladiateurs frappent leurs cuirasses. La force croule, s'adapte, s'amplifie. Elle cumule en montagnes de vapeur, nuées tout en muscles. Triceps de grêle, deltoïdes de neige, le parallélogramme venu du Groenland s'installe par degrés.

Au confluent millibar, il reçoit le souffle de l'air chaud sans broncher. Combat forcené, peu à peu les géants de glace exterminent le bleu des anges. La bataille prend du gris. De la colère. L'allure du front change de consistance. Elle devient une mouvance décuplée par la grâce du ralenti.

A l'avant-garde, la terrifiante propagation de la brutalité prend le dessus. Elle mijote une ligne d'orages d'où la terre, ogresse d'eau, sortira lénifiée. Impatiente, sensuelle, les cuisses lourdes au bord des fleuves, cette femme admirable attend. Les cheveux de ses arbres décoiffés par l'humidité, elle attend, craquelée de désir printanier. Bourgeons. Verdure. Ramée.

Charlie ferme les yeux.

Un éclair se fraie passage jusqu'à un chêne et lui ouvre le fût.

Charlie écoute.

Point de râle, pas une blessure de la forêt qui lui échappe. Au tréfonds de lui, un carré d'étoupe s'allume aussi d'une fulgurance. Angor à tous les étages, le thorax se serre sous l'effet d'une poigne intraitable. Le cœur de Charlie s'emballe. Cent dix, cent vingt, cent cinquante. La douleur traçante remonte les fibres de la mèche. Charlie suinte de peur animale. Cœur tam-tam. Tablas, caisse roulante, chapeau chinois. Étouffoir à percussion. Pauvres mots pour le dire! Écrivain sans suite! L'étincelle

atteindra-t-elle jamais l'explosif caché dans sa poitrine?
Là-bas s'en va l'orage.
Et si la mort, Charlie, était ce silence?

Chère tante Zo,

Je t'écris en vitesse. Hier, papa a été attaqué par Papy Morelli : ça couvait. Ils l'attendaient sur l'autoroute de Chartres. Toute la bande était là : Jimmy Belette et ses proxénètes, Joseph Bonanno dit les Bananes, la bande de Cleveland avec James Licavoli, Peter Salerno, première gâchette chez Papy, et même ce salaud de Jérôme Bidochon avec sa coupe au rasoir. A ce qu'il paraît, ils avaient troqué leurs borsalinos qualita Victoria pour des armures louées à l'Opéra de Poitiers. Ils avaient pris la forme d'un combat dans les nuages, avec des grands chapeaux à plumes. Ils savent que papa n'y résiste pas, avec son imagination. Ils ont fait rouler le tonnerre et ce qui est arrivé devait arriver : plus fort que lui, il a fallu que Charlie y aille voir.

Ça s'est passé à hauteur d'Ablis. Tu parles, toute la bande l'attendait au tournant du ciel. Les types de la section Haine de l'Espoir s'en sont donné à cœur joie. Ils l'ont bien sonné derrière les oreilles. Surtout qu'avec le vent, il n'y avait personne pour lui prêter secours en rase campagne. La Beauce est un endroit terrible pour les guet-apens. T'as beau crier, supplier, c'est comme si tu labourais la mer. Charlie avançait en reculant. Après un champ, un autre. Y a guère que les pylônes haute tension qui risquaient de l'arrêter. C'est ce qui a fini par arriver. Au pied d'un de ceux-là, il a fini par se caler. Vers dix heures du soir, les gens de l'EDF l'ont retrouvé avec l'air bizarre. D'après le chef, il se croyait ailleurs. En Allemagne. « Wagner avec un orage carabiné », c'est ce qu'il leur a dit. Ils l'ont rentré sous la pluie battante. Il est allé se coucher sans rien dire. A mon avis que je partage, il avait l'air soulagé que ce soit fini pour cette fois-ci. Comme le jour de la première agression par Papy Morelli qui s'était embusqué comme tu te rappelles aux Galeries Lafayette. En pleine foule. En plein midi. Au pied du grand escalator. Rayon lingerie fine, exactement.

Ce qui nous a sauvés hier soir, c'est que Benny avait arrêté de faire la goutte d'eau et la mouette qui fait hi. Ce matin, on respire un peu. Remarque, il a déjà jeté sa godasse dans la rivière en éclatant de rire, mais maman et moi, on a préféré ne pas le gronder parce que ça réveillerait papa qui a pris du valium.

Vaut mieux qu'il dorme, Charlie. Tant pis s'il va rejoindre cette traînée de Justina Ostropowitch dans ses rêves. Pendant ce temps-là, il est heureux et maman peut faire du repassage. Moi, ces temps-ci, j'ai une envie folle d'aller au cinéma. J'aimerais voir *La Rose pourpre du Caire*.

Je reste ta dévouée Marie-Marie.

La première fois qu'elle apparut à Charlie, Justina Ostropowitch haut-talonnait dans des chaussures Jourdan le hall de l'hôtel Danieli à Venise. C'était en 1979 par une nuit de pleine lune, quelques heures après la vision d'un film de Fellini dans une salle privée des Champs-Élysées. Charlie avait mangé du mouton un peu gras chez un Turc un peu sale.

Une fois rentré chez lui, il s'endormit sur le dos, lénifié par le suif et l'ail, la bouche grande ouverte et l'esprit sans défense. Profitant de cette vacuité paralysante, la belle apparition s'avançait sur un tapis rouge. Un groom peint par Soutine la précédait, ployé sous le faix d'une malle-cabine.

A deux pas de là, face au Palais des Doges exactement, Giuseppe Panfido, premier violon au Grande Caffe Chioggia, dessinait en son honneur les fleurs d'une barcarolle sur son violon-tige.

N'oublions pas que Charlie avait mangé du mouton. Au début, l'harmonieuse silhouette de Justina dut lutter pour s'imposer. Sans cesse, sa présence sur l'écran mental du dormeur était remise en question par l'irruption brutale d'images au réalisme parasite. Ainsi, Marcello Mastroianni passa-t-il plusieurs fois dans le décor bien qu'il n'eût rien à y faire. Drapé d'un peplum, il faisait claquer un fouet d'impatience sur des hôtesses de l'air de la Panam qui s'arrachaient des pans entiers de son habit romain. Pas fini! L'après-midi même, Hissène Habré s'étant rendu maître de la ville d'Arada, à cent kilomètres au nord d'Abéché, République du Tchad, force fut à Charlie d'assister au pillage de la ville par le Frolinat, tendance Volcan. Idem, à Paris, à l'angle de la rue du Père-Corentin et de la Tombe-Issoire, notre dormeur eut un mal fou à se débarrasser de deux balayeurs anamites qui, tranquilles comme du riz, lui tenaient la jambe dans le caniveau en lui vantant les avantages du tout-à-l'égout.

Pendant ce temps, à Venise, Justina, rehaussée par trois rangs de perles, envisageait avec gaieté son premier été de débauche.

Elle était la veuve récente d'un officier de la marine marchande. Ce mari à la présence épisodique s'était pris tout au long de sa vie pour une réincarnation de Joseph Conrad. En fait, sa connaissance de la navigation, une sorte d'exubérance slave, une propension irraisonnée au faste et parfois même un certain sens du spectacle, étaient ses seuls points de ressemblance avec le grand écrivain. Le reste, c'est-à-dire l'essentiel, la littérature en somme, ne se matérialisa jamais autrement que sous la forme atrophiée d'un roman publié à compte d'auteur. Mais quoi? Peut-on empêcher les êtres de croire à ce qui les aide le plus à respirer? Nullement découragé par la modestie confidentielle de son premier tirage, le commandant Ostropowitch continuait à se forger des souvenirs au long cours, persuadé qu'il publierait son chef-d'œuvre autobiographique à l'aube de la cinquantaine.

C'était compter sans les caprices de la mer.

L'excellent homme y sombra corps et biens, une manière de dire que ses plus ambitieux projets tombèrent à l'eau. Il fut coulé vif dans le détroit d'Ormuz par une fusée d'obédience irakienne dont la tête d'inspiration française cherchait un cargo pour l'exemple. C'était, il est vrai, en ces temps de pétrole, troubles et imbéciles, où l'émir et le Qatar faisaient la pluie et le super.

Couché sur le dos, Charlie, terrassé par l'indigestion, assista la bouche grande ouverte à cette tragédie maritime avec un détachement odieusement cynique. Vers minuit, convaincu qu'à part une tache d'huile et la casquette du commandant, plus rien de ce bref passé conjugal ne subsistait à la surface du matelas multispires, Charlie se retourna sur le côté. Aussitôt, il cessa de ronfler et distingua les traits de Justina avec une clarté aveuglante.

La belle Ostropowitch l'attendait à Paris, au coin de la rue de la Paix. Ses main gantées de noir tambourinaient le volant de bois d'un roadster de marque Hispano-Suiza. En le voyant arriver en chemise Lacoste, avec sous le bras une raquette de tennis tendue à se rompre, Justina éteignit nerveusement sa cigarette Abdullah.

– Vous êtes tête de série? s'inquiéta-t-elle.

– Non. J'avais besoin d'une contenance, avoua Charlie.

Elle parut soulagée.

– Eh bien, qu'est-ce que vous attendez pour entrer? dit-elle en lui ouvrant la portière. Mon mari est mort, c'est bien ce que vous vouliez?

Charlie se glissa à côté d'elle sur le cuir. Au travers de sa voilette, elle le dévisageait avec des yeux de violette double. Il posa sa main sur son genou.

– Jurez-moi d'abord que vous ne mentionnerez jamais mon existence aux psychiatres, exigea-t-elle.

– Je le jure, promit Charlie. Plutôt la mort!

– Amour sucré, chuchota-t-elle.

Et, sans plus de précautions, elle le renversa vers l'arrière.

– Ah! comme je l'ai attendu! roucoula-t-elle. Viens! Je t'aime comme du venin!

L'attirant brutalement par les cheveux, elle l'embrassa sur les lèvres. Au goût qu'avaient les siennes, il sut qu'il était perdu.

Nuit après nuit, de rêve en rêve, elle lui donnait rendez-vous aux quatre coins de l'Europe. Charlie avait beau manger légèrement, se coucher à pas d'heure, s'abîmer dans le sommeil paradoxal, elle était toujours là.

Pour lui échapper, une nuit où il avait absorbé trop de mousse au chocolat, il tenta une fugue avec la première image parasite qui passait par là. C'était celle d'un alpiniste anglais résolu, malgré son grand âge, à tenter l'ascension de l'Everest par la face nord. Déguisé en sherpa, vainquant son vertige, Charlie suivit le British une bonne partie de la nuit. Après avoir failli dévisser plusieurs fois, ils arrivèrent épuisés au pied d'un glacier.

Justina les y attendait.

Vêtue de peaux de phoque, un must de chez Cartier à la main en guise de fume-cigarette, elle reprocha aigrement son altitude à Charlie.

– Huit mille huit cent quarante mètres! Vous m'évitez, constata-t-elle farouchement. Justifiez-vous.

– Je suis marié, avoua-t-il. J'ai un enfant autistique.

– Vous ne m'apitoierez pas avec de bons sentiments, dit la veuve. Trouvez autre chose! Soyez immoral, puisque c'est votre habitude!

– Shocking, se permit de faire remarquer le vieux gentleman.

Sans lui prêter une attention excessive, Justina lui expédia une pointe de piolet dans le genou droit. Puis, s'adressant à Charlie :

– Cette situation est absurde, dit-elle en regardant vers le fond de la vallée. Redescendons sur terre, je vous prie, amour sucré. Ici, nous manquons d'oxygène.

– C'est bien, capitula Charlie en chargeant sur ses

épaules la malle-cabine de Justina avec un air de réelle soumission. Mais prenons l'ascenseur, nous gagnerons du temps.

Un Otis-Piffre qui passait à propos avait surgi du flanc de la montagne. Ils s'y engouffrèrent.

Désormais, pour mieux posséder son amant à elle seule, la veuve religieuse l'entraîna hors du temps. Elle avait choisi les années folles. La vie ripolin de Justina se déroulait même plus précisément autour des années 30 : elle ne voulait vivre que dans le sillage des peintres, dans l'insouciance des croisières, ou dans la volupté qu'offraient les suites royales.

Au début, quand Charlie lui objecta qu'il mettrait encore trois ans avant de naître, elle haussa les épaules. Elle se remit du rouge à lèvres et sortit sa guêpière pourpre du fond de ses bagages.

Il fondit comme du sucre.

A partir de ce jour-là, gavé de bonbons, d'entremets, de chocolats fins et de pâtisseries viennoises, Charlie, pâmé au fond de l'Hispano-Suiza, se laissa emporter de palace en palace. Et tant pis, si, à ce jeu luciférien, il perdait complètement son indépendance, sa fierté d'homme, son libre arbitre. Il accepta de devenir peu à peu un vaste loukoum et ses oreilles montèrent en sucre.

Chaque fois qu'elle voulait le toucher, Justina, mante marinière, s'en mettait plein les doigts et manquait rester collée. Quand elle l'embrassait trop longtemps, elle attrapait des caries. N'importe, elle était là. Nuit après nuit, de la Riviera à Mykonos, il ne se dépêtrait plus de ce long et onirique diabète amoureux.

Et Victoire savait tout.

Ce matin encore, Charlie recule. Il se caramélise d'horreur indicible. Tout en lui est cassonade, mélasse, candi, sucre au lait. Tout lui fait horreur – jusqu'à son sexe, dressé de moscouade sur un bâton de fruits confits. Jusqu'à ce coït de saccharose qui va le tremper de sa confiserie révoltante.

Charlie tombe du lit. Il étouffe. Il crie, expire sur la moquette :

– Ah! Au secours! A l'aide! On m'abandonne!

Victoire tire les rideaux, ouvre les persiennes. La lumière entre à flots. Charlie humecte sa bouche cartonnée. Il se met debout sans souplesse.

– J'ai eu un sommeil difficile, plaide-t-il. J'ai bouffé du valium.

– Cher hypocondriaque, il y a des lapins sur la pelouse, répond Victoire. Ils font des galipettes dans un rayon de soleil.

Lumineuse, elle se retourne. Elle dévisage son mari qui ébauche un geste ralenti d'intoxiqué du gaz.

– Respire, conseille-t-elle. Respire lentement par le ventre. Et donne-moi ton linge sale.

Charlie se hâte comme un gosse pris en faute. Les yeux de sa femme ne le lâchent pas tandis qu'il rassemble ses petites affaires. Mais de moquerie pour rabaisser, aucune.

Voilà. Victoire sort de son pas décidé. Et derrière elle, c'est brume et solitude.

Lettre en vitesse sur la treizième marche
de l'escalier du grenier,
ça monte et y a du vent, 5 mars.

Chère tante Zo,

Rebelote. Ces jours-ci, papa a un cœur qui tachycarde. C'est un mot que je sais orthographier en avance sur mon âge parce qu'il me l'a appris à ma demande.

Je trouve qu'on a l'air trop bête si on emploie un mot qu'on ne sait pas dessiner. Tachycarde. Drôlement dur à prononcer avec du chocolat dans la bouche.

Ta dévouée Marie-Marie.

A supposer qu'un dimanche après boire, Dieu ait envisagé de créer un homme suffisamment parfait pour randonner inlassablement le long d'une ligne droite, il se serait drôlement planté le doigt dans l'œil du saint Esprit.

A-t-on jamais vu marcheur faire dix kilomètres en gardant le cap sans rencontrer une flaque d'eau? une peau de banane? un éboulis ou une vilaine crotte de chien? A-t-on jamais vu un philosophe moderne qui ne change jamais de ligne droite?

Ceux-là, comme vous et moi, enjambent. C'est bien connu. Faute de quoi, ils glissent. S'étalent. Se tartinent du jarret. Et encore une fois de vous à moi c'est dit : j'aime autant leur voir mener une vie commode que donner l'exemple d'une malodorante vertu.

Animé d'un tel état d'esprit, je suis sûr, Charlie, que tu aurais beaucoup pardonné aux tâtonnements des médicastres pourvu qu'ils soient sincères. Il suffisait après tout d'avouer que l'analyse est à la médecine ce que l'an mil est à l'Histoire. Un joyeux bordel, passez-moi ce mot tarifé, où les gens les plus fins côtoient les plus fieffés imbéciles. Et passe encore de l'être, mais faire payer ses services! Inventer des cérémonies! Dire la messe en jargon! Siffler du vin de chapelle sur le compte des enfants malades de la tête! Quelle ladrerie! Toupet pour le moins! Sans compter la horde des chacals. Escrocs en tout genre, prêts à imposer les mains, à jouer du pendule, à mettre les schizophrènes en herbier! Radiesthésistes, phyto-sorciers à la petite semaine, piètres faiseurs de pluie, charlatant du soma, du trauma, du blabla auxquels il convient d'ajouter les vrais rapaces. Puants vautours et balbuzards ès névroses, partout rôdant sur le métier, Sigmund à petits cercles, mauvais schlingueurs de mondes enfouis. Pygargues de rêves, chiffonniers de l'âme, et que-je-te-rafistole-sur-mon-divan, embusqués par-derrière le Moi, léthargiques canailles, le croc pendant sur le cratère des libidos, prêts à piquer la moindre guenille, un lapsus ou l'un de ces souvenirs cuisants dont nous refusons le ressac.

Mademoiselle Métianu canotait sur la folie des autres avec le bagout d'un guide de Cityrama. La visite des cavernes et des ombres se faisait à voix douce.

Dès la première rencontre avec Victoire et Charlie, alors que Ben tournoyait sur lui-même pour attirer son attention, elle avait commencé à déguiser en liturgie ce qui n'aurait dû être que chaleureux accueil. Par la suite, les cheveux mal démêlés au sortir d'un lit dont on la tirait à quelque heure qu'on se présentât, l'œil infiltré, elle battait des paupières, faisait tintinnabuler ses bracelets et se réfugiait dans un insupportable logos ponctué d'exhalaisons d'éther et de renvois de bière de Mützig.

– Eh oui, c'est comme ça, cher monsieur! Il faut vous faire une raison! éructait vieille Métianu en assortissant son remugle de gestes d'un chichi architoc. Autisme vient du grec « auto » – dont le sens est « moi-même » et qui s'oppose à l'autre en tant que « même ». Le « même », *Ipse,* veux-je dire.

– Je n'en doute pas, disait Charlie. Mais où cela nous mène-t-il?

– A l'hypothèse que l'autisme est une forme d'autoérotisme, puisque « auto » suppose un retour sur soi-même de la pulsion.

Et ainsi de suite, les remparts qu'elle dressait.

Pendant ce temps-là, l'enfant avait attrapé ses cinq ans. Les séances duraient trois quarts d'heure. Semaine après semaine, Métianu entraînait Benjamin dans son repaire. Elle lui posait la main sur la tête comme un gavial noie sa proie sous une racine, en route vers l'inconnu.

Charlie et Victoire livraient l'enfant à domicile. Sonnette. Attente. Glissement de savates. Un œil se collait au judas. Bruits de pênes. Ouverture. Salut compassé. Sourire végétal assorti d'une main molle.

Victoire disait :

– Cette semaine, Benny a été très agité. Il déchire tout ce qu'il trouve. Les papiers. Les annuaires. Il les transforme en miettes. En confettis. Après quoi il les cache derrière le radiateur.

Sourire entendu. Crampons et verterelle, la prêtresse refermait à clé la porte du temple. Charlie et Victoire, renvoyés au néant, restaient un moment dans la pénombre du palier. Main dans la main, ils redescendaient l'étroit escalier tapissé de nénuphars. Se retrouvaient au soleil.

Dehors était le mouvement. Le danger. Des bouchers avec des quartiers de viande sur l'épaule. Des automobilistes imprudents. Une imbécillité réconfortante. On allait au bistrot. On parlait peu. Trop amoindrie par cet abandon contus de la maternité, Victoire affectait de lire. Charlie regardait passer les gens qui baguenaudaient.

Benjamin était là-haut, de l'autre côté de la place. Au deuxième étage de cette maison de brique. Il était assis sur ses jambes repliées. Pattes d'araignée. Enfant maigre attablé devant le monde fait de baigneurs aux crânes défoncés, de capsules, de pâte à modeler, de trousseaux de clés, d'eau et de tétines. Tout un réassort de vieux symboles à la vue desquels il émettait deux trois sons de langage « gribouillis ». Il décapitait ensuite une poupée d'une main ferme.

– Elle s'appelle Liza, disait vieille Métianu.

Liza si tu veux, pensait fugitivement Ben. Il brandissait la tête tout au bout de ses doigts si longs. Si fins. Si nerveux. Encore plus haut. Plus au bout. Plus loin si je pouvais. JE absent, et pourtant sans limites. A part ce bi du bout des doigts avec une tête. Liza si tu veux, Liza du bout des doigts. Avec une tête. Et des cheveux. Plus haut encore, Ben. Tu peux. Comme les poupées sont tristes, hein, avec leur tête en l'air? Comme leurs yeux bleu de Prusse sont des tortures à endurer. Les vaches, en plus, elles perdent de l'eau en douce. Elles fuient. Elles sont liquides pour qu'on les perde. Celle-ci aussi, Liza, va s'en aller. Benny faisait un hi désenchanté et allait placer la tête de la poupée derrière le radiateur. Là, hi, poupée partie. Liza perdue, hi. Il revenait se mettre à genoux sur le sol et lâchait un long pipi sous lui. Caca aussi dans son froc. Énurésie, encoprésie, en langage Métianu. Et cinq et deux font sept, se balançait jusqu'à la fin de la séance.

« *Sie leben in einer Welt für sich* », murmurait Charlie en piquant du nez dans la mousse de sa bière et en paraphrasant ainsi Bleuler, disciple du grand pâtissier viennois, il ressentait la présence de la langue allemande dans sa bouche comme une fatalité incontournable.

C'était comme si Freud, Hitler, Brecht, Mozart et même son propre père s'étaient mis de la partie pour le prendre aux filets du germanisme. La psychanalyse, la guerre, le théâtre et son éducation se liguaient, s'acharnaient à le vouloir captif d'une sonorité envoûtante et surnaturelle qui aurait bien pu être celle de sa langue maternelle la plus lointaine, une vérité oubliée comme une étoile morte mais dont Charlie continuait à entrevoir le faible éclat renvoyé par un miroir où, confusément, à des années-lumière, il retrouvait par intermittence les traces de sa propre présence. Un vide peuplé de traces invisibles : l'atavisme peut-être. « Je suis fait pour la horde », pensait Charlie. Et la glace du bistrot lui renvoyait l'image fatiguée de son père.

Victoire allait rechercher l'enfant. Mademoiselle Métianu puait la bière. Au passage, elle refermait la porte entrebâillée de la chambre. On entrevoyait le gourou allumé qui la faisait monter au ciel, Shri Krishnaswami Robert, natif du Kremlin-Bicêtre, qui aura son chapitre plus tard si j'en vois l'utilité.

– A jeudi? minaudait Métianu en s'adressant à Ben.

A jeudi ou en enfer, grosses poitrines, Benny s'en brossait l'âme. Il détalait entouré par trois chats angora qui le terrorisaient de leurs fourrures extra-douces.

– Hi! lançait-il en courant se réfugier vers sa mère.

Et il grimpait après elle comme du lierre.

– Où en est-il avec ses tournoiements? demandait Victoire en luttant pour garder l'équilibre.

– Maintenant, il n'est plus lui-même tourbillonnant, mais il agit et fait tourner des objets en dehors de son propre corps, répondait la prêtresse de Lacan. C'est là une activité figurale. Spéculaire, si vous préférez. Benjamin ne subit plus le tournoiement. Il le pose devant lui.

Du coup, elle exigeait du bambin qu'il lui tendît lui-même l'argent de sa consultation. Ben le faisait en regardant ailleurs, vers un pays transparent que nous n'envisagions même pas. Gracile, il tournait le dos et s'absentait pour de bon.

Il était un peu comme un prince, dormant dans un château lointain où tout se serait arrêté. Pour réveiller ce royaume inerte, celui ou celle qui entreprendrait le voyage devrait affronter des épreuves difficiles. Prodiguer d'harassants efforts. Donner beaucoup d'amour. Ce n'est que sous ces conditions que le bel endormi serait délivré et sortirait du Bois Dormant.

Où était l'éveilleur? Où était le chevalier qui prendrait la citadelle?

Les mois passaient. Et Victoire s'acharnait. Elle s'entêtait. Maintenant qu'on avait déménagé et quitté le nord de Paris, elle faisait cent cinquante kilomètres aller et retour plusieurs fois par semaine.

Saloperie du Métianu, menacée un moment de perdre ses clients, s'était retranchée derrière le règlement.

– Pensez à votre enfant, avait-elle menacé. Le changement de thérapeute pourrait le renvoyer aux oubliettes.

Métianu était industrieuse. Elle ne lâchait pas sa proie. Percevait-elle une infime réticence ou le moindre doute quant au bien-fondé de ses expériences, qu'elle créait aussitôt une péripétie nouvelle, l'enluminait de détails confidentiels comme des patenôtres.

Une fois, elle avait insisté pour que Victoire se séparât du châle que Charlie venait de lui offrir pour son anniversaire.

– *Nous* en avons besoin pour l'atelier, avait-elle décrété. Benny flaire tout. Il est suspendu à l'odeur de la mère. C'est important qu'il la retrouve ici.

Elle allumait une cigarette, s'enrobait de fumée.

– Hier, disait-elle, il a ramassé une tétine.

Elle mimait une bouche en la figurant par trois doigts tendus vers l'avant.

– Ben a tété mon coude. Comme ça, chuintait-elle, les lèvres en cul de poule. J'ai retiré mon bras! Un jeu s'est instauré entre la tétine, mon bras et le rire de Ben. Demain, je continuerai le jeu. Je m'arrangerai pour qu'il suce moins mon bras que la sucette.

Les années passaient. Et Victoire s'acharnait. Le châle sentait la pisse de chat. Il ne servait qu'aux chats. Victoire continuait à rencontrer dans le couloir le regard charbonneux de Shri Krishnaswami Robert, si les circonstances le veulent, il aura son chapitre. Victoire s'entêtait.

Jusqu'au jour où elle trouva Ben au bistrot. Il était à plat ventre dans la sciure et jouait avec une capsule. Sur la moleskine, mademoiselle Métianu et Shri Robert bogartaient un joint nostalgique à la santé de Sigmund en rédigeant la grille d'un pari mutuel, Shalimar gagnant dans la cinquième. Le traitement prit fin par une algarade de café-tabac, Shri Robert deux incisives cassées.

Victoire rentra en larmes à la maison-ventre. Benny rit aux éclats pendant trois semaines. C'était un rire nerveux et sec que rien ne pouvait épuiser, ni la soif ni la faim, ni le sommeil. Il riait. Benny s'esclaffait sans joie pendant des heures entières. Un véritable hoquet de fausse allégresse qu'il mariait à un balancement rapide au-dessus du vide. Il le fabriquait.

Puis, un beau jour, il découvrit comment on sifflait et oublia brusquement son chagrin.

Là-dessus, malgré les lenteurs de l'administration, on l'admit dans un hôpital de jour où une vraie équipe soignante le prit en charge. Des hommes et des femmes d'un grand dévouement qui avaient le docteur Reyna pour prophète.

On était en 1977, Charlie. Brrr, comme le temps avait passé.

Lettre en haut d'un arbre, 13 mars.

Chère tante Zo,

Je t'écris depuis notre genévrier d'Amérique. C'est un grand sapin de voyage qui permet de rêver. Au fond du jardin, il pleure vers le bas, avec de grandes oreilles vertes. Si tu voulais m'y surprendre à huit mètres du sol, il faudrait que tu sois une tante-girafe.

Merci pour le chocolat Côte-d'Or. J'économise les tablettes, pas plus de cinq ou six par jour. Pour répondre à ta question, oui, j'ai entendu parler du Toblerone et de son miel super-supérieur. Mais je ne pense pas en avoir mérité récemment. Trop monstre pour ça.

Les jours de monstre, figure-toi, je suis abominable. Je donne du mal à retordre. Hier, par exemple, j'ai maquillé mes yeux comme au théâtre. J'ai mis les soutifes de maman et j'ai récolté une bonne tape sur le catholique. C'est comme ça que j'appelle la pudeur de mes fesses.

Les jours de monstre, Victoire dit que je suis bien la fille de mon père. Une certitude que j'approuve, même si des fois c'est dur à encaisser pour les autres. Je suis en avance depuis le début, j'y peux rien et c'est comme ça, tralala. Mon orgueil peut te surprendre, mais ça m'est égal. Après tout, à onze ans, on n'est plus des poussières.

Papa prétend que je serai bien assez vite rattrapée par l'âge adulte. Moi j'estime qu'il ne me gâchera pas forcément la fraîcheur du darrière. Le seul problème du corps est sa solitude. Et tiens, puisqu'on en parle, je t'admire, chère tante-girafe, d'avoir voulu vivre en tant que veuve, avec bien du mérite, jusqu'à quatre-vingt-six ans. Moi, je suis plus pessimiste sur ma durée. Elle m'étonnerait si elle faisait de moi une vieille dame.

Je me vois plutôt me tuer à vingt-trois ans, au volant d'une Aston-Martin, après plusieurs films en vedette. Dans l'attente de cette fin précoce, ce n'est pas pour rien que j'ai servi de modèle à mon papa pour un de ses livres. Ils en ont fait un film, et j'irai voir à quoi je ressemble sur l'écran.

Cette préparation à la célébrité n'empêche pas les jours de passer avec lenteur et sentimentalité. On peut même dire qu'ils se traînent avec malveillance. Maman est fatiguée par Benjamin. Il lancine. Depuis mardi, il a tendance au stéréotype. C'est une façon de se balancer pendant des heures en regardant dans le vide.

Aujourd'hui, je me laisse ballotter par le vent qui souffle pas mal et fait claquer la porte de la buanderie. Maman s'esquinte sur la lessive. Moi je suis dans mon arbre avec un merle qui tient des jaseries d'avant printemps et je me sens légère comme une enfant-plume.

Je lis des tas de livres sérieux et tant pis si mon ardeur à être en avance risque, comme tu dis, de « flétrir mon enfance ». Même si je l'abrège, chère tante Girafe, rassure-toi, la moitié de moi est encore verte et pas mûre.

Voilà qui m'excuse assez, je pense, pour me faire pardonner les jours monstres.

Ta dévouée Marie-Mad.

Ce matin, dans la cuisine, Charlie a refermé le journal en disant :

– Le soleil va s'éteindre.

– Voilà une nouvelle résolument optimiste, a approuvé Victoire.

Elle a cessé d'éplucher les pommes de terre. Il en faut plusieurs kilos par jour. Benjamin n'aime que les légumes. Il ne mâche pas. Son palais est une grotte inexplorée. Charlie pose son regard sur les pommes de terre abandonnées. Il dit machinalement :

– Hier, j'ai examiné la bouche de Ben pendant qu'il riait... J'ai remarqué qu'à force de ne pas servir, ses foutues dents étaient à nouveau bouffées par la plaque dentaire.

Victoire lève les yeux et les rabaisse instantanément. Le couteau à légumes mord la chair des patates.

– Qu'est-ce que j'y peux? demande-t-elle en se raidissant. On ne peut pas le mettre sous anesthésie générale tous les six mois sous prétexte de lui nettoyer les dents.

Charlie dit :

– Je disais ça parce que...

Il ne finit pas sa phrase. Le silence se faufile. Le couteau gratte. S'enfonce dans un germe. L'énucle. Les doigts de Charlie picorent comme un bec le petit segment végétal qui a roulé sur la toile cirée. Il se lève et repousse le bol de son faux café matinal. Il récupère le journal. Il dit :

– J'ai lu aussi quelque chose de dégueulasse au sujet d'un gosse prématuré et mongolien. Ces salauds de médecins le gardent en couveuse. Il a des ennuis respiratoires. Sa mère a cinquante ans. Le père, cinquante-quatre. Ils ont sept enfants. Et ils sont immigrés.

– Tu aurais dû commencer par là, dit Victoire. Leur vraie faiblesse, c'est d'être immigrés.

– Oui. Vivement que le soleil s'éteigne, dit Charlie.

– C'est pour quand? demande Victoire.

– Cinq milliards d'années. Mais ces salauds de savants savent déjà comment s'en sortir.

Victoire rince les pommes de terre sous l'eau courante.

– Quelle est la parade? demande-t-elle.

– La science est un jeu d'enfant, dit Charlie. On tirera une bombe atomique dans le bide du soleil. La déflagration rapprochera les braises de son vieux nombril. Et tout repartira pour cinquante milliards d'années.

– Dans ces conditions, est-il vraiment souhaitable de garder le petit mongolien? s'enquiert Victoire.

Elle observe un insecte qui vient de s'échapper du tas d'épluchures et se hâte à six pattes sur la toile cirée. Elle pose son couteau. Tourne le dos à la table. Cherche le regard de son mari.

– Quand irons-nous en Laponie? demande-t-elle doucement.

Mais Charlie est plongé dans la lecture du journal. Les événements y font tant de bruit.

C'est vrai les journaux, quel tambour! Tous les jours, boum-boum sur la peau. Quelle grosse caisse! Et comment ça tape, comment ça roule! Une deux! Une deux, une deux, trois! Couacs judiciaires, rumeurs de bourse, bruits de bottes, ça éclabousse. Ça cacophone. Tout fait coda et tout claironne. Stress à tout va. En avant la zizique. Nuit noire pour le cœur. Psychose d'insécurité. Otages au Liban. Achetez le *Petit Journal*! Tout est noir sur blanc. Ça dérange et ça distrait. Ça avertit et ça proclame. Pour quatre balles cinquante, le pauvre monde est à vos pieds! Sur cinq col à la Une, rien que du sensationnel. Greenpeace à la sauce Watergate. Apartheid au journal de vingt heures. L'odieux visuel s'empare des consciences. Ce soir, nous mangerons Findus. Au fond du canapé cuir, nous déchiffrerons le *Mein Kampf* de l'Ayatollah, nous regarderons saigner Beyrouth. Mexico compte ses morts. Lc Premier ministre a menti. Faut-il croire ce qu'on voit? Ce qu'on nous montre par la lucarne? Partout grimaces, pataquès, roublardises. Les riches maquereautent, les pauvres imitent. Les saisons déraillent. Le dollar, les primevères, l'Islam, les chiennes en chaleur – tout trémousse en ce moment. Par Lacan, mon totem! Pour dix dollars, feriez-vous la poule dans la rue? C'est que ça engage à dérailler, un matériau pareil. Attention à nos points faibles. A nos fontanelles. A nos écrous qui peuvent sauter! C'est que les soudures ne sont plus ce qu'elles étaient. On perd en oxygène, on gagne en cholestérol. Les forêts reculent. Les villes embouteillent. Les idées s'embrouillent. Gaffe à nos névroses. Vous pilonnez. Nous somatisons. L'abrutissement fait le reste. Halte à l'exagère. Au trop-plein qui rend fou. Des scandales? en voici. Un peu de sang? en voilà. « Tentative de viol : deux jambes cassées. » Encore plus loin? Du croustillant? « Battue par son concubin, elle est violée par une patrouille de policiers. » Plus loin encore? Suicide avec préavis. Vandales en culottes courtes. Sodomie à la matraque. Pas rassasiés? Encore du gras? Du pimenté? De l'extra-fort? Comme vous voudrez. Poursuivez, c'est tout droit. C'est tous les jours merveille : les pots-de-vin, la politique, les rabâchis. Ici on canarde, là-bas on fusille, on garrotte, on brûle de la cervelle. L'étal est permanent. Servez-vous! C'est festin. Y a qu'à prendre. Y a qu'à se baisser. Encore un peu de famine? Un glaçon contre la douleur? Fusil-laser pour les policiers français. Ilotage à domicile. Le flair du chien. La peur du gitan. De quelle couleur est la trouille? Faut-il en rire? Faut-il en pleurer? Un vigile fait en moyenne quarante kilomètres par nuit avec un berger allemand dans un parking. Quatre justiciers écrasent un Algérien. Des Anglais jouent au prisonnier dans un faux camp nazi pour trois cents francs par week-end.

Oh les vilains! les vilains! Partout sur la planète Terre, ça crame, ça chie, ça dégobille. Ça hurle au Sahel, au Brésil, en Éthiopie, au fin fond des goulags. Du septentrion sur banquise au rondibé des quarantièmes rugissants, les discours, les pieuseries, les complaisances à ailettes, les démagogies à étages déversent la litanie de leurs arguments racoleurs. Le ciel croule. Fort Knox rutile. Et pourtant rien ne change. Alors quoi? Qu'est-ce qui arrive? Qu'est-ce qui arrivera? Parce qu'enfin ces gens qui ont faim, qui ont envie d'être libres, d'être noirs, de s'aimer beurs-blancs-blacks, il faudra bien les prendre en compte, non? J'oubliais les jaunes. C'en fait-il pas du populo abonné au même oxygène? Faudra bien partager, je pense. Devenir planétaires. Citoyens terre. N'importe la couleur. Faudra bien finir marron. C'est joli le marron si tout le monde bouffe. Joli si on rigole ensemble. Quoi? ça ne vous plaît pas? Ça rechigne? Le moyen pour vous échapper? Vivre ailleurs? Vous en avez de bonnes! Où allez-vous? Coloniser les étoiles? Est-ce que c'est bien raisonnable? On ne va tout de même pas aller jouer *La Casquette du père Bugeaud* sur Jupiter? Alors on ne s'en va pas. Bernique! Nib! Autant faire des trous dans la mer. On n'esquive pas son temps. C'est bien ce que je dis. On s'assied et on le regarde en face. On avale du papier par les gros titres. On prend la publicité dans l'oigne. On se saoule la gueule à l'image. Seule solution : bouffer du son par les oreilles. Se shooter à l'information, se surinformer le baigneur. S'abrutir au magazine, à l'hebdo, au quotidien. Se turlurer de vidéo. S'empiffrer de décibels. Avoir la conscience logicielle. Le stylo laser. Et la sexualité sur disquettes. Question de survie. De santé. De cervelle. De foutre et de bonheur.

Avalons la nuit fauve par le néon. Dansons sur le brasero cathodique. Que le vieux monde éclate! qu'il se fendille! qu'il érupte! Zieutons l'Évangile selon sainte Télé. Dévorons la huitième dernière, le p'tit édito, l'encadré du patron. Encore une giclée d'actualité, s'il vous plaît, chers bourreaux! Un peu de pillage, un revenez-y de gué-guerre, un zeste de torture. Et pour finir, tiens, un peu de sport – le patin à glace surtout, parce que c'est rassurant comme un prélude à la nuit. Ah mes frères! visez-moi ce cabriolant derrière nordique jouant à toupie-vole sur fond de Boléro de Ravel. Quelle obsession! Et ce jeté-battu avec double axel en tête, quelle figure! quel bain! quelle jouvence! Comme nous sommes heureux en attendant que le pire arrive!

– Comme nous sommes heureux en ex-Seine-et-Oise, soupire Charlie en refermant son journal.

Mais Victoire n'est plus dans la cuisine pour lui donner la réplique. Pendant que son mari s'est occupé des nuages, elle a lavé et étalé les draps souillés par Benjamin, mis en route le déjeuner, répondu au téléphone, pris rendez-vous avec son gynécologue, monté et descendu cent vingt-quatre marches et rallongé des pantalons pour son fils.

Seigneur! Qui a le front de dire qu'au foyer c'est l'homme qui est le lion?

Penchée sur sa table à couture, Victoire cherche du coton bleu. Tiens, alors qu'elle enfile son aiguille, la porte de l'atelier s'entrouvre. Personne n'entre.

– C'est toi, Benny?

– ...

– Viens me voir, Ben. Je te donnerai une bobine.

Mais comment aller vers sa mère si entre elle et vous, vous êtes persuadé qu'il existe un trou profond rempli de poules blanches?

Des milliers de poules. Elles vous attendent.

Benjamin est dans sa chambre-cube.

Benny a peur.

Ben.

La *Symphonie des jouets* vient de se terminer sur l'électrophone. Le saphir sort de la piste et gratte inlassablement le dernier sillon. Personne ne pense à retourner le disque pour que reprenne le rêve éveillé.

Avant, arrière. Avant, arrière. Benjamin se balance. Cinq et deux font sept. Il faut que la musique revienne. Le cri de la mouette monte à ses lèvres. Hi. Une plainte. Avant, arrière. Avant, arrière. Cinq et deux font sept. Sept et trois font dix. Sans la musique, Benjamin se dissout. Peur. Il jette un coup d'œil vers sa droite. D'une main longue, il crochète Jimmy Fast. Monsieur Fast est un autre lui-même. C'est une poupée de chiffon avec deux boutons pour les yeux. Monsieur Fast prend un coup sur la gueule. Hi. La mouette fait son chemin. Le saphir gratte. La musique manque. Sans elle, Benny n'est rien. Elle seule a des contours liquides qui entourent bien. La musique contient. Les bulles construites par monsieur

Mozart sont les meilleures. Elles sont presque parfaites. Rondes et presque aussi confortables que le liquide d'un ventre de maman. Hi. Ben appelle monsieur Mozart. Il se tape sur la tête. Avant, arrière. Avant, arrière. Cinq et deux font sept. Sept et trois font dix. Le silence tourneur entrouvre les murs. Le corps de Benjamin s'allonge. S'étire. Cherche ses contours. Ils reculent. Ondulent. S'amenuisent. Les bras sont sans limites. Et après, ses doigts n'ont pas de bouts. Rien. C'est à hurler. Ça file à l'infini. C'est soi qui coule sous le meuble rouge. Derrière le radiateur. Des miettes. Des gouttes. A hurler. Benjamin hurle. Jimmy Fast hurle. Hurle, Jimmy Fast. Sept et trois font dix. Le mur au-dessus du lit s'est entrouvert.

Le trou béant au fond du jardin mène jusqu'à la rivière. Ça recommence, c'est plein de poules.

Lettre avec un peu de chocolat dans la bouche.

Chère tante Zo,

Ce matin, Victoire et Charlie sont allés à l'hôpital de jour. Ils y avaient rendez-vous avec le docteur Reyna. Vieux Reyna est un type assez freudien dans son genre de psychiatre. Il dirige le centre de guidance infantile où est placé Benny pendant les heures scolaires. C'est un endroit avec un parc où toute une équipe travaille à récupérer des enfants en morceaux.

Une fois par mois, papa et maman vont s'asseoir devant Reyna. C'est un homme amical et inquiet sur ses jambes croisées. Ensemble ils font de la synthèse, comme ils disent. En fait, papa et maman lui expliquent leurs souffrances.

C'est principalement Victoire qui parle, parce qu'elle est plus tendre à rayer. Quelquefois, elle rentre à la maison avec les yeux rouges. Charlie, lui, aurait plutôt tendance à se fâcher. Les mots rebondissent sur Reyna sans qu'il s'en aperçoive, c'est un caïman. Ou plutôt, il fait semblant. En réalité, c'est un moyen habituel qu'ils ont, dans ce genre de médecine, de vous observer en faisant bien attention à ne rien dire.

Si j'ai bien compris, Reyna écoute les autres à longueur d'année et attend qu'ils commettent une erreur. Toc, qu'ils disent un truc important ou qu'ils s'énervent anormalement. A ce moment-là, il a le devoir médical de leur faire remarquer comme c'est bizarre, comme c'est étrange, et on revient là-dessus autant de fois qu'il faut, parce que le moindre détail compte dans l'intérêt des familles.

Parfois, tu ne le croirais pas, mais à partir d'un simple mot, tout le monde se met à quatre pattes et se donne un mal de chien pour chercher la cachette où est planquée la clef qui ouvre la tête d'un enfant.

Une fois, Vieux Reyna a essayé de me faire venir moi aussi comme ouvre-boîte de ce pauvre Benny. Après bonjour et comment allez-vous, nous nous sommes assis. Il était dans un coin de la pièce. Personne ne bougeait. Ça menaçait d'être barbant. J'ai tiré sur mes chaussettes et je l'ai regardé plusieurs fois de très près dans les yeux. Il n'aimait pas ça.

Quand je lui ai demandé quand est-ce qu'on s'en sortirait avec la maladie de mon petit frère, il m'a expliqué avec une patience consternante qu'on ne pouvait pas prendre date. Il fallait continuer à gratter le terrain et s'y mettre tous, la famille entière, pour essayer que ça aille plus vite.

Quand tu ressors de là, t'es crevette et c'est pas marrant, pour te remettre d'aplomb, de retraverser la cour de récréation où tu rencontres beaucoup d'enfants d'institut qui te guettent. Certains se lèvent de la pelouse sur ton passage. Ils abandonnent une balle ou une herbe et ils viennent contre toi se frotter. Ou bien ils t'attrapent la main avec un visage exigeant. Ils demandent par exemple : « Qui tu es? Qui tu es, toi? Tu es le papa? Tu es la maman? » Et si tu réponds : « Non, je suis Marie-

Marie », ils s'en foutent. Ils recommencent leurs questions. Ils insistent : « Qui tu es? Qui tu es, toi? Tu es le papa? Tu es la maman? Tu es François? » Et si tu réponds : « Non. C'est toi qui es François », brusquement, leur regard s'absente.

Parce qu'il y a des gosses qui ne seront jamais François. Et jamais Phong ou Bertrand. Ils ne peuvent pas. Alors ils se balancent pendant des jours. Ils sont suspendus. Et pour les oublier, moi, je voudrais être vedette de cinoche.

Ta dévouée Marie-Star.

Par souci d'honnêteté, je vais aborder un chapitre sur lequel Charlie ne souhaite pas que je m'étende. Il aimerait tout du moins que le mensonge et la vérité s'y fassent la courte échelle au point que vous ne sachiez pas démêler le vrai du faux.

A des fins de prestidigitation, je me contenterai donc de faire sortir quelques lapins blancs du chapeau. Un empalmage, deux ou trois numéros de foulards, no more. Nous voyagerons très vite sur le cours des années-cinéma et le trajet que je vous ferai faire passe par des trous de mémoire. Un peu de magenta, un peu de zinzolin, vous devriez vous y perdre assez vite dans les nuances passées de ce vieux négatif.

Puisqu'il faut un début, disons que Charlie a été metteur en scène de cinoche. Oh, pas plus maladroit qu'un autre, je me porte garant. Il avait tourné entre 1955 et 1970 une trentaine de courts métrages primés dans tous les festivals et une demi-douzaine de longs métrages avec des vedettes de l'époque : Danielle Darrieux, Alain Delon, Charles Bronson ou Guy Bedos, cette hauteur-là.

Dès 1960, il avait entrepris le voyage de Hollywood pour le compte d'un producteur ruiné qui s'appelait monsieur Silbersalkind. Alexander Silbersalkind, le prénom me revient.

C'était un homme au sourire triste, aux cheveux de neige, à la vivacité de vieux brochet. Il écorchait le français et l'anglais dans une égale insouciance. Aussi l'italien. Et l'espagnol. Je crois bien même le japonais. Et d'ailleurs n'importe quelle langue. Il les parlait toutes pourvu qu'il les tartine d'une couche d'épais sabir moldo-viennois.

Alexander Silbersalkind avait la rage de tartiner les mots de n'importe quelle langue pour le plaisir de produire les films de Buñuel, de Jacques Becker ou de Kurosawa. Il était capable de notes de téléphone à travers le monde tout à fait considérables. Il parlait rarement à ses interlocuteurs sans avoir vissé un cigare de race Roméo & Juliette dans sa bouche en or et quand il n'avait pas l'énergie de fumer, avalait des cachets pour s'aider à mourir.

Monsieur Silbersalkind aimait la mort. Il allait la chercher. Elle ne lui refusait rien depuis qu'il avait échappé avec courage à l'extermination de Mauthausen.

Les jours où il n'avait pas d'argent pour téléphoner à Londres ou à Los Angeles, il parlait sérieusement de se pendre. Ou alors, sans prévenir, il ouvrait la fenêtre de la pièce dans laquelle vous étiez enfermé avec lui, occupé à batailler âprement à propos de l'argent qu'il aurait dû vous verser six mois auparavant, et il menaçait de se jeter du quarantième étage. Il était sincère. Mais sa légende disait aussi qu'il n'ouvrait jamais les fenêtres dans un immeuble de seulement cinq étages. Il se suicidait donc assez peu en France.

Quand Sébastien Propp, le romancier bien connu, et Charlie rencontrèrent monsieur Silbersalkind chez leur agent commun, il vint à leur rencontre par le métro. En deuxième classe. Ses cigares avaient rétréci ces derniers temps et il ne téléphonait plus à Harry Saltzman que s'il se trouvait chez les autres. Mais il avait la foi chevillée au corps, et bon dieu, ce film, *Adieu l'Ami,* il dit qu'il y croyait. Il n'avait lu que dix pages du scénario, mais il allait le produire assez vite. On pouvait signer sur-le-champ. Avant même de s'asseoir. Bien sûr, il y avait cette histoire technique et idiote de dollars coincés à la frontière suisse et aussi ces débiteurs qui se faisaient tirer l'oreille pour payer leurs dettes, mais il allait produire. Bon dieu, il allait.

– Ché beux m'asseoir?

Il pouvait s'asseoir. Il passa trois coups de fil au sujet d'agios qui couraient. Tous des spountz. Ces histoires d'intérêt le rendaient proprement dingue. Il regarda ses nouveaux partenaires – Zépastien, Tcharlie – avec des traces d'écume aux commissures des lèvres et déclara que le meilleur moyen pour convaincre les Américains était encore d'aller les voir sur leur propre terrain. Tous des spountz, on irait en Californie. Pour célébrer cette décision unilatérale, il fit un clin d'œil à Charlie et le tapa de cinq cents balles.

Huit jours plus tard, il réapparut. Ses chemises étaient immaculées, ses cigares cubains avaient repris de l'arrogance, son entêtement semblait ravivé.

– We go Fouest! annonça-t-il.

Ils partirent par Air France. Monsieur Silbersalkind n'avait pu se procurer que deux places de première classe. Le troisième participant à cette expédition était donc condamné à voyager en classe économique.

– Zépastien, Tcharlie! Assez pissé! Il vaut zavoir ce qu'on feut! La vin jusdifie les petites moyens!

Par souci d'équité, on établit donc un roulement et le champagne en provenance de la première classe parvenait régulièrement à celui qui mâchait son chewing-gum chez les « paufres ».

Au-dessus de l'Atlantique, altitude onze mille mètres, température extérieure moins trente, Charlie s'était penché vers un hublot. L'avion donnait une impression de facilité. Les nuages dessinaient des glaciers imaginaires.

Quelle euphorie, le ciel! Il suffirait de sauter plus haut que les autres pour attraper la queue du Mickey. Charlie avait l'habitude de tels bonds. Empire State Building. First National City Bank. Seagran Building. Il digérerait l'Amérique. Son estomac était prêt. Son esprit était prêt. Il se goinfrerait. Il assimilerait. Des tonnes et des tonnes de ferraille. Du béton par pans entiers. Et le saint frusquin de reflets et d'étages. Du verre et des nuages. De l'acier et du pouvoir. Il se sentait boulimique. Même la ville de New York qui sortait de la crasse était devenue un jeu d'enfant. Cubes et lignes brisées, la mégapole était à ses pieds. La Liberté comme dans les livres éclairait l'espoir des immigrés. Comme dans les films, *America! America!* Il suffisait de se pencher pour apercevoir le pont de Brooklyn.

S'arrachant au spectacle de l'East River, Charlie s'était tourné vers Sébastien Propp. Il lui avait dit :

– Quand tu seras Shakespeare et que je serai un grand metteur en scène, nous ne voyagerons plus en deuxième classe, pas même en première. Nous voyagerons *devant l'avion.*

Manhattan!

Charlie courait sur l'asphalte brûlant. Macadam-douleur. Macadam-folie. Des images de films policiers bombardaient sa cervelle. Gigue de vapeur au ras des trottoirs. Grondement bleuté de la circulation. Ourlet électrique de la chaleur insupportable. Des visages. Des cravates. Des hommes noirs avec des rires de panthères. Le blues. Les flics. Une moiteur extraordinaire. Cette incroyable mélasse qui fondait sous les box-calfs. Tout était conforme. Envies de ventre et rires de gorge. Les escaliers de métal flambaient sur les façades des gratte-ciel. Une ambulance fonçait vers le Bronx. Sous les réverbères, ils rôdaient : polacks, rabouins, vieux nègres, chicanos – rebuts de garnis, de chambres louches et d'hôtels borgnes. Septième Avenue, les drogués. Première Avenue, « body-exchange ». Jazz à Harlem : « Small Paradise » ou « Baby Grand ».

Et puis, le temps de passer la nuit à l'hôtel Algonquin, de prendre un daïkiri chez Jack Dempsey et de faire un dernier tour au Village, ils repartaient pour la côte Ouest.

Hollywood! Sunset Boulevard! La chaleur orageuse se mesurait en degrés Farenheit. L'air ne les portait plus. Bien qu'il ne sache pas conduire, monsieur Silbersalkind avait loué une Ford Mustang. Pour jeter leur jus, de la poudre, les frenchies étaient descendus chez Hernando Courtright, au Beverly Wilshire. Ils occupaient une suite afin de pouvoir dignement recevoir les stars auxquelles ils allaient proposer le rôle principal du film.

Cependant, dès le premier soir, alors qu'approchait l'heure du dîner, monsieur Silbersalkind avoua qu'on ne pouvait pas prétendre au restaurant.

Pressé de questions, acculé à la défensive, il alluma rapidement un cigare et se laissa tomber dans un fauteuil. Après des calculs, des ronds de fumée et plusieurs histoires juives, il fut clairement établi qu'à condition de ne pas dépenser inutilement de l'argent à se nourrir, l'expédition avait encore de quoi tenir huit jours. Comme Sébastien Propp émettait l'avis qu'on ne forcerait pas la chance en aussi peu de temps, monsieur Silbersalkind ouvrit la fenêtre et se pencha dehors avec l'intention de se détruire en arrivant sur la chaussée. Quatorze étages plus bas, les Cadillac décapotables remontaient Beverly Hills. Dieu qu'il faisait doux ce soir-là! L'air était étrangement transparent. Pieds nus le fantôme d'Ava Gardner traversa la moquette couleur d'herbe. Le ciel était guimauve et l'envie de vivre la plus forte.

– Zépastien, Tcharlie! Fous foulez mé tuer? demanda monsieur Silbersalkind d'une voix chevrotante.

Il regarda vers le vide et parut découragé.

– Ché zouis une vieille homme, dit-il. Chai vu les horreurs. La querre, les gamps. Ch'essaie dé m'en zortir. Té zortir dé la malétiction... Et fous né poufez pas fous prifer dé votre maudite bifteck vrançaise pentant huit petites jours?!

Ils jurèrent qu'ils en étaient capables. On referma la fenêtre. On mangea les fruits disposés dans les corbeilles où un bristol annonçait : « avec les compliments du manager ». Pamplemousse, mangues et bananes, en ces temps de vaches maigres et d'ambition véritable, il convenait pour réussir dans le cinéma d'avoir l'âme translucide et le téléphone blanc dans les water-closets.

Charlie était heureux. C'est une époque où il ne sentait pas le poids de son corps. Comme je vous parle, il avait bu du lait en tête à tête avec Richard Widmark, plongé dans une piscine bleue colorée par De Luxe, nagé dans la même eau que Jack Palance, et refait plusieurs fois le monde avec John Cassavetes. C'est seulement plus tard que les choses se sont gâtées. Charlie s'était mis à tourner ces grosses merdes de productions commerciales. Il devenait sans s'en apercevoir un fabricant. Pire, il trichait avec lui-même. Il se figurait qu'il vivait une vie surmultipliée parce qu'en entrant le matin au maquillage, il approchait les vedettes avant même qu'elles soient vêtues.

Il décidait de la couleur de leurs cheveux, de la taille de leur petite culotte, de la nuance de leur rouge à lèvres et du partenaire qu'elles embrasseraient sur la bouche. De cinq à sept, au cours du plan numéro 117 B, il leur ferait frotter leurs ventres et leurs bouches quatorze fois de suite. C'est lui qui déciderait. Mais qui aurait pu dire que de telles activités avaient à voir avec l'invention d'une vie? Charlie n'inventait plus la sienne. Il ne la rêvait plus. Il la calquait sur les stéréotypes imbéciles d'une peuplade à lunettes fumées qui confondait l'éclat du soleil avec l'incandescence des lampes à arc et la naissance du désir avec une scène en champ contre-champ. Bref, il commença à s'emmerder.

Une fois déjà, il avait failli ne plus pouvoir se regarder dans une glace, cette fameuse fois où il était entré dans la caravane qu'on mettait à sa disposition afin que le tournage en extérieur soit plus agréable pour lui. Il avait poussé la porte en coup de vent et une très jolie fille l'attendait sur le lit. Le bout de ses seins était petit et d'une couleur délicate qui faisait contraste avec leur plénitude. Le bout de ses seins était agréable au toucher. Elle avait gardé ses socquettes. Et tous deux en même temps avaient regardé cette anomalie bariolée de rouge comme un obstacle infranchissable.

– Je suis venue pour obtenir le rôle de Lily Aphrodisia, dit la jeune fille. C'est un rôle qui est fait pour moi.

Charlie s'était mis à caresser sa peau. Elle était devenue caillouteuse comme le lit d'une jeune rivière.

– Si vous retirez mes socquettes, c'est que vous me donnez le rôle, murmura la gosseline. Le reste est à vous, faites-en ce que vous voulez.

Ses hanches jouaient de la lyre sous son sacré ventre. Son visage était calme, à part des éclairs de foudre améthyste qui entrouvraient ses paupières.

Charlie éplucha ses pieds d'un geste brusque.

– Et maintenant, s'il vous plaît, debout, exigea-t-il.

Elle se mit gauchement dans la position qu'il désirait, en équilibre sur sa gaule. Il se mit à pêcher dans sa rivière. Pas besoin de tâtonner pour le rythme. La petite, en avance sur le rendez-vous, l'attendait en amont. Mille truites arc-en-ciel sous les pierres. Dites-moi si j'exagère, monsieur le metteur en scène?

Mais comme comédienne, nulle. Un clou. Elle parlait faux comme un tuyau de plomb. Et de ce jour-là, Charlie avait cessé de s'aimer.

Sur ces entrefaites, le système entier s'était mis de la partie et avait lentement basculé sur sa tête. Même en stuc, les colonnes du temple étaient lourdes à recevoir. Elles assommèrent Charlie sous les dorures. Il se sentait complètement bidon. Si bien que lorsque sa nouvelle production avait été un flop, pas étonnant que les gens de cinéma se soient mis à déserter le navire. Voie d'eau au box-office. Recettes Paris-périphérie insuffisantes. Les producteurs n'embrassent sur les joues que les gens qui leur rapportent de l'argent. Officiellement, on ne se quittait pas. On s'évitait plutôt : – Bonjour coco, on se téléphone, on se fait une bouffe. Foireux tartufes! Ils détalaient si péteux que c'en était rigole de voir leurs arabesques pour mieux s'escamper! Troufignolages et cabrioles, ils lâchaient prise dans du mou, se carapataient caca dans leur voiture à téléphone. Faux-fuyards à roulettes. L'air peiné devant l'immensité du désastre. Pas un spectateur à l'heure de queue. Ou bien branlaient du chef, genre condoléances attristées, serraient mollement la paluche du paria, cherchant une dernière rebiffe dans ses yeux ternes. Mais rien. Nada. Charlie ne leur donnait plus à bouffer. Anorexie d'ambition. Qu'ils crèvent! Les pelliculaires ne liraient plus en dollars dans ses yeux. Le jack-pot était sec. Usé. On jette. On change. On voit ailleurs.

Charlie resta seul.

Pendant des mois, les Champs-Élysées lui parurent vides. Plus personne à rencontrer. Le téléphone ne sonnait plus. Victoire jouait au théâtre. Charlie taillait inlassablement des crayons au-dessus d'une page blanche.

Un jour, se confiant au hasard, il déplia une mappemonde, ferma les yeux et posa son index sur un fleuve. C'était l'Orénoque.

En 1970 pour Charlie, le bout du monde était encore trop près.

Grand mystère, aie pitié de nous! La vie de Charlie est une guenille. Parfois ses souvenirs sont tellement envasés que mon amitié y voit flou. Ou alors, nous descendons à une profondeur telle que, même après toutes ces années, nous continuons à nous chercher en écartant les algues avec les mains. L'autre jour, je suis entré à l'improviste et l'ai trouvé devant sa feuille blanche. Ou plutôt je me suis aperçu qu'il l'avait constellée de petits hommes inquiétants et culbuteurs qui s'enchevêtraient en d'invraisemblables postures. Charlie a toujours dessiné ce qu'il appelle des pages d'impatience.

– A quoi penses-tu, Charlie?

– Je n'arrive plus à me souvenir de quelle façon nous nous sommes rendu compte de la maladie de Benjamin, me confia-t-il.

– Tu veux dire la date?

– Oui, la date, mais aussi les traces. Là-dessus, ma mémoire est lisse.

– Victoire se souvient, j'imagine.

– Non, elle aussi a oublié. Nous l'avons fait exprès, je suppose.

J'essayai de lui venir en aide :

– Au début il y avait un bébé-chiffon, c'est toi qui me l'as dit.

Son regard bleu m'a transpercé. Il avait l'air méfiant.

– Je n'aime pas parler de cette période, siffla-t-il.

Il éteignit sa lumière, nous jetant intentionnellement dans les ténèbres. Sa voix était méconnaissable.

– Au début, égrena-t-il, Benjamin regardait ailleurs. Ses yeux passaient au travers des êtres. Son regard ne les rencontrait pas. Il n'avait ni la notion du froid ni celle de la chaleur.

– Un jour, tu as piqué son bras avec des ciseaux.

– Oui, admit Charlie. Il n'a pas crié. C'est comme s'il n'avait pas ressenti la douleur. Ce soir-là, je suis allé au fond du verger. J'ai pris mon fusil et j'ai tué un rat parce qu'il me regardait en face.

Charlie s'est tu. Dans le noir, nous n'étions plus qu'une seule personne. Il ne me sentait plus. C'est ainsi, lorsque je lui corresponds.

– C'est la première fois que je suis parti si loin, finit-il par dire. Tout le monde me cherchait. Victoire criait au fond du jardin. Je n'aurais jamais dû revenir.

– Où étais-tu allé?

– Non loin de Dieu, dit-il, à droite du prunier.

Quand les jours deviennent insoutenables, marécages de leur propre langueur, Benjamin devient le cric de sa peur.

Depuis la semaine dernière, les poules picorent ses pieds. Une vie harassante a commencé, qui l'oblige à relever ses chaussettes sur ses chevilles, sans arrêt, et à les tirer méticuleusement sur ses mollets, mieux que ça, pour être à l'abri des becs.

Surtout, il ne faut pas oublier de faire ce rabat magique, pas plus de trois centimètres, mieux que ça, qui vous protège miraculeusement, qu'elle est con cette chaussette, des pinçons – juste un rebord avec la laine. Et, mine de rien, il faut avoir une sacrée dose de courage pour s'avancer n'importe où, sur les parquets, la moquette et même le carrelage, avec des poules tassées autour des chevilles comme si elles becquetaient du maïs. Le pire arrive quand ce sont des poules blanches. Elles détestent les chaussettes rouges, c'est interdit d'en porter. Et, votre mère qui n'est au courant de rien, vous oblige à les mettre, les autres sont à la lessive.

Les poules s'acharnent. Vous ôtez les chaussettes. Vous criez de trouille. Et les adultes s'y mettent, même Marie-Marie : il faut remettre tes chaussettes, Benny, on ne se balade pas les pieds nus. Chacun marche au milieu des poules, dans cette foutue maison, et personne ne s'en aperçoit. Et vos chaussettes rouges continuent d'être excessivement cons. Elles vous font ouvrir la bouche, tellement elles le sont. Elles s'enfilent mal, vous peinez. Il faudrait leur parler, à ces grosses connes en laine tricotée main. Parler! Vous en avez de bonnes! Si votre bouche est cruellement cousue avec un fil, les chaussettes rouges, c'est ce qu'il y a de pire. Cinq et deux font sept, elles ne protègent pas des coups de bec, je ne les souhaite à personne. Et si, pour parler, il faut apprendre à vivre avec des poules aux pieds, merci bien. Merci beaucoup. Papa, maman, Reyna sont absurdes avec leur patience toujours vierge, surtout quand ils la badigeonnent d'autorité. Hier, JE, Ben a écopé d'une tape sur les fesses.

Tout ça parce que personne n'a compris que quand les jours d'été raccourcissent, les coqs aboient vers cinq heures et que les poules arrivent. Elles viennent avec des dents. Elles mordent sauvagement.

Tout ce que vous pouvez faire, c'est de vous exercer à sauver vos jambes. Il faut grimper sur la commode. Le plus haut possible. Apprendre à vous dresser sur une seule guibole. Et à enfiler vos putains de chaussettes, surtout sans oublier le rabat, comme ça.

Parler n'est pas pour demain, tandis que le rabat, c'est important pour les poules. Attention, les voilà.

La maison-ventre, 30 mars,
la rivière déborde et c'est la faute à la pluie.

Chère tante Girafe,

Donc, depuis le fameux jour où il a été attaqué en pleine Beauce par Papy Morelli et sa section Haine de l'Espoir, tu sais que papa tachycarde de partout.

Le docteur Piriou, qui est le nôtre de famille, dit que c'est un stress qui l'a déglingué, par usure de la patience et contrariété goutte à goutte. Je croirais plus volontiers avec maman qu'il abuse beaucoup de sa sensibilité en tant qu'artiste et écrivain. Les artistes ont les nerfs plus fins que ceux qui fatiguent autre chose ou leurs bras en travaillant de force.

Maman en sait quelque chose puisqu'elle aussi est une artiste; même si pour le moment elle est plus résistante que mon père, elle trinque.

Moi, je dis que les femmes sont plus courageuses que les hommes. Mon copain Lucien Rabolin, qui pleurait l'autre jour parce qu'il s'était tordu la cheville, tu parles, est une nouille. Et j'ai beaucoup d'exemples. Tandis que les femmes, moins douillettes, moins chichis d'état d'âme, ne sont pas si égoïstes avec les autres que les types burinés avec de l'after-shave.

Maman dit souvent que même si Benjamin fait la mouette, il faut bien préparer à bouffer, se faire l'œil pour-que-ça-plaise et aller décrotter un enfant qui fait sous lui à treize ans, n'importe comment, sans arrêt pour son âge, et même dans son bain. Sinon qui le ferait?

Samothrace est tellement une sainte, dans son genre de femme, que c'est un modèle pour Jeanne d'Arc. D'ailleurs, elle l'a jouée en rôle au théâtre, tu sais bien, dans les Minutes du Procès, je l'ai vue à Reims, chez Robert Hossein, et j'ai pensé plusieurs fois qu'elle était une personne avec de la lumière autour de la tête.

Elle se dévoue pour tout ce qu'elle fait.

Elle a aussi joué d'autres rôles. C'était toujours aussi lourd à porter. Comme cette sainte Jeanne des Abattoirs, par exemple, où, avec un drapeau, elle était encore une fois une autre sorte de la même pucelle. C'était au Théâtre de l'Est Parisien.

Elle mangeait une tranche de jambon blanc tous les soirs sur la scène. Qu'elle ait faim ou envie de vomir. Et aussi en matinée le dimanche. Tant pis si elle attendait en secret dans son ventre un frère qu'on n'a pas eu. Le metteur en scène ne voulait pas le savoir. Il fallait qu'elle mange son jambon. La tranche devait être légèrement mouillée. Sans cela, maman n'arrivait pas à dire ses mots dans un gosier sec.

Elle était habillée en Armée du Salut, avec deux marguerites rouges peintes sur les joues. Elle chantait avec acharnement devant une usine, au milieu des acteurs déchirés en haillons de chômeurs pour convaincre d'autres acteurs en pardessus de gens riches qui achetaient leur argent à la Bourse. Je n'ai jamais compris comment ils s'y prenaient avec des gestes dans tous les sens pour gagner autant de fric à la corbeille. Mais c'était beaucoup de faux dollars. Un pougnon fou.

Samothrace leur disait de partager avec les pauvres. Mais ça ne prenait pas. Parce que ça n'était pas dans leur nature. Les pauvres restaient pauvres. Et maman insultait la plupart des acteurs avec les mots de monsieur Brecht, un type qui s'est fâché plusieurs fois dans des pièces contemporaines.

Sainte Jeanne des Abattoirs était un grand succès, même si le rôle éreintait ma mère, mal lotie avec un enfant autistique. Elle rentrait tard à la maison-ventre et tant pis pour la santé de Samo, Benny n'arrêtait pas de mouiller son lit.

Sur scène, maman était splendide. Les escaliers, les praticables la soulevaient vers la lumière. La présentaient au ciel. Elle était emportée comme une flamme. Jamais elle n'avait été aussi sensible. Elle avait beau être minuscule, surtout de loin, dans les projecteurs, elle avait une force bien plus grande que celle de Pierrepont Mauler, le chef des riches. Elle le terrassait complètement avec ses mots du cœur. Et c'est lui, par honte de manger tellement de viande rouge à sa faim, qui finissait par offrir la fameuse tranche de jambon à ma mère. Elle en avait besoin, comme en attestait la couleur cendrée de son maquillage. C'est fou ce qu'on dépérit à fréquenter les pauvres.

Une fois, monsieur Mauler est venu dîner à la maison pour de bon. On lui a fait du foie gras. Il a trouvé qu'on n'était pas rancuniers.

J'avais mis ma robe Gudule. Il a trouvé que j'avais un très joli darrière. A ce moment-là de notre vie, Ben n'avait encore que sept ans. Il se laissait coucher sans faire d'histoires. Avec mes deux ans de moins que lui, j'étais encore assez gourde pour croire que mon père m'avait emmenée sur la lune. Quelle naïveté!

Ta dévouée Marie-Marie.

Ce soir, au Venezuela, Charlie remonte en rêve une rue véronèse peinte par Barbaro Rivas. Il marche à reculons. Perdu dans le ciel, un petit avion à court d'essence fait un bruit de moustique fatigué. Charlie ferme les yeux. Il s'engloutit. Il est coincé dans un cockpit au-dessus de la sierra Pacaraïma.

Il se prépare à mourir.

Plus la montagne se rapproche et plus le pilote prend la couleur brique des éperons rocheux. Le petit bimoteur donne l'impression de s'asphyxier.

Le regard de Charlie quitte pour une fraction de seconde la paroi verticale qui se dresse face à l'appareil, pour se poser sur la main droite de l'aviateur. Les doigts de ce dernier se crispent sur le petit robinet de cuivre. Ils répètent un geste à l'amplitude dérisoire, dans le sens inverse des aiguilles d'une montre.

– Pas de doute, señor, nous sommes passés sur le réservoir de secours, dit l'homme.

Des veines extraordinairement apparentes battent à fleur de sa peau.

– Bon dieu! Essayez de grimper! gueule le passager.

Mais la voix de Charlie Floche n'a pas de poids dans l'air lourd. Elle ne pénètre pas.

– Je ne peux pas, señor, dit le pilote. L'avion a du plomb dans les ailes. Du plomb.

L'homme a les yeux fixes. Le cou tendu en avant.

Au-dessus de lui, Charlie remarque, le soleil dessine une toupie incandescente qui vrille l'habitacle. Mille escarbilles concentriques et mouvantes autour d'un point à la densité aveuglante. Un jaillissement rouge. Lignes et points conjugués. Une hémorragie chromatique proche de la douleur. De la vitrification. De la force absolue. Proche de Dieu, pense Charlie.

Le nez de l'appareil semble renifler la paroi du cirque dans lequel il s'est laissé enfermer. Partout il manque la hauteur d'un building de dix étages pour passer au-dessus de la crête du ravin. Et au-delà, un plateau s'ouvre, inondé de chaleur. Du feu. Les moteurs se mettent à tousser et un raté plus important que les autres leur permet d'entendre le sifflement de l'air chaud sur l'empennage.

– Il y a une saleté qui bouche le conduit de raccordement, dit le pilote.

– Ordure de toi, dit Charlie. Si tu avais fait le plein au lieu de garder l'argent dans ta poche!

Il jette un coup d'œil sur ce réservoir de secours absurde, situé entre leurs sièges. Sur le petit robinet de cuivre que les doigts du pilote desserrent à nouveau. Sur ce tuyau d'arrivée d'essence qui symbolise leur salut. Il passe sa langue sur ses dents. Bon dieu, le soleil et la peur mettent les gencives à vif. Comme il a soif! Le temps n'en finit pas de prendre des détours minutieux.

« Je ne veux pas mourir de cette façon-là, pense Charlie. C'est impossible. Pas moi. Je ne veux pas. Je ne peux pas. J'ai encore tant à faire. »

Son intelligence se révolte. La merde si chaque seconde ne devient pas aiguë au point de tout envisager à voix haute.

– Faites demi-tour! gueule-t-il, et cette fois il ressent le son de sa voix comme si elle occupait tout l'habitacle.

– Pour aller où? demande le pilote.

Il retire ses Ray-ban et fait un geste court pour désigner ce qui les entoure. Des rochers. Des dents. Des haillons caillouteux. Un mur de rochers et des arbres soudain effrayants. Ils sont hauts, nus, et tendent leurs bras pour capturer l'avion.

« Je ne veux pas mourir de cette façon inepte, pense Charlie. Pas moi. Tout reste à faire. Je suis seulement parti pour comprendre ce qui bouge en moi. Je veux choisir ma mort. J'y ai droit, je pense. Après tout ce que j'ai fait! »

Au tout dernier moment, une vibration secoue les pieds des deux hommes, étrangement solidaires de la même crispation. Le moteur droit reprend le premier son chuintement de moustique fatigué. Celui de gauche communique un soubresaut à l'hélice. Après un hoquet, un peu de fumée bleue apparaît en corolle, et seulement alors les pales s'emballent, se rejoignent, disparaissent dans un cercle de vitesse.

L'avion semble retrouver une nouvelle qualité de respiration. Délivré des pesanteurs terrestres, il prend insensiblement de l'altitude. Son nez regarde le ciel, mais la pente qu'il remonte est trop faible pour le bond qui lui reste à accomplir au-dessus de la crête.

– Il manque cinq mètres! Jamais nous ne passerons. Virez! Virez, bon dieu! Nous allons nous écraser, dit Charlie.

C'est ce qu'il dit et, à mesure, il se rapetisse sur son siège en parlant au pilote. L'autre continue à vouloir réussir son projet insensé. Il est raide, muré dans son entêtement dérisoire qui passe par sa propre mort, victime d'une sorte de détachement divin qui le rive à sa machine.

Le passager ferme les yeux un peu avant le dernier moment. Charlie se souvient : au travers de ses paupières closes, il retrouve la lumière pourpre du soleil. Elle l'habite. Une turbulence de points incandescents qui s'ordonnent et se désagrègent tumultueusement en un blason douteux.

« Je ne veux pas mourir de cette façon », hurle Charlie à l'intérieur de lui-même. Son être se révolte et il perçoit son ultime désarroi comme un orage d'une violence extrême.

Soudain, la folie l'empourpre. En un geste diagonal, il palpe sa poche intérieure et en ressort un rouleau de billets verts serrés par un élastique. Il les pose sur les genoux du pilote.

– Cinq mille dollars! hurle-t-il. Ils sont à vous!

Et ils avancent sur la montagne.

– On n'achète pas la vie, dit le pilote. Je suis passé parce que Dieu l'a voulu.

Charlie rit. Il n'a pas d'explication. Il rit. Il rit à hauteur de sa peur. Il se sent liquide dans son pantalon. Souillé sous lui. Bon sang, que c'est rassurant de sentir votre propre matière vous échapper. Il tend la main vers le vide-poche et trouve sa fiole de whisky.

« Jamais plus je ne me résignerai, pense-t-il. Je triompherai. » Il boit longtemps. En fermant les yeux. En bloquant sa respiration. Quand le souffle lui fait défaut, il les rouvre. Pas avant. Un pari à l'intérieur de son organisme.

Quand il relâche ses bronches, il voit, en se penchant vers la droite, les arbres qui défilent, jus verdâtre, vaincus par la vitesse. Reste l'immensité immobile de la jungle. Son opacité insondable qui boit même l'Orénoque. Elle est comme une réponse à la mobilité retrouvée du bimoteur. Comme une parade inventée pour contrer son pouvoir repris à cause de l'altitude.

Au sol, Charlie se souvient, rien à voir. Rien. A part un tissu bleu nimbé de vapeur à l'horizon, à l'ouest les boucles du fleuve – comme des miroirs faits pour éblouir – et devant eux, toujours, interminablement, la forêt qui tisse sous l'avionnette un nouvel imbroglio végétal.

– Tu peux garder l'argent, dit Charlie au pilote.

– Pas la peine de me tutoyer, dit le pilote.

Il empoche la liasse qu'il a laissée sur ses genoux.

– Et pas de honte à prendre votre fric, dit-il. D'ailleurs, si je fais cette saleté de métier, c'est entièrement pour le fric.

Il ne regarde pas Charlie. Il parle à ses manomètres. A son manche à balai. A la poussière sur le tableau de bord.

– Fric, fric, fric, dit-il encore comme pour se désénerver.

Il remet ses Ray-ban qu'il avait retirées au moment crucial et, toujours sans regarder son interlocuteur, tend la main vers la bouteille d'alcool.

– Donnez-m'en, dit-il. Moi aussi j'ai besoin d'oublier cette merde.

La piste apparaît, Charlie se souvient : blanche comme une cicatrice. Des dizaines de griffures laissées par les jeeps s'en écartent sans logique apparente.

Ils réduisent la vitesse et les ailes du bimoteur se mettent à danser sur l'air chaud. En dandinant du cul, l'avion pique vers le glacis de terre. Ils rasent la cime des copayers, et, circulant dans une sorte de couloir où les arbres les dominent, débouchent au-dessus de cinq ou six baraquements de tôle.

– Fine del mundo! annonce le pilote.

Charlie voit nettement un groupe d'hommes, le visage tourné vers eux, qui agitent leurs chapeaux, puis l'avion aborde la piste.

Rebondissant de nid-de-poule en excavation, l'appareil cherche sa stabilité sans la trouver. Il y a une sorte de moment d'incertitude. Ensuite, après un rugissement des moteurs, l'avion redevient un simple engin terrestre qui roule pour chercher son chemin. Ils font une cinquantaine de mètres puis s'immobilisent. Dès que les moteurs se sont tus, ils entendent les insectes.

Charlie ouvre la portière. Saute dans la fournaise. Il se souvient, il y a d'abord le sol blanc. Sa réverbération insoutenable. Le poids de la chaleur qui appuie sur la nuque. Il relève la tête et trouve les yeux de cet enfant. Des yeux d'enfant, Charlie. Le fouet de la vie.

– Cigarettes? Coca? Tu veux une montre? Tu veux manger?

Une mouche se pose sur le front du gosse. Presque aussitôt sur sa joue. Sur la morve qui chandelle sous son nez. Charlie regarde la terre. La terre assoiffée. Il pense à Victoire en robe de marquise. En 1970, elle joue Marivaux.

– Señor? Restaurant? Tu veux une fille?

L'enfant aspire sa morve. La mouche s'enfuit dans l'air torride.

– Moi je ne reste pas dans ce bled, dit le pilote. Vous descendrez vos bagages.

Charlie regarde l'autre extrémité de la piste. Les hangars abandonnés. Les restes d'un avion qui s'est crashé. Il semble captif du temps immobile.

– Viens baiser ma sœur, dit le gosse. Elle est propre. Elle a dix-sept ans.

Charlie se laisse prendre par la main. Le gosse le guide

vers la lisière de la forêt, là où se devinent des baraques de plastique ondulé, et plus loin, derrière, la majesté du fleuve Orénoque. Il se retourne une seule fois pour répondre aux appels du pilote.

– Señor! Votre sac! Vos bagages! Vous les oubliez!

Charlie fait un signe pour dire que c'est sans importance et shoote dans une pierre.

Il suit l'enfant. Il sera écrivain.

Chère tante Zo,

Ce matin, le printemps est une jonquille. J'ai trouvé sa première boule de lumière au pied de l'if qui borde la rivière. Avec sa tête jaune, la fleur essayait de se frayer un passage à travers la tignasse rouquine d'une vieille poupée en chiffon abandonnée par Benjamin à la fin de l'été dernier. Son ventre ouvert par l'humidité était une caverne de polyester. Ses mains avaient été rongées par la pluie! Ses yeux étaient effacés sur les bords. Et sûrement son esprit était ailleurs. Du côté des orties, je pense. J'ai soulevé la poupée et son nom m'est revenu parce qu'elle s'appelait Lily-drop. Sous elle, curieusement, la verdure n'était pas encore peinte en vert. Elle se contentait d'être un nid de tigelles couleur tendre d'endives qui ne bronzent pas sous les papillotes. Et deux ou trois très vieux cloportes ont essayé de paraître en vie, mais quel découragement! J'ai emporté Lily-drop jusqu'au prunier devant lequel Charlie va souvent se recueillir. J'ai donné une posture amicale à sa vieille forme, en l'asseyant dos à un tronc de l'arbre, et j'ai bourré l'intérieur de son ventre avec une poignée d'herbe fraîche afin qu'elle paraisse en meilleure santé. Ensuite je me suis récité la table des 9, histoire de réveiller ma cervelle qui s'ankylosait d'une grande paresse, faute à la douceur de cette matinée si calme.

Je me suis assise en face de Lily-drop. J'ai sorti mon

crayon, le bloc qui me sert à t'envoyer des lettres, et j'ai commencé à écrire : « Chère tante Zo, ce matin, le printemps est une jonquille... » Après, un avion est passé. C'était celui à quatre réacteurs qui gronde vers l'Amérique avec sa queue de la Panam. Il raye le ciel toujours à la même heure. Je me suis souvenue en regardant son sillage que je finissais ma dernière lettre par une allusion à mon voyage sur la lune avec Charlie.

Voilà donc venu le moment, chère tante Zo, d'en relater les circonstances. A mon avis que je partage, elles constituent un épisode grave de mon enfance. J'ai vécu ce premier bond dans l'espace avec une telle force d'imagination qu'il a fallu que j'atteigne l'âge de huit ans pour douter secrètement de la vérité de ce voyage. C'est au bout d'une autre année que j'ai dû me résoudre à admettre – en face d'affreuses filles de mon âge qui riaient ouvertement – que je n'avais jamais posé le pied sur l'astre mort. Encore aujourd'hui, à onze ans, je ressens cette abdication comme une blessure qui charcute à jamais la confiance qu'on peut placer dans les adultes.

Songe que je n'avais même pas quatre ans quand papa m'a proposé de faire ce fabuleux voyage vers la mer de Sérénité. Tout de même, je le trouvais drôlement gonflé de vouloir l'entreprendre. Quatre ans est l'âge où, d'habitude, les papas ne vous lâchent même pas la main dans le métro. On habitait encore au nord de Paris. Tout au bout de la plaine de France. Et, franchement, je n'étais pas chaude pour quitter le 95-Val-d'Oise.

Nos connaissances scientifiques à propos des planètes étaient médiocres et insuffisantes. Elles se bornaient à une documentation succincte. Celle du dico Larousse illustré dont j'avais exigé la lecture à un moment où Charlie parlait de prendre le départ plus tôt que prévu. Ce soir-là, nous avions découvert avec stupeur (et abattement de ma part) que la Lune est un corps céleste cinquante fois plus petit que la Terre. Dès lors, pas besoin d'être spécialement pessimistes pour penser que notre fusée de fabrication familiale était bien capable de manquer une cible aussi minuscule. Je nous voyais barboter dans les étoiles jusqu'à la fin des siècles. Et, de toute façon, en admettant que nous ayons atteint notre but, comment aurions-nous pu alunir correctement sur une surface aussi raboteuse? Nous manquions d'entraînement. Charlie se vantait au sujet de l'apesanteur. Il disait qu'il avait le pied astral. Mais il était nul avec sa gravité. J'en étais sûre depuis le jour où Victoire m'avait raconté comment il avait vomi son gruyère en descendant d'une soucoupe volante à la foire du Trône. Si bien que ses manigances me foutaient un cafard noir.

Un matin, je suis entrée en pyjama, sans frapper, dans la salle de bains où il se tenait sur un pied. On s'est expliqués pendant qu'il enfilait sa chaussette. Je lui ai dit : « Charlie (il s'appelait déjà comme ça entre nous), Charlie, je trouve que tu respectes pas beaucoup la vie humaine, ni surtout celle de ta fille dévouée. » Et je suis ressortie en claquant la porte. Pas question d'aller piqueniquer dans un cratère, mon vieux.

On avait déjà remis l'expédition une fois, grâce à Samothrace qui avait crié « à table! » au bon moment en se brûlant avec des soufflets au fromage qui n'attendaient pas la Lune. Et une autre fois, je m'étais débrouillée pour faire annuler le départ pour cause de quarante de fièvre, éruption suspecte sur le ventre et possibilité de rougeole. Mais, tu le connais, tante Zo, t'es pas Schneider pour rien, quand Charlie fait l'Alsacien et tient de tes deux frères officiers, comme eux sur la ligne Maginot, il s'entête un peu plus. Et il n'a pas lâché.

Avec son charme fou, il me disait qu'il tenait beaucoup à ce Terre-Lune de trois cent soixante mille kilomètres en ma compagnie. Il disait aussi que les jeunes doivent voyager s'ils veulent s'ouvrir sur le sacré vieux monde et il n'arrêtait pas de suivre sur le calendrier des Postes la position respective du Soleil et de la Lune par rapport à nous. Quand j'y repense!

Salaud, Charlie! Il savait vraiment y faire avec une fille. En plus, pas fou, c'était une période d'influence où il décidait de n'importe quoi avec ma liberté. J'étais une grosse doudou en pâte à modeler. Il faisait ce qu'il voulait de moi entre ses doigts. Il m'appelait « sa Prougne ». Il me séduisait. Ou bien il me pinçait la joue. C'est là que je stockais ma vieille viande, celle que je n'en finissais pas de remâcher et que j'emmagasinais en petits tas morts pendant des heures, jusqu'à ce que ma bouche n'en contienne plus. J'attrapais des joues énormes et je ne pouvais plus parler. Papa me regardait. Je prenais l'air louche. Je rougissais. Il hochait la tête. Il disait : « Debout, vieux garde-manger. » J'allais moi-même au coin pour lui faire goûter le plaisir de son pouvoir d'homme. Je le sentais ricaner derrière moi, un peu obsédé du Toboso, je trouve, à regarder obliquement mon darrière de quatre ans, tricoté dans des Gudules, et je ne bougeais pas pendant mes cinq minutes de punition réglementaire.

Bon, mais en fait, c'était le bon temps. Tous les soirs, papa entrait dans la chambre des enfants. A cette époque-là, je la partageais avec Antoine, mon grand frère de huit ans de plus que moi. Celui qui est absent en ce moment parce qu'il en a eu marre de nous et qu'il fait une fugue de majorité.

Antoine est le genre de type assez révolté pour son âge. L'oreille percée comme un corsaire, il laboure le macadam sur des santiagues à bascule. Il va jusqu'à exhiber son indépendance dans sa coupe de cheveux, une crête en crinière de cheval, mais, malgré les apparences, si vous cherchez sa personnalité, elle n'est pas toujours là, parce qu'elle se cherche. En fait, Toine, c'est le genre de zonard à poils raides qui va chercher sa grosse voix derrière une Marlboro, mais qui a un cœur énorme à soulever. Il roule sa caisse en grande banlieue avec Mimi Chamallow, une petite meuf exigeante qui lui ronge la santé. Avec ses nœuds roses dans les cheveux et son minois rigouillard, Chamallow plie Antoine dans sa poche. Elle le lave sans bouillir. Soi-disant qu'elle en ferait ce qu'elle voudrait à cause de la révélation de son popotin strordinaire à visiter pour un jeune qui débute.

Mais pour revenir, tante Zo, au sujet de Charlie, quand nous étions des primeurs d'enfants, il frappait à peine à la porte de notre chambre. Il entrait, tant pis si on lisait des illustrés sagement dans nos lits. Il nous interrompait du droit du plus fort. « De quoi sont les pieds? » il demandait. On répondait du tac au tac : « L'objet de soins intensifs. » Il prenait l'air féroce. « Ah! Et... les Esquimaux sont... » « Glacés », on faisait en se replongeant dans *Tintin au Congo*. « Bon », disait-il, complètement rassuré. Mais il n'arrivait pas à repartir. A croire qu'il nous aimait. Collant, mon vieux. Il allait. Il venait. Il finissait par donner une chiquenaude dans la couverture de l'album d'Antoine. « Et... une blanche vaut? » « Deux noires », on répondait.

La porte se refermait et on avait la paix. Bon. Mais maintenant, ça ne se passe plus comme ça. Ça ne se passera plus jamais comme ça. Charlie et moi, nous avons vieilli. Et puis Benny demande trop d'énergie pour que nous perdions notre temps à nous aimer en dehors de lui. Il réclame pour lui tout l'amour dont cette famille est capable. C'est un don de chaque instant. Et puis pas seulement. Je suis différente. A onze ans, je mets des jeans. J'ai des lectures, des soupirs, je suis même parfois coincée dans la rue par des sinoquets de mon âge comme Rabolin Lucien qui guette « mes poitrines si elles poussent ». Des fois, un jour comme aujourd'hui au soleil, je me sens germer. Oui, y faut se rendre à l'évidence : à part Ben qui fait hi, tout a changé. Antoine est le coq de Mimi Chamallow. Charlie tachycarde. Victoire ne fait plus de théâtre. C'est une famille au jour le jour. Une famille où ça monte et où il y a du vent. Elle ne découvre plus la Lune. Et parfois je regrette la viande morte de mes quatre ans, tellement c'était délicieux d'aller au coin pour une bonne demi-heure.

Pour en revenir suite et fin à la Lune, il a bien fallu y partir une bonne fois. On a décollé depuis la cuisine. A dix-huit heures, heure locale, j'ai bu ma dernière grenadine. On a enfilé des gants pour faire la vaisselle. On a mis des casques de moto sur nos têtes, et on est montés à califourchon sur le grand banc de bois. J'avais une boule d'angoisse dans la gorge quand on a baissé nos visières. On se sent drôlement seul derrière le plexiglas.

Mon père a interrogé l'équipage avec son pouce en l'air. On a éteint la lumière. On voyait juste le petit chapeau rouge d'une veilleuse qui clignotait. Charlie a chuchoté que je m'accroche à lui. Sa voix était différente. Il a tripoté des boutons sur un tableau de bord qui avait surgi. Il y a eu un silence et je ne sais vraiment pas quel salaud a allumé les moteurs.

Un sifflement aigu m'a séparée de papa. Impossible de communiquer, mon vieux. L'échelle est remontée. C'était à moi de la tenir le long du fuselage. Mon père a appuyé sur un nouveau bouton. Aussitôt, une voix en américain a fait des sommations d'usage : « five, four, three, two, one... ». Il y a eu un grand éclair blanc, un embrouillamini de voix qui se disaient des ordres, qui se les contredisaient dans des micros, et plusieurs secousses ont eu lieu. J'ai fermé les yeux, j'ai agrippé le dos large de pap's et le banc est devenu une fusée.

C'était le 27 mars 1968, exactement. Alekseievitch Gagarine, le premier homme de l'espace, venait de se tuer dans un accident d'avion près de Moscou. Le banc s'élevait très vite au-dessus de la cuisine. En ce temps-là, il fallait encore s'accrocher à l'astronaute de devant si vous ne vouliez pas tomber dans l'espace.

Oh là là! Maman m'appelle à la fenêtre pour garder Benjamin avec monsieur Sébastien Bach qui va jouer *Jésus, que ma joie demeure*. Je te quitte vite, ça plaisante pas sur son visage.

Ta dévouée Marie-je-sais-tout.

Écrire? Houla! Quelle altitude! Voilà du crime, mon camarade! Il faut savoir à quels coups on s'expose,

Charlie! S'apprêter à tout. S'aguerrir au jeu de la solitude. Apprendre à dériver. A voyager à dos d'homme. Envisager la défaite, dites! Accepter d'être pilonné de pensées contradictoires. Passer la tête sous les bastos des critiques morticoles. Fakirs, les types. Extra-lucides. Sûrs de leurs traits. Embrigadés. Tenaces assez dans les sillons du tout-tracé. S'exposer, bon. Et repartir, qu'importe. Dérouillé à zéro par les gazettes. Debout quand même, oh! Tenir bon et raide. Marcher. Et qui crèvera verra, mes beaux! Un jugement d'aujourd'hui, c'est des prunes pour demain. S'avancer comme un somnambule au-devant de la page. Inconscient du tapage de l'époque. Caquets de radio. Tickets-timbales pour voyager à la télé. Écrire d'abord et réfléchir après. Exhibo du troisième dan. S'effeuiller en prose. Risquer ces matins glacés où rien ne vient sous l'encre. Où l'impuissance ricane. Exulte. Vivante Salope. Vous émascule de vos mots. Déglande l'artiste à la plume, le réduit à moelle. Suce. Et apporte le doute lancinant, la sensation contuse de la stérilité. Vous jette dans la rue, plus orphelin que quiconque. Inconsolable. Atrabilaire. Méchant. Ennemi du genre humain. Vous drosse au milieu des pékins, de la foule mérinos, perdu comme un ténia, brutal, révolté, parce que le beau miracle n'a pas eu lieu. Parce que l'incubation n'a pas été profitable.

Parce que vous êtes resté, ce matin-là, un type bien portant, ordinaire par le fait, avec seulement des pets, des bâillements, du café noir dans la bouche. Et que jamais le grand germe de la maladie ne vous a contaminé. Pouah! Vous étiez sain et imbécile.

Que de soirs pour un seul matin! Mais pas là pour se plaindre. Qu'il aille au claque, à la trappe, l'enfieffé qui pleurniche. Qu'il racle! Qu'il rature! Qu'il se taise! Il faut choisir à quelle hauteur on se met, Charlie. Le reste n'est que flan. Et puis vivre d'espoirs. Être prêt pour ces autres jours si lumineux d'apparence où la plume est facile parce qu'un vieil homme empli de bruit et de sagesse vous a pris à bord de son doris, dérive avec vous, acceptant le défi de la banquise qui se referme, et dicte par-dessus votre épaule cette fantastique histoire que vous récitez de mémoire parce que vous êtes à la fois le vieil homme et la banquise, l'expérience et le défi, le bruit des actes et la sagesse des mots. Ah ces jours sacrés de brume où la rive a disparu, où l'océan est plus fort que le téléphone, où la marine de l'écriture l'emporte sur le terre à terre du digestif, quels poissons nous méritons! En quels filets halerons-nous la pêche! Et quelle envie d'enfermer le monde! Actes éblouissants. Dépassement de soi-même. Fiston de personne. Quel orgueil à soi seul! Faut-il pas aimer jouir! Vouloir faire la pluie, le beau temps. Et quelle folle envie d'aimer, ce besoin sourd et inexplicable qui pousse à creuser des trous dans la mer.

Il y a aussi ces jours fastes où le coin de la rue devient le bout de la planète. Où tout sourit, s'aventure, s'émerveille. Où la ville entière entre par la fenêtre sur une simple phrase écrite à la va-vite. Où la vie ripolin, suite et pointillé de traces éblouissantes, transfigure par la grâce de son naturel lucide l'épaisseur d'une phrase alambiquée en un trait d'une vérité subaiguë. Ah, Charlie! Comme on n'y gagne pas toujours à vouloir avaler le poirier avec les poires! Comme on a meilleur temps parfois de raconter les choses quand elles viennent. Ébouriffées. Sans ordre de grandeur. Exactement comme elles fermentent dans le cerveau, se pressent, affluent, débordent au fil du quotidien. Étrange cheminement de la création. Mobilisation permanente de celui qui écrit et cherche ses mots les plus vrais pour les confier à la bouche d'un personnage de papier. Des gens de rien, pourtant. Partis d'une patte de mouche. Des sujets malingres à qui vous venez de donner vie le matin même. Et qui, en deux, trois paragraphes, prennent du muscle, du rubicond, de la stature, galipettent pour se faire remarquer et, à peine entrés en cour, manigancent à tout va, arcanent et volent le dialogue du voisin – vilains drôles qui grossissent aux dépens d'un compère plus modeste, au destin moins clair, au caractère moins dessiné.

Il y a chez les hommes de papier, comme à la ville ou au théâtre, de ces cabotins qui prennent le devant de la scène, des histrions initialement distribués pour ce qu'ils valent, simples artistes de complément, qui se hissent à la responsabilité de grand premier rôle sans vous demander votre avis. Et ainsi en va-t-il tout au long du trajet : il se trouve des gens, des lumières et des faits qui s'imposent, se haussent du col, captent leur éclairage spontané, annexent les situations, tranchent et vous entraînent, en vertu d'une logique aventurière, à inventer mille rebondissements qui les mettent sur des pentes plus glorieuses que celles que vous aviez calculées.

Ou l'esprit lui-même s'encanaille. Se prend d'indépendance et brusquement se cabre, échappe à la clairvoyance initiale et dérape dans des directions imprévues.

Un seul vocable vous vient, une image insolite vous traverse et presque aussitôt se déroule une nouvelle échelle, une voie si tentante que l'explorateur en chancelière s'y engouffre immanquablement. Tenez. Vous êtes dans votre bureau. Le soleil réchauffe les vitres. Les enfants se taisent dans la maison. Vos yeux innocemment se posent sur un papillon de mai. Jusque-là tout va bien. Vous avez chaud. Vous divaguez lentement. Vos pupilles s'élargissent. Votre abdomen se détend. Vous êtes dans le flou. Vacant. Disponible. Et voilà que de la paisible ordonnance des ailes du lépidoptère, de sa fragilité éphémère surgissent à votre insu, par contraste j'imagine, repoussoir de la beauté, des images de tumulte et de mort. Vous voici rejeté malgré vous. Voilà que bouillonne à la surface indécise des rêves, du clair-obscur où chatoie un géranium, l'idée même de la violence et de la guerre. Au détour du pot de fleurs, le chaos, le désordre, la turpitude. Ou bien la permanence d'un sourire sorti du passé qui facilite la résurgence subite d'un chagrin, d'une nostalgie.

Charlie revoit furtivement le pont d'un paquebot italien cinglant vers l'Extrême-Orient. Penché au bastingage, grand amiral de lui-même, il regarde la lune aller à cajole sur le dos de la mer. Il tient tendrement par l'épaule Barbara Kelly-Jones, une institutrice américaine qui a été engagée comme préceptrice pour les enfants de la Maharani de Baroda. Lui-même se rend à Bombay où, lecteur de littérature à l'université, il enseignera Diderot aux étudiantes du Wilson College. On est encore en 1955. Barbara Kelly-Jones de Boston, Massachusetts, a des taches de rousseur, mais pas trop. Une manière saine d'envisager l'existence. Elle porte des socquettes blanches. Elle pense que les voyages ouvrent l'appétit de l'intelligence. Que les Français sont superficiels et nécessaires au moins une fois dans l'existence. Tous les matins, elle pratique le tennis en jupe à mille plis, sur le pont supérieur. Elle lit l'après-midi sur un transatlantique. A cinq heures, piscine. Une douche. Et dès la tombée du jour, elle se consacre au « french kiss », retrouvant à l'heure du flirt la même attitude sportive et directe que lorsqu'elle passe un coup droit. Des bandeaux dans les cheveux, elle alterne exigences d'enfant gâtée et rêveries mystiques. Quand elle regarde avec emportement danser l'étrave du SS *Geneva* sur les flots, Charlie trouve qu'elle ressemble à Vivian Leigh. La nuit les surprend au bord de la piscine. Plus tard encore, frémissante comme Scarlett O'Hara, à peine décoiffée, Barbara quête un baiser brûlant sur fond de ciel blafard. Tout est bleu autour des amants, faux comme une transparence en technicolor, une imagerie magique, et ce vieux Dimitri Tiomkin détrempe en sourdine leurs amours qu'il teinte d'un fond de musique guimauve. Charlie a vingt-deux ans, il n'en finit pas d'être un homme.

Le bateau atteint Port-Saïd. Barbara descend avec d'autres passagers. Charlie reste à bord. Il est trop pauvre pour envisager l'excursion. Trop fier pour quémander une aide. Il ne reverra jamais Barbara. Sa trace se perd dans les sables. On a retrouvé son bandeau, un fume-cigarette. La dernière fois qu'un couple d'Allemands l'a aperçue, elle montait en riant dans une Lincoln archichrome où l'attendait un homme. Elle ne rejoindra jamais le paquebot à l'escale d'Aden.

Voyez comme les choses se mettent : Charlie voit passer des bancs de poissons volants. Il pleure au bord d'un bastingage. Au large des Somalies, un soleil aux yeux amarante goinfre la mer d'Oman. Du côté d'Al-Cha'ab ou d'Hacha Maout, dans la touffeur d'un harem, Barbara Kelly-Jones dépérit. Myrrhe et opopanax, les eunuques ont oint son corps de cosmétiques et de fards. Ce salaud de Dimitri Tiomkin fourbit son grand orchestre. Il orientalise ses arrangements de cuivre. Dans un quart d'heure à peine, sur une amphigourique approximation de marché persan, Scarlett O'Hara, en pantalon bouffant, bruissante de sequins, acceptera paupières closes d'être submergée par le souffle brûlant d'un cheikh yéménite et deviendra sa cinquième femme.

Écrire! Étrange et fascinante balade écholalique où l'explorateur réactive sans cesse le fonctionnement de lui-même, le vit comme une nécessité absolue et préfère affronter sa propre dissolution plutôt que d'abandonner le voyage de l'écriture.

Écrire, Charlie! Merdieu, à part la passion, je ne vois rien de raisonnable!

J'ai bien connu Charlie avant l'agression. La première fois que je l'ai vu, il était pendu par les pieds assez loin du sol. Malgré la touffeur tropicale, il gigotait dans le vide afin d'attirer mon attention. C'était à Higerote, Venezuela, sept ans jour pour jour avant qu'il ne subisse le premier assaut de Papy Morelli et de sa section Haine de l'Espoir.

– Hello, m'a dit Charlie ce jour-là, comment allez-vous?

– Aussi bien que possible, répondis-je en me dressant dans ma jeep. Peut-être pourriez-vous me renseigner... Je cherche des décors pour mon film et je...

Il s'agita, toujours pendu comme un jambon.

– Vous êtes cinéaste? s'intéressa-t-il.

– Oui. J'aimerais trouver dans ce foutu marécage quelque chose qui pourrait simuler un bras mort de l'Orénoque afin d'y situer une scène capitale du film que je tourne.

– Simuler l'Orénoque?

Charlie se mit à ressembler à un éléphant rouge stoppé net par une balle dum-dum.

– Pourquoi n'allez-vous pas tourner *sur* l'Orénoque? chuinta-t-il.

– Question de plan de travail.

– Vous ne m'aurez pas comme ça, dit-il. Est-ce que vous enterrez votre valise au fond du jardin quand vous voyagez?

– Certains acteurs, qui sont des stars, ne peuvent pas être trimbalés en pleine brousse, rétorquai-je.

– Le monde est aux trois quarts fou, dit Charlie, et je me sens une vague envie de vomir.

Il gloussa déraisonnablement. Il commença une phrase par Jésus-Christ mais ne jugea pas bon d'aller jusqu'au bout. Il ravala une bouillie de mots inintelligibles pour finalement braquer d'un geste de sémaphore un coin de la forêt situé sur ma droite.

– Par là. Vous trouverez ce qu'il vous faut. C'est infesté de crabes bleus. Vous n'aurez qu'à rouler dessus, bien qu'ils fassent en mourant un bruit désagréable sous les pneus.

Il parlait comme si sa position était naturelle. L'air brûlait.

– A quoi pense-t-on quand on est accroché au bout d'une branche? m'inquiétai-je. Est-ce que...

– Oh, à descendre, je ne vous le cache pas, dit Charlie.

– Bon. Mais qu'est-ce qui vous en empêche?

Il ne répondit pas.

– Avec quels acteurs tournez-vous? préféra-t-il demander.

– Avec Claudia Cardinale et Stanley Baker, l'informai-je.

– Ah, fit-il. Est-ce que vous ne tournez pas aussi avec ce sacré bagnard dont tout le monde achète le livre?

– Papillon? Oui. Il est censé avoir écrit le scénario.

– Misère de Dieu! soupira Charlie. Quelle merde vous allez faire!

En ce temps-là, je ne savais pas à quel point j'aurais dû lui donner raison. Je pris l'air vexé.

– Je vais suivre vos conseils et m'enfoncer dans le marigot, dis-je pour couper court.

Et je relançai le moteur de la jeep.

– Hep! Attendez! Ne partez pas, beugla Charlie. Bien que je sois au bout d'une branche, je suis un être humain! Je jure que je possède un frigidaire et que des boissons glacées nous attendent dans la foutue cabine qui se trouve juste derrière vous...

Ses yeux firent billes au bord de ses orbites inversées. Il semblait paniqué à l'idée de me perdre.

– Pouvez-vous éloigner Oskar?... demanda-t-il.

Et, de nouveau, il se congestionna d'un rouge vif.

Un iguane impressionnant par sa taille et son hiératisme préhistorique interdisait effectivement l'accès au bungalow n° 5. Je frappai dans mes mains pour l'effrayer. Le saurien immobile expédia ses yeux sous ses paupières lourdes. Quand il les eut récupérés à la lumière, c'est sur moi qu'ils étaient posés avec noirceur et fixité.

– Les iguanes sont herbivores, bredouillai-je. Vous n'avez rien à craindre.

– *En principe,* dit Charlie. Mais ici, nous nous trouvons en face d'un cas extrême... J'ai vexé Oskar pour une banale histoire de laitue. Et il veut me foutre un coup de queue sur la gueule.

Il fallut toute l'autorité de la jeep pour que l'animal consentît à déguerpir avec lenteur et majesté. Il effectua son repli avec une mine compassée. Traînant derrière lui les basques de sa redingote verte, il resta toutefois en lisière du chemin, prêt à revenir sur ses pas.

Pendant ce temps, Charlie avait exécuté une série de pirouettes et de rétablissements au fil desquels, de branche en branche, il avait perdu sérieusement de l'altitude. Ayant pris contact avec le sol, il courut jusqu'à une paire de lunettes métalliques plantées dans la poussière de la piste, dont il chaussa rapidement son nez assez bec. Après quoi, à pas élastiques, il gagna sans perdre de temps le couvert de la véranda.

– Venez donc boire un verre, lança-t-il en se détournant vaguement dans ma direction, et il se précipita à l'intérieur du bungalow.

Une fois dans la pièce unique où il avait élu domicile, Charlie enjamba une rangée de livres ébouriffés et ouvrit le frigo. Plusieurs dizaines de bouteilles y dansaient la gigue du froid.

– Je suis venu me tremper à la sauce vénézuélienne pour réfléchir, assena-t-il avant que je ne m'avise de lui poser la moindre question. Voilà bien le pays qui est le plus éloigné de moi. Si j'y résiste plus de six mois, c'est que ma force intérieure est considérable. Rien n'est trop ambitieux pour mon envie de devenir un grand écrivain.

Il se retourna brusquement :

– Coke? demanda-t-il pour me mettre à l'épreuve. Chablis? Krüg millésimé?

Comme j'hésitais, il m'arrêta d'un geste.

– Champagne, décréta-t-il en chassant d'un index vif ses lunettes vers le haut de son nez si pentu.

Il concentra son attention sur le bouchon. A petits pouces prudents, il explora momentanément la méthode champenoise, puis s'interrompit.

– Connaissez-vous la littérature américaine? questionna-t-il à brûle-pourpoint, puis, sans attendre : « Ils » ont étranglé Hemingway un peu vite, vous ne trouvez pas?

Je lui fis savoir qu'en effet, c'était mon sentiment. Il ne m'écoutait pas. Le champagne venait de naître entre ses doigts de magicien. Du champagne dans nos verres, du champagne derrière ses oreilles. Il riait. Déjà, il avait envie de reprendre la parole. De l'accaparer. Avec un sourire encourageant, je l'installai pour un monologue. Il respira à fond. A fond.

– Buvons vite ce verre pour en reprendre un autre, glissa-t-il. Bon dieu! Si vous saviez toute la tendresse que je nourris pour Carson McCullers.

Et c'était ça, l'important, vous pouviez le sentir.

La lumière éclaboussait un pan de table entre nous. Une partie non négligeable de son visage paraissait emportée par la surexposition. Toujours en mouvement, sa silhouette présentait les incertitudes et symptômes d'un modèle peint par Bacon. Apparence et aspect. Ici et là. A la fois réel et pas tout à fait vrai.

– Le cinéma est un leurre, exprima-t-il en resservant à boire. Il a cent fois plus de raisons de mourir que les livres. A cause du poids de l'argent et de l'incurable manque de culture des gens qui commanditent. Quelle merde!

Il m'a dévisagé avec sympathie comme si je n'avais aucune chance d'exercer mon métier proprement.

Derrière un troisième verre qui lui embuait les lunettes, Charlie a bougé sur ses fesses. Il a paru trouver finalement son centre de gravité et s'est arrêté de vibrer.

– C'est comme Oskar, a-t-il décrété avec haine, quelle merde!

– Vous en parlez comme d'une personne, fis-je remarquer.

– Je vis sous sa coupe depuis notre première soirée, rétorqua Charlie. Il n'aurait jamais dû m'adopter.

Il a expédié ses yeux sous ses paupières et quand il les a récupérés à la lumière, c'est sur moi qu'ils étaient posés. Bleu aigu et fixité. Charlie pesait lourd.

– Une amitié chasse l'autre, a-t-il constaté.

Une bouteille et cinq verres plus loin, il était tard. Nous n'avions rien vu passer. Charlie a dit soudain :

– La merde soit d'Oskar!

Et nous sommes sortis sur le pas de la porte avec un fusil.

Quand nous sommes revenus nous mettre au frais, nous avons encore asséché plusieurs verres en attendant que l'eau frémisse dans le faitout.

– C'est dit! Je serai écrivain! répétait inlassablement Charlie.

Et après trois heures de court-bouillon, nous avons bouffé Oskar. Sa chair était assez délicate pour notre amitié.

Chrono sphinx, le temps est immobile. Sans nous il n'existe pas. C'est toi qui as raison, Charlie. Où serait la vie sans nos mains? Que peut la mort sans nos riens?

Les arbres, les enfants et les monuments sont nos balises. Mais si nous ne dérivions pas, quelles pulsations aurait le temps? Que pourrait-il si nous n'avions pas nos guerres? nos rires? nos femmes? Benjamin au bout du monde sensible. Que serait la majesté de l'Orénoque si nous ne retenions notre souffle l'instant d'un baiser? D'une peine. D'une douleur trop vive pour avoir même la ressource de crier. L'unique espoir pour les êtres de gouverner le temps, c'est de trouver sa mesure, Charlie. Son battement. De s'accorder à ses pas. Alors il émerveille.

Une fois, dans un restaurant bon marché, j'ai vu deux amis qui étaient sourds-muets. Pour communiquer ils avaient recours à des ardoises magiques. Chacun la sienne, pour aller plus vite.

Le premier avait bien cinquante ans. Il a écrit :

– Tu viens manger avec moi... là-bas?

L'autre avait bien cinquante ans. Il a répondu aussitôt :

– Je viens avec toi.

Il a ponctué sa réponse d'un rire vide et d'un grand signe de tête enthousiaste.

Le premier a écrit tout de suite :

– Oui. Mais quand?

Le second s'est affairé sur son ardoise. C'est que c'était important, cette affaire-là. Sitôt écrit, vite affiché. L'ardoise disait :

– Où? Charenton? Au printemps? La semaine prochaine?

– Oui.

– Vendredi? samedi?

– Samedi.

Les ardoises étaient allées à une cadence infernale. Les deux amis se sont reposés sur leur joie. Au bout d'un moment, le premier a froncé les sourcils. Il a pris une expression de doute. Il a écrit en s'appliquant :

– Tu viens manger avec moi, là-bas?

Oui, a opiné le deuxième. Il était grave à son tour. Le premier s'est acharné. Il a écrit :

– Tu viens manger avec moi?

– Oui, a souligné trois fois le second. Manger.

Chacun a levé les yeux sur l'autre. Leurs regards avaient rendez-vous dans l'espace. Leur visage s'est nettoyé. Ils riaient. Ils s'aimaient d'amitié. Personne autour d'eux n'existait plus, Charlie.

Le premier sourd-muet a écrit :

– Steak frites. Steak frites.

L'autre l'a arrêté avec la main. Il a écrit précipitamment :

– Je sais les faire. Avec des frites.

Rires complices. Filet de salive aux lèvres. Les yeux dans les yeux. Ils s'épiaient. Ardoise. Ardoise.

– Tu viens?

– Je viens!

– C'est une assiette de plus, tu penses... rien du tout!

– Je viens! Steak frites. Entre amis!

Ils avaient effacé leurs ardoises et comme ils n'avaient plus rien à se dire, ils se regardaient. Ils se contentaient de leurs yeux. Ils s'exprimaient qu'il s'était passé une chose grave et agréable entre eux deux. Quelque chose qu'on ne pouvait décrire avec des mots. Et soudain, le silence auquel ils étaient condamnés jusqu'à leur mort devenait la pièce de langage la plus importante du monde. La seule qui fût capable de restituer l'inexprimable. Un silence flamboyant, Charlie.

A cette minute, le moindre geste, le plus infime grognement qui serait sorti de leur gosier eût été mortel. Ils détenaient l'un et l'autre le pouvoir d'assassiner leur compère. Ils s'en rendaient parfaitement compte. La mort dansait dans leurs yeux. Si bien que lorsque le garçon est venu leur demander ce qu'ils voulaient boire, ils n'ont pas bougé.

Par-dessus la table, ils se tenaient la main. Ils étaient éternels. C'était une autre manière, Charlie, d'exprimer qu'ils étaient non loin de Dieu, à droite du prunier.

Ils n'en finissaient pas d'être heureux. Leur bonheur jalonnait le temps avec une lenteur extrême. Tout s'effritait autour de leur ferveur. Même la durée n'existait pas. Cette sensation de flottement me gagnait. J'essayai de fixer mon attention sur le lieu où je me trouvais. J'avais en moi une dernière force qui me poussait à chercher le long de la moleskine capitonnée des banquettes, sur les portemanteaux de cuivre un peu nouille ou derrière les vitrages d'inspiration modern style, la réponse à cette absence de vitesse. Mais je ne découvris rien qui pût expliquer cet étrange renoncement de l'énergie. Pas un être qui bougeât d'ici à l'extrémité de la salle. Mes mains étaient quiètes, étalées devant moi. Mon bock de bière moussait à peine. Aucune activité dans la cuisine. Les couverts étaient mis. L'argenterie luisait au bord des assiettes. Deux verres à pied par couvert. Une mouche calme posée sur une nappe. Et le carrelage à peine humide d'un reste de sciure. Je frissonnai.

En fait, on n'entendait rien de vivant, à part l'imperceptible mâchouillis qu'entretenait le serveur en frottant ses mâchoires sur un cure-dents de bois. A demi oublié, il se tenait dans la pénombre, calé contre la desserte, le front rosi par la clarté avare d'un vasistas en verre cathédrale, la serviette pliée sur l'avant-bras, et les pieds escamotés sous l'effet à la turque d'un pantalon un peu large.

Laissant dériver mon regard, je finis par vouloir savoir quelle heure il était. Emmanché d'un long cou, le garçon prévint mon intention et porta la main à son gousset.

– La pendule ne marche pas, monsieur, m'avertit-il. Elle est arrêtée depuis longtemps. Je l'ai toujours vue comme ça.

– Depuis combien de temps êtes-vous là? demandai-je au bonhomme.

Il s'anima quelque peu. Il fit passer un pâle sourire sur sa tête oblongue de loufiat encore jeune et s'avança vers moi. Son accoutrement classique était si démodé que, malgré les vingt-huit, trente ans que vous lui donniez, vous ne l'imaginiez pas autrement qu'avec un verre de claquesin sur son plateau.

– Il est quinze heures exactement, dit-il en consultant son oignon.

– Depuis combien de temps travaillez-vous dans cet endroit? réitérai-je.

Nos yeux se croisèrent.

– Trente-sept ans dans un mois, soupira-t-il sans humour. J'y suis entré un beau jour et je n'en suis plus ressorti. D'ailleurs, ici, tout s'arrête. Vous marchez à la même vitesse que le temps. Impossible de le remonter. Et ça n'avance plus.

Il posa ses yeux marron terne sur mes mains et attendit placidement que les minutes s'agglutinent et nous enlisent à mesure que nous nous taisions.

– Voyez ceux-ci, finit-il par dire en désignant nos deux voisins de table. Ils ne font pas exception. Vous entrez dans cette salle à manger avec des émotions ordinaires et, peu à peu, elles vous poussent vers l'absolu. Les gens pressés le savent. Ils nous ont retiré leur clientèle. Nous ne sommes fréquentés que par les amoureux en début de liaison, par les rêveurs, par ceux qui n'ont plus rien à perdre, ou alors par les vieillards qui hésitent à faire le grand saut.

Il me dévisagea curieusement.

– Vous n'avez pas l'air d'appartenir à l'une de ces

catégories, reprocha-t-il d'un ton inquisiteur. Le temps ne vous fait donc pas peur?

– Je m'en débrouille assez bien, dis-je.

– Il y a des gens plus doués que d'autres, acquiesça-t-il. Tout de même, si je peux me permettre, je vous ai vu entrer et je me disais qu'à part la curiosité...

– Je suis cinéaste, l'interrompis-je.

– Ah. Monsieur a bien de la chance, dit le serveur. Il dispose de l'accéléré et du retour en arrière. Flachebaque en engliche, si je ne m'abuse, se risqua-t-il. C'est un fameux moyen de circuler, n'est-ce pas?

– Oui, avouai-je, nous sommes capables de changer de cadence image ou de remonter en arrière sur le plongeoir.

Il se mit à essuyer pensivement ma table avec un chiffon mou qu'il avait trouvé dans une boule de chrome.

– Vous vous rendez compte, apprécia-t-il en lorgnant du côté des deux sourds-muets, qu'ils ont déjà volé cinq bonnes minutes à l'existence? C'est du rabiot, ça, monsieur.

– C'est vrai, appréciai-je, mais vous-même, quel âge avez-vous?

– J'approche de mes soixante ans, reconnut le loufiat en s'éclairant de toutes ses dents.

– Quelle jeunesse! m'émerveillai-je. Vous en paraissez à peine la moitié.

– A quel prix, monsieur! Quelle monotonie dans mon cas!

– J'imagine.

– On n'imagine pas, trancha-t-il. Le pire, c'est la station debout. Les pieds gonflent et le sang s'épaissit.

– N'avez-vous pas parfois envie de faire passer un peu le temps?

– Oh si, admit-il. Il m'arrive de flancher. Je gaspille. Ça me soulage de vieillir. Je marche. Je fais deux trois fois le tour de la salle à vive allure. Ou bien je casse un verre. Il faut se baisser. Le temps de balayer les miettes, ça me fait perdre un quart d'heure... C'est toujours ça de gagné.

Il me fixa plus intensément.

– Et puis il y a les jours de lâcheté, vous comprenez. Vous n'avez pas envie de mourir trop vite. On ne sait pas ce qu'il y a derrière, précisa-t-il mystérieusement.

Et il s'absenta.

Nous restâmes un moment sans bouger ni parler. Quelques minutes longues à passer pendant lesquelles, je le sentais bien, il se reposait de la course que je venais de lui imposer.

– Vous m'avez fait prendre six mois, murmura-t-il en consultant sa montre.

Et c'était vrai, il était gris de fatigue. Il se dirigea avec une lenteur extrême vers les deux sourds-muets qui venaient de se lâcher la main.

– Et pour ces messieurs, qu'est-ce que ce sera? articula-t-il à haute et intelligible voix.

– Deux parts de camembert, écrivit le premier.

Oui, opina l'autre, avec un large sourire. Et il ajouta sur son ardoise :

– Il est bien?

– Quoi donc, monsieur? s'inquiéta le loufiat.

– Le camembert, écrivit le sourd-muet. Il ne coule pas?

Le garçon prit l'air offusqué. A son tour d'empoigner l'ardoise magique.

– Réfléchissez, monsieur, écrivit-il. Dans un endroit où le temps ne passe pas, le fromage se conserve en l'état. Nous sommes connus sur la place.

Les sourds-muets étaient à nouveau heureux. Ils menaçaient de se taire pour une longue période. De se regarder dans les yeux. De se tenir par la main et de tout oublier.

Le garçon se hâta de prendre leur commande.

– Un peu de vin? se risqua-t-il.

– Du bordeaux, écrivit le premier.

– Le meilleur, écrivit le second.

Je payai ma consommation et commençai à me lever pesamment quand le garçon passa à ma hauteur. Il m'aida à me soulever et pressentit ce que j'allais lui demander.

– Il est toujours quinze heures, me renseigna-t-il en consultant sa montre-gousset.

Sans plus s'occuper de ma présence, il fila le long des tables, bien à plat sur ses bottines, la silhouette enveloppée dans les plis de son long tablier blanc. Happé par la porte battante, il sembla se dissoudre graduellement dans le néant de l'arrière-salle.

– Deux camemberts médium, égrena encore l'écho de sa voix déconfite. Et une bouteille de saint-estèphe 1892 pour le 4!...

Puis le silence retomba et je gagnai la sortie à grand-peine.

Dehors, je subis la gifle d'une bouffée d'air chaud et la sensation blasphématoire d'une intolérable hyperacousie. Instinctivement, je me mis à courir pour rattraper le temps perdu. Oh, je n'étais pas seul. Sur les trottoirs, tout le monde courait. Des milliers de gens. Des hommes, des femmes qui se hâtaient vers l'ultime rendez-vous. Car enfin, peu importait la durée de leur périple ou la complication de leurs itinéraires, à la fin de leur âge ils basculeraient immanquablement sur la dernière pente. D'accord, avant ils allaient éventuellement passer par New York, par le pôle, par la solitude d'une prison, par le Club Méditerranée ou par chez leur cousin Truc, ils auraient des coryzas, un peu de chagrin, des accidents dont ils réchapperaient ou des satisfactions personnelles, mais, au terme de leur durée, ils seraient rattrapés et effacés pour le compte. Nettoyés comme une simple phrase sur une ardoise magique. Alors, à quoi rimaient ces vieilles dames trottinantes? Ces cadres qui brûlaient les feux rouges? Ces ambulances qui faisaient place nette? Et ces agents aux carrefours qui facilitaient le trafic? Hein? puisque la sciure était inévitable. Puisqu'un jour il serait toujours la même heure.

Je me suis arrêté au bord du trottoir. J'ai regardé du côté du restaurant bon marché. Son enseigne avait disparu. La façade avait été bouffée par un hypermammouth qui vendait plus vite et moins cher.

J'ai traversé la rue en traînant les pieds et j'ai eu envie de souffler, Charlie. Je me suis avancé jusqu'à l'abri d'une porte cochère, j'ai pris le tuyau de mon ventre par la bride et j'ai relâché tout mon corps. J'ai uriné longuement fort et chaud.

C'était fantastique de prendre son temps.

Benjamin ouvre la porte de sa chambre à la volée. Jimmy Fast, poupée de chiffon, la reçoit dans la gueule. Du haut de la commode, il glisse et tombe la tête la première sur le sol.

D'un geste vif, Ben le crochète par le milieu du corps, le cravate et referme la porte en la claquant violemment.

Il observe monsieur Fast avec une intensité étrange.

D'accord, l'œil gauche de Jimmy Fast est perdu. Il pend à un fil. Mais le bouton de culotte de droite est tout à fait expressif. Et si Jimmy a quelque peu abandonné ses couleurs criades, le mois dernier, faute à ce séjour forcé dans Ajax ammoniaqué, il garde encore un aspect de froide détermination.

Benjamin prend Jimmy par les épaules. Il le tourne sans ménagement. Il appuie exprès sur sa gueule de travers. Jimmy Fast a des cicatrices qui témoignent assez de son passé d'aventurier. Cette reprisure bleue sur l'estomac, séquelle d'un coup d'épluche-légumes. Ce doigt coupé par un couteau suisse à vingt-neuf lames. Cette oreille sauvagement décollée.

Ben secoue monsieur Fast. Il secoue cet autre lui-même. Le jette au sol. Marche sur son ventre. S'accroupit dessus. Il fait pipi sur ce salaud en chiffon.

Il se relève. Ouvre la porte de la chambre. Sur le palier,

il hésite à s'aventurer seul. Il revient sur ses pas, crochète cette ordure de Fast et l'emmène avec lui, tant pis s'il pue, vieux salaud, avec sa cravate à palmiers.

Benny dévale l'escalier. Il entre dans la penderie. Son agilité est extrême. Parmi les produits d'entretien, il attrape un flacon d'Ajax-vitre et le secoue. Il introduit le bouchon percé dans sa narine droite. Il sniffe avec délices. Le poison volatile pénètre dans ses muqueuses. S'y installe. Après plusieurs instillations, les yeux du garçon brillent. Il s'accroupit. Il sniffe de temps à autre. Rit de plus en plus souvent. Il dérive. S'absente. Il revient. Repart. Il repère un brin de laine sur le sol. Pose la bouteille. Il tient le brin de laine au bout de son bras tendu. Son corps est limité. Il revient à la bouteille. Inhale son contenu. Il pousse deux ou trois cris les plus stridents possible, puis se tape sur la tête. Il tape sur celle de monsieur Fast.

Le visage de Charlie surgit de derrière la porte.

– Tu as encore sniffé? Où est-ce que tu as pris ça?

Benjamin rit. Monsieur Fast rit.

Charlie réagit instantanément. Il s'empare de la bouteille, la referme. Il secoue le gosse. Perd contrôle :

– Mais combien de fois faudra-t-il te le dire?... Ben, où est-ce que tu as pris ça?

La colère le suffoque. Son cœur lui monte à la gorge. Ben éclate de rire.

– Je t'en prie, il n'y a pas de quoi rire!

Jimmy Fast rit. Benjamin rit. Rit, Benjamin.

Alertée, Samothrace passe à son tour la tête par l'encadrement de la porte. Charlie dit :

– Il s'est encore camé. Je t'avais dit de tout planquer.

– Je planque tout.

Une intime fatigue se peint sur le visage de la jeune femme.

– Alors, dis-moi comment il a trouvé ça...

Charlie brandit le détergent.

– Il est grand maintenant, il attrape tout.

– Et en plus il rit! Il se moque de moi!

– Il ne se moque pas de toi. C'est un rire nerveux. Il ne se domine pas.

– Regarde comme il est pâle. Il a sniffé à mort.

– Eh bien, il a sniffé.

– Tu t'en fous! Dis-moi que tu t'en fous!

– J'ai déjà assez d'un malade. Ne te mets pas dans cet état!

Benjamin profite de l'algarade. Il glisse dans le couloir. Hi, il se tape sur le crâne. Hi. Charlie dit :

– S'il crie en plus, je ne supporte pas.

Il shoote dans Jimmy Fast. Deux larmes montent aux yeux de Victoire. Elle s'empourpre. Elle fait un signe d'impuissance à parler. Elle secoue la tête. Elle hoquète.

– Si tu ne te contrôles pas, je ne peux plus y arriver.

Charlie sent son cœur qui dévisse. Il a l'impression que le sol s'incline. Il dit au travers d'une colère sèche :

– C'est lui ou c'est moi. Je ne supporte plus ses cris. Je ne supporte plus sa présence.

– C'est ton fils.

– C'est ma vie qui fout le camp.

Il s'approche de sa femme. Son visage reflète une gravité extrême. Il la serre contre lui. Il chuchote.

– Samo, un jour tu vas me perdre.

Samothrace ferme les yeux. Elle dit simplement :

– Il fallait tout essayer.

Charlie gagne le vestibule. Il a deux mille ans. Les paroles n'ont plus de sens. Les objets n'ont plus de volume. Les murs sont repeints en vert cruel.

Gobulvic, le chat siamois, demande à sortir.

C'est vrai, Charlie, j'ai oublié de mentionner que cette maison avait un chat. Un greffier babouin, genre asiatique. Un siamois de l'espèce qui louche sur les hommes, raffole de leurs mains, se met à confesse sur le dos, ronronne. Bref, exploite. Un sac à caresses.

Victime de sa sociabilité, Gobulvic parle sans arrêt. Il tamponne les meubles, les pieds de chaise d'une tête affectueuse, se frotte, progresse par entrechats, défile, fait le divin marquis, panache, ronds de jambe ou bien s'étale et fait pantoufle sur le passage de ses maîtres. Cette exquise politesse consiste à se laisser tomber roide sur le flanc, à fermer les yeux et à attendre avec confiance qu'un pied passant à portée le propulse doucement sur le parquet, lui faisant accomplir le plus délicieux parcours o'cédar qu'on puisse imaginer.

Avec ça, chat de confession chromatique, le Vertueux a recours aux outrances de la langue siamoise dès qu'il s'agit d'attirer l'attention. C'est une gamme orientale assez proche de celle du nourrisson maltraité.

Par exemple, jette-t-on l'animal dehors qu'il aura recours au lamentable lamento. Le lamentable lamento utilise une sonorité détimbrée, un sanglot long de piano-punaise qui désespère l'espèce humaine. Il introduit et véhicule une nuance de reproche tellement inaudible pour le cœur que la plupart des gens se détrempent en l'écoutant. Son emploi convenablement modulé par un chat de huit étés lui ouvre les portes les plus rebelles.

Le reste du temps, sous un masque volontairement atone, Gobulvic fait preuve de la plus insatiable ambition : celle d'être aimé pour lui-même. Sa meilleure excuse est que si vous êtes un siamois de tous les instants, vous attirez fatalement les regards. Surtout avec des yeux couleur d'agapanthe. Vous êtes bien obligé de vous réfugier dans des postures. Vous prenez l'air rêveur avec strabisme et risquez de devenir un putain de gigolo.

En fait, les affaires de Gobulvic ne sont pas si simples. Les yeux sont des lacs, c'est vrai. L'allure générale est élégante, pas de doute. Les origines royales, qui s'en plaindrait? Mais son narcissisme exacerbé lui prend un temps fou, parce qu'il perd ses poils à hauteur du coude. Oh, il s'agit de fort peu de choses. Une surface large comme une pièce de dix ronds. Pas davantage. Mais le trauma est là, cassant la baraque du Valentino des gouttières.

A propos de cette calvitie cubitale, les avis diffèrent dans la famille. Pour les uns, c'est l'abus du camembert qui fait ça. Et c'est vrai, avec le fromage le siamois est accro. Il passe ses heures de manque devant le monte-plats, à lécher impitoyablement sa blessure rebelle. Il a choisi le camp de la défonce. Pour ma part, je diagnostiquerai plus volontiers, derrière cette déshonorante pelade, la manifestation cutanée d'une névrose de contrariété.

Après tout, Gobulvic est un chat de famille. Je ne vois pas pourquoi son statut de siamois privilégié devrait lui épargner les risques d'une contagion somatique. Et en admettant que sa teigne soit l'ersatz foireux d'une angoisse attrapée au service de cette famille, le greffier Floche en perdant son poil ne fait que participer à un photo-tropisme plus général. Oh, pas que notre cas soit du genre tournesol! Mais nous sommes constamment tournés vers la même lumière. Parce que nous essayons de sauver une âme. Ou plutôt de l'apprivoiser, pour la faire entrer dans l'enveloppe d'un corps vide. C'est ça. Nous essayons tous d'écoper un liquide invisible pour emplir l'absence d'un enfant qui *est* là. Un enfant qui ne veut pas voir. Qui refuse la vérité de son apparence et se débat derrière une cage de verre. Pauvre enfant brisé! Pauvre regard intermittent! Parfois, nos mains se palpent au travers de la vitre. Nos lèvres se cherchent. Mais nous ne nous touchons pas. Treize ans de labyrinthe, Seigneur, je crie! Chez nous, la carence affective pour mammifères des deux sexes prend des allures de catharsis. Elle falsifie les comportements. Samothrace fait des lessives. Marie-Marie bâfre du chocolat. Charlie tachycarde et, symbiotiquement nôtre, le greffier pèle.

Par Lacan, dites à la Lune qu'elle vienne! Ici encore, je revendique pour Charlie le droit à la vie ripolin.

Nuit sucrée à Triste.

Charlie se regarde de profil dans une glace. Il est dans la salle de bains de la suite 102 d'un palace de la côte adriatique. Il a changé d'époque. Il est en 1930. Il pèse quatre-vingt-un kilos pour un mètre soixante-dix-neuf. Il saisit sans ménagement son abdomen par les poignées et le soulève à deux bourrelets.

Il dit à Justina Ostropowitch :

– Je vais maigrir pour te faire plaisir.

Justina rit comme un lustre. Elle est pleine de bijoux qui s'allument et de cabochons en cristal de Bohême. Elle ajuste le bandeau qui enserre ses cheveux coupés à la garçonne.

Elle roucoule :

– Amour joli, ne maigris pas! Tu ne me nourrirais plus assez! Je te quitterais sur-le-champ.

Entrant par le balcon, la Lune, danseuse fauve, dessine des bas de lumière Van Dongen sur les jambes de cette femme admirable. Dans l'ombre d'une rue voisine, un musicien ambulant du nom de Giuseppe Panfido arabesque en son honneur une barcarolle sur son violon-tige.

Dans la pièce, le rideau est mauve, le sofa dans les gris.

Justina soupire.

A l'abri de ses cils qui n'en finissent pas, elle rafistole son fard blanc-irisé de chez Schiaparelli. Dans un reflet de sa coiffeuse, elle guette sa proie qui se dénude devant un bain de mousse.

Deux gouttes de sucre : Charlie a les fesses d'un enfant.

Encore un soupir.

Justina Ostropowitch jette un coup d'œil nonchalant vers un paquebot dessiné par Cassandre, faisant route vers la Crète. Languide, elle s'étire sous ses tulles marmoréens. A petits pas froissés, elle glisse sur le dallage. Dans le chambranle de la porte, elle s'encadre, posée par Harcourt.

– Amour joli, dit-elle d'une voix d'oasis, je suis enceinte et c'est de toi. Demain nous partirons pour Gargano. En attendant, encore une fois, il faut que je te mange!

Dévoilant des dents carnassières, elle s'élance au devant de son amant farouche. Chassé par ses hanches de Vénus frisottée, amouillante, Charlie recule. L'effroi se lit sur son visage. Il tombe à la renverse dans la baignoire. La mousse de Lenthéric se referme sur lui. Charlie aimerait tant pouvoir crier, mais c'est impossible : les gens de cette foutue maison sont engloutis dans le sommeil.

Samothrace, couchée pourtant dans le même lit, ne s'aperçoit pas de son infortune. Elle repose, bien à plat sur le côté, indifférente au drame de la lubricité qui se joue dans ses propres draps-housses. Justina, femme mahousse, happe les lobes de Charlie avec sa boulimie coutumière. Elle roucoule, coucoule, se coule :

– Amour joli! Comme tu es sucré ce matin!

Charlie se défend faiblement. Il fond. Dieu sait pourtant s'il vide des tubes de valium pour éviter de rencontrer l'insatiable aventurière qui hante ses rêves.

Cette nuit encore, Charlie recule. Il se caramélise d'indicible horreur. Tout en lui n'est que cassonade, mélasse, candi et sucre au lait. Tout lui fait horreur – jusqu'à son sexe dressé de moscouade sur un bâton de fruits confits, jusqu'à ce coït de saccharose qui va le tremper de sa confiserie écœurante. Charlie tombe du lit. Il étouffe. Expire. Il crie :

– Ah! Au secours!

Samothrace se réveille enfin. Elle est sur un coude. Elle n'ouvre qu'un œil et l'autre dort encore. Consulte l'heure. Il est trois heures du matin. Elle regarde son mari trempé de sueur sur le parquet.

– C'est encore Justina, dit Charlie, je m'excuse.

Samo a un geste excédé :

– Sois gentil, ne me ramène pas tes poules toutes les nuits.

– Mais, chérie, c'est un rêve.
– Trois fois cette semaine, je trouve que ton rêve exagère.
– Ce que je viens de subir, je ne le souhaite à personne.
– Personne ne le souhaite.
– Tu es inhumaine.
– Laisse-moi dormir. J'ai besoin de toute mon énergie.
– Je sais. Je romprai avec Justina la nuit prochaine.
– Avec Justina et avec les autres.
– Promis.
Charlie passe dans la salle de bains. Il monte sur la bascule. On est en 1985. Il pèse quatre-vingt-trois kilos pour un mètre soixante-dix-huit.
– J'ai perdu un centimètre en six ans, constate-t-il.
– Tu as gagné deux kilos en deux mois – voilà pourquoi tu rêves de sucre.
– Non! s'entête Charlie. C'est l'agression de Papy Morelli qui fait ça. La tachycarde empêche l'exercice. La sédentarité engendre la graisse. Les lipides totaux me guettent. L'abus de cholestérol, ce foutu poison moderne envoyé par Morelli et sa bande. Ils veulent que je crève. Infarctus!
– Défends-toi.
Charlie dessine un sourire amer. Il s'imagine dans un bain turc en compagnie de Marcello Mastroianni. Ils sont en toges romaines. Marcello a gardé son chapeau. Il tient un fouet à la main. Justina Ostropowitch passe au fond du décor. Sa croupe est admirable.
Samothrace éteint la lumière. Charlie dit :
– Je vais perdre du poids pour te faire plaisir.
– Descends de cette balance.
– Je maigris déjà.
– Descends.
Charlie reste immobile. Il surveille l'aiguille des kilos. Marcello Mastroianni fait claquer son fouet. Samothrace feule puis se rendort. Le robinet du lavabo fuit goutte à goutte. Charlie serre le joint de toutes ses forces.

Les gouttes s'espacent, mais finissent par se rejoindre. C'est un autre tempo. Brrr. Comme le temps passe.

Cette année-là, la Basse-Bourgogne croule sous un été chaud et orageux. La campagne se fait des cheveux jaunes. Elle cherche son trèfle du côté de la vallée de la Cure, mais elle envisage un bon vin de pierraille sur les collines de Nitry.

Au flanc des montagnes de Bavière, il fait également un été torride. Du fond d'un immense canapé, le chancelier Hitler, en bras de chemise, croise ses bottes en dévisageant sa maîtresse.

Il dit à Eva Braun :

– Je vous avais interdit de fumer ou de danser avec des hommes!

Éclaboussée de lumière, Eva se tient à contre-jour sur la loggia de l'ancienne Haus Wachenfeld, devenue le fameux Berghof. Sa blondeur dessine une auréole autour de son visage diffus. Elle a perdu ses bonnes joues. Les mains serrées autour de ses propres épaules, blessée par la tyrannie mesquine de son suzerain, elle murmure :

– Vous m'abandonnez pendant de longues semaines, vous me tenez éloignée de Berlin, vous m'empêchez de paraître en public... J'étouffe ici, vous le savez!

Hitler hausse les épaules.

– Vous êtes, nous sommes à la merci d'une photo compromettante!

– Vous avez honte de moi!

Elle éclate en sanglots. Adolf croise ses bras et décroise ses bottes. Il a horreur de ces sortes d'exaltations domestiques. Il fixe machinalement un chien-loup qui relève la tête et remue la queue en regardant son maître.

– J'ai un peuple, j'ai un destin! hurle Hitler. Skiez! Nagez! Mais ne confondez pas vos états d'âme avec le sort de l'Allemagne.

– Vous ne m'aimez pas!

– Que vous faut-il de plus? Un mariage?... Depuis le départ de Frau Raubal, vous êtes la Hausfrau, ici. Vous vous asseyez à ma droite chaque fois que je viens. Vous dînez avec mes intimes.

– Dites plutôt que vous ne me présentez qu'à vos secrétaires!

Adolf se lève d'un bond. Suivi par le chien, il se met à arpenter l'immense salle. Il aime passionnément les pièces aux proportions monumentales. Les tapis épais. Il s'arrête devant un plat de gâteaux à la crème. Il en enfourne plusieurs. Il en donne un à l'animal qui émet une douce plainte gourmande. Il s'essuie les mains. Relève machinalement sa mèche. Fixe la jeune femme. Brusquement, il devient gracieux. Mime les gestes d'un jouvenceau en mal de séduction.

– Eva! Evchen! Faisons la paix, dit-il d'une voix charmeuse.

Il s'avance vers elle. Lui tend ses deux mains ouvertes. Elle y glisse les siennes. Il les retourne, en baise tendrement les paumes.

– Comme nous sommes bien ici, s'émerveille-t-il.

Ses yeux parcourent ses chères montagnes.

– Si nous allions promener les chiens? suggère-t-il. Vous me cueilleriez des fleurs pour mes vases! J'aime les fleurs! J'aime les bouquets! Et après, tenez, nous irons dans la salle de projection revoir *Mädchen in Uniform.*

– Vous l'avez déjà vu cent fois!

– Ja, ja. J'aime bien cette Greta Garbo. Elle est immobile. C'est ainsi qu'une femme devrait être. Les femmes et les juifs, immobiles. Pour se faire oublier!

Il rit de son propre humour. Elle abdique. Elle sourit à son tour.

– Voilà comme je vous veux, dit-il triomphant. A quelle heure souhaitez-vous dîner?

– Après le film, soupire-t-elle.

– Bravo! Rien ne presse. Dites au cuisinier de préparer ce chou cru que j'aime tant. Et qu'il garde son chevreuil!

La viande est un tombeau! Une habitude pernicieuse qui a mené les anciennes civilisations à leur déclin. Je peux prédire une chose aux mangeurs de viande : le monde de l'avenir sera végétarien!

Il s'éloigne pour se changer.

Ce soir, la veillée sera fastidieuse. Hitler a horreur de se coucher. Devant la grande cheminée du Berghof, il faudra écouter son interminable monologue. Il dira de la France :

– Ce peuple qui tombe de plus en plus au niveau des nègres, met sourdement en danger, par l'appui qu'il prête aux juifs pour atteindre leur but de domination universelle, l'existence de la race blanche en Europe. La pollution des races est le péché héréditaire de l'humanité!

Demain, à l'aube, il repartira pour Berlin. Sanglé dans sa capote, le regard noir, les yeux cernés, les mains gantées de cuir, du fond de sa puissante limousine il demandera au chauffeur d'accélérer.

– Plus vite, Fritz! Plus vite!

La voiture fera un bond. Le Führer demandera qu'on accélère encore. La vitesse sied à son vertige. Au rythme de sa mégalomanie intérieure, il chantera pour lui-même des bribes du *Crépuscule des Dieux* qu'il a si souvent vu jouer à Bayreuth. Fasciné par le hurlement du vent sur la carrosserie de la décapotable, les paupières closes, il renversera la tête en arrière. Tout au long du trajet, il bousculera en rêve les barrières de la frontière polonaise, il annexera la Tchécoslovaquie, fera plier la France, bottera le cul de ce Chamberlain de merde. Accouchée par sa bouche, l'Allemagne se réveillera. Des flancs de son ventre fertile sortira la horde wagnérienne. Fleuve blond sur fond de brouillards, une nouvelle race de seigneur de la guerre se déploiera à l'aube des forêts rhénanes. Avide de terres nouvelles, elle déferlera sur le monde. Elle le submergera de son coït océanique. Porté par les clameurs, Hitler lui-même se sent grandir. Il a le sexe le plus long d'Europe. Il bande de Brest à l'Oural. A

Moscou, Staline, le petit Père des peuples, ploie un genou en terre et lui offre une gerbe de blé d'Ukraine. A Cracovie, il embrasse une jeune mère sur la bouche. Elle lui tend son enfant. A Paris, place de la Concorde, des foules hystériques scandent son nom. Heil Hitler! Heil Hitler! Il passe. Il les voit à peine. Ils sont si nombreux. Si totalement à lui. A Vienne, Bruxelles, Prague et Vladivostok, les aigles aux yeux bleu de Prusse se sont posés sur les clochers. La fête du Pouvoir absolu est pour demain. Mickey Mouse est rentré dans son trou de l'autre côté de l'océan. La souris juive a peur. La Fête est pour bientôt. Adolf ouvre des yeux exaltés. Le ciel s'est couvert d'orages.

Il regarde vers l'Ouest.

En 1937, le père de Charlie porte des chapeaux Fléchet à bords courts et rabattus, des chemises Lacoste et des pantalons de golf. Il est coiffé à l'embusqué. C'est plus tard qu'il se décidera pour la moustache pleureuse. Ses sautes d'humeur, son esprit fantasque, son inadaptation aux mœurs des gens de l'Est, l'ont poussé à quitter la Lorraine. Eugénie est une épouse soumise. Elle a suivi son mari qui vient de se créer une clientèle à Vermenton, mille deux cent huit habitants, chef-lieu de canton à mi-chemin entre Auxerre et Avallon.

Du côté d'Accolay, le docteur René Floche roule en 301 Peugeot. Au poignet, il porte une montre Jaeger-Le Coultre. Dès le matin, il fredonne *La Truite* de Schubert en allant faire ses visites. Il possède une belle tessiture de baryton noble et regrette de ne pas avoir embrassé la carrière lyrique. Chaliapine, Georges Thill sont ses dieux lares. Parfois, pour trouver sa voix, il se gargarise avec un jaune d'œuf mêlé de chocolat Nestlé. Malgré ses bizarreries, les paysans du coin lui font confiance. Il accouche d'ailleurs avec talent. Il diagnostique avec brio. Il palpe avec succès. Il partage ses loisirs entre le canoë-kayak et l'écoute d'un poste de TSF modèle Sonate, joyau de la série symphonique de chez Philipps. Il lit Maxence Van der Meersch qui lui rappelle tant le Nord. Il s'est abonné à *L'Illustration* et à son petit supplément théâtral. « Ah Ah Ah! » Il fait des vocalises. Ou bien : « Pour qui sont ces serpents qui sifflent sur nos têtes? », il s'essaie à la diction. Son palais si bien dessiné pour la grandiloquence s'accommode volontiers des pièces en vers. *Ruy Blas* le tenterait assez. Il déclame Rostand, s'élançant avec gestes et mimiques au-devant de sa propre image que lui renvoie la glace de l'armoire à linge. Il déclame longtemps et ne s'arrête qu'à court d'hémistiches. Charlie, caché derrière les jupes d'une jeune employée de maison placée par l'Assistance publique, suit la représentation. Il voit son père s'interrompre et poser la main sur la hanche de la jeune Normande avec un drôle de regard pour l'heure qu'il est. On l'envoie faire la sieste ou jouer au jardin.

Le dimanche, le docteur Floche emmène sa famille se promener jusqu'à Vézelay où l'on admire la basilique.

Eugénie Floche porte des robes en crêpe de Chine. Elle se parfume avec Demi-Jour de chez Houbigant. Avec son Kodak Rétina, le docteur Floche fait une photo de groupe devant le portail nord. On revient par le chemin des écoliers, en parlant des croisades. A Voutenay ou Arcy-sur-Cure, on s'arrête encore une fois pour boire un demi-panaché. Charlie se souvient d'une chaleur d'août et d'une longue route nationale sur laquelle s'étire un peloton de cyclistes énervés. A chaque tour de pédalier, ces gens habillés de rouge scandent comme un orage : « La Rocque au poteau! La-ro-qu'au-poteau! » Un vocable étrange qui devient « Larokopoto! Larokopoto! » et s'enfle, bolide obstiné traversant la campagne. Charlie a quatre ans et demi, il voit grossir cette force écarlate qui fonce sur lui, emballée comme une comète à mille jambes. L'enfant prend peur. Il crie. Le peloton passe, flèche de vent, grondement de rage. Charlie crie plus fort. La main de son père écrase sa bouche. Sa mère, en reculant pour ne pas être renversée, se tord la cheville. Elle reste étendue au sol dans sa robe en crêpe de Chine.

Le docteur Floche s'élance pour la secourir. Il palpe la cheville de sa femme. Elle le repousse avec énergie. Elle dit :

– Ne me touche pas! Retourne avec tes bonniches!

Charlie regarde ses parents qui ne se ressemblent pas. Le visage de sa mère n'a jamais été aussi pâle. En ce tournant vers lui, jamais son père ne lui a fait un sourire aussi crispé. Il ne l'a jamais pris non plus par la main avec autant de gentillesse pour le conduire à la voiture. Pas plus qu'il n'a jamais proposé, de sa propre initiative, d'acheter *Le Journal de Mickey*. Pour une fois, il ne dit pas de mal de Pim Pam Poum, ni de Jim la Jungle. Il se met au volant et attend qu'Eugénie monte dans la voiture. Elle arrive en boitant. Elle ouvre la portière et s'assied à l'arrière près de Charlie.

Elle ne dit rien pendant tout le retour. Elle se laisse prendre la main par son fils. L'enfant a l'impression que si elle se laissait faire plus souvent, elle serait davantage sa vraie maman qu'il aime. Il la regarde à la dérobée. Justement, elle serait comme aujourd'hui, avec ses larmes qui coulent près d'un nez rouge, une femme douce qu'on chérit sans oser le lui dire. Elle est si sévère avec elle-même.

Huit jours passent. L'air devient de l'électricité. Au beau milieu de l'après-midi, les portes claquent. Rosalie Rochard, la bonne normande, descend l'escalier quatre à quatre et elle est congédiée sur-le-champ. Elle remonte dans les étages en courant. Les portes claquent. Là-haut, les choses ne vont pas sans drames. Cette Rosalie du Calvados a tous les culots. A l'annonce de la mauvaise nouvelle, elle se jette à la cravate du docteur et inonde son col et son tweed de sanglots à gros bouillons. Les portes claquent. Eugénie et le docteur Floche s'enferment dans leur chambre. Charlie va prendre l'air. Il écrase plusieurs fourmis au jardin. Il cherche une sauterelle pour lui arracher une patte, mais n'en trouve pas. Il revient à la maison. Maintenant, la scène a lieu dans l'entrée, au pied de deux valises très lourdes. Rosalie embrasse le docteur Floche sur la bouche en le mouillant de larmes abondantes. Charlie la regarde faire, assis près du porte-parapluies. Il commence à s'alarmer parce qu'elle parle d'enlever son père. Elle l'appelle René. C'est tout à fait anormal. Charlie monte à l'étage. Il cafte tout à Eugénie. Eugénie a un mauvais éclair dans le regard. Elle dit : la salope, mot qui ne lui appartient pas d'habitude. Sa violence non plus. Elle claque une porte et descend quatre à quatre. En voyant les valises de Rosalie dans l'entrée, elle s'empresse de les jeter à la rue.

– Sortez! indique-t-elle à sa rivale ancillaire en la faisant voleter dans le sens du départ. Et toi René, pour l'amour du ciel, fais quelque chose qui ressemble à de la dignité.

Le docteur Floche reste inerte et mouillé sur le devant. Charlie s'assied à nouveau près des parapluies. Rosalie, le maquillage abîmé par ses torrents de larmes, tourne vers sa patronne un physique du dernier pathétique.

– Vous ne pouvez pas comprendre, Madame, gémit-elle du fond de ses seize ans. Je l'aime! C'est physique, vous comprenez!

En même temps, elle farfouille dans son sac. Elle se refait une binette. Elle se poudre. Se recoiffe.

– Débarrassez le plancher, dit Eugénie d'une voix blanche.

– Me laissez pas partir, Docteur! rembine la petiote. J'ai personne où aller...

Et ça la secoue jusqu'aux boucles d'oreilles, un chagrin pareil.

– Il fallait y penser avant, tranche Eugénie. Pas vous laisser tripoter.

– J'aurais voulu vous y voir! C'est pas facile de dire non à un patron! Surtout avec des belles manières!

– Pauvre idiote! Les hommes, c'est comme ça. Ils cherchent du divertissement sous la robe et après ils n'y pensent plus. Encore heureux que vous ne soyez pas enceinte!

Eugénie fixe son mari qui ne souffle toujours mot :

– Elle ne l'est pas, au moins?

– Oh là là! ça a bien failli nous arriver le mois dernier, dit Rosalie. Hein, René? Qu'est-ce qu'on a pu attendre!

Charlie met les doigts dans son nez. Il dit :

– Un enfant de bonne, c'est quand même un p'tit frère, hein maman?

Charlie prend une gifle. Rosalie pouffe. Eugénie range ses cheveux devant la glace. Elle s'adresse à la renégate de l'Assistance publique en ces termes :

– Si encore vous m'aviez demandé... pour les précautions. Au moins je vous aurais conseillée... Et toi! Un médecin!

Elle marche jusqu'à la gamine.

– Avez-vous un bock, au moins?

– Un bock?

– Vous vous lavez, oui ou non? Vous prenez une injection?

Du coup, elles se retrouvent entre femmes. Rosalie finit par esquisser un demi-sourire. Elle a récupéré son rouge à joue. Toute sa vulgarité.

Il y a un long silence qui abîme les visages.

– Je peux pas vous garder, finit par dire Eugénie. C'est pas de ma faute. Et c'est l'usage.

Rosalie hausse les épaules avec fatalisme.

– Après tout, je crois pas à la vie rose bonbon. J'épouserai jamais un docteur. D'ailleurs, vivre assise me plairait pas.

Elle vrille sur elle-même et contourne le docteur Floche comme un poteau. Elle s'approche du vestiaire en faisant ondoyer sa jupe à mille plis. Elle ouvre la porte. Cueille sur l'étagère un bibi à trois cerises, se le pose sur le dessus et cesse d'avoir de la peine.

Elle dit :

– Sacré René, va. Chais pas chez qui je vais tomber, mais je t'oublierai pas de sitôt. C'est comme le gamin, ajoute-t-elle en s'avançant vers Charlie, je l'aimais bien. Il montait dans ma chambre. On s'amusait. On se mettait du « sent-bon » derrière les oreilles... hein, Charlie, qu'on s'amusait bien?

– Tu me chatouilleras plus?

– Ben non. Ta mère veut pas.

Rosalie caresse la tête du gosse. Elle l'embrasse. Les traces de son rouge à lèvres s'impriment sur les joues du jeune Floche. Il tourne pivoine et jus de raisin. Il demande :

– Pourquoi ma mère elle m'embrasse jamais?

Ça lui a échappé, une phrase pareille. Il n'aurait pas voulu la prononcer. Mais c'est fait. Les mots, des fois, ça creuse un grand vide. Rosalie répond :

– Chais pas, moi. Demande-lui. P't'être qu'elle a plus de lèvres. Y a des gens, avec l'oubli, ça s'efface.

Cette fois, Eugénie chasse la bonne vers la sortie. Pas un regard. Pas un mot. Tout de même, au moment où la petite passe le seuil, elle semble remarquer le tailleur blanc et les talons chics. Elle accuse le coup. Elle suit des yeux sa rivale qui soulève avec difficulté ses deux grosses valises et se tord les chevilles jusqu'à la grille du jardin. Sa bouche se froisse d'une soudaine suspicion :

– J'espère que vous n'emportez pas tous mes bas?

La soubrette se retourne. Elle taque au tac distinctement :

– Ah ça! Que Madame soit sans crainte! Ceux que je porte sont autrement plus fins!

La grille claque. La vie ripolin reprend. Elle est biscornue. D'ailleurs, toute cette fin d'année 37 est étrange.

Charlie joue au fond du jardin avec une baignoire remplie d'eau où évolue un torpilleur dernier modèle.

L'automne n'en finit pas. Les feuilles du platane tombent sur la mer couleur de fer galvanisé. Charlie complète sa flotte avec un cargo « Jep » et une réplique du paquebot *Normandie*. Il porte un béret. L'hiver arrive soudain. Du fond de ses nuages en tissu serpillière, il essore des jus de pluie interminables. Ça dégouline sur les toits, une flotte froide et insistante qui imbibe les murs, les sols, inonde les caves et détrempe les âmes.

Eugénie ne sort plus. Elle se penche interminablement sur sa Singer à pédale. Elle surfile. Elle ourle. Elle raccommode. De surpiqûres en canettes vides, elle s'enrhume au moindre courant d'air. Elle se tait, encavernée dans sa rancune.

Dans son fauteuil Lévitan en cuir fauve, le docteur Floche guette l'heure de la consultation. Maussade devant l'épidémie de coryza qui banalise sa pratique, il prie secrètement d'avoir enfin à diagnostiquer une double pleurésie. En attendant, il relit un article où il est écrit que c'est « avec une curiosité la plus sympathique » que l'on se prépare à applaudir les débuts au théâtre de François Mauriac. L'illustre romancier va donner son *Asmodée* le lundi 22 novembre dans une mise en scène de Jacques Copeau.

– Même si Fernand Ledoux est un fameux acteur, j'ai des doutes sur cette création, commente le docteur Floche. Mauriac est le peintre des âmes secrètes et tourmentées, c'est l'homme des psychologies troubles. Je ne l'imagine pas affrontant les feux de la rampe.

– Mauriac? s'inquiète rêveusement Eugénie en coupant le fil avec ses dents. Qu'avons-nous donc lu de lui, récemment? Je ne vois pas...

Le docteur Floche lève les yeux de son journal. C'est la première fois que sa femme lui adresse la parole depuis le départ de Rosalie Rochard. Il saisit avec une reconnaissance infinie la perche qu'elle lui tend. Il dit avec un entrain presque parfait :

– Mais si, Génie, souviens-toi! Il y a eu ce fameux *Mystère Frontenac* et après, nous avons lu *Les Anges noirs*.

– J'aime autant Duhamel, dit Eugénie.

– Tu as cent fois raison, sourit le docteur Floche, prêt à se rendre à tous les Canossa. Ce Mauriac est un Simenon en plus catholique.

Il pose sa main sur celle de sa femme. Elle ne la retire pas. Ce soir, Charlie se couchera tôt.

Et, pour Noël, on engagera une nouvelle bonne.

La maison-ventre,
en avril te découvre pas d'un fil.

Chère tante Zo,

L'autre jour, nous mangions un paris-brest. C'était l'anniversaire de Benjamin. Juste treize ans, une asperge. Le gâteau était monté mystérieusement, comme toujours, par le vieux monte-plats datant de l'époque d'Ozer Minz. Éclairé de bougies pour faire symphonie et lampions, il avait surgi des entrailles du sous-sol grâce à la poulie magique.

Toute la famille avait applaudi et Ben s'était coincé. Il se coince toujours quand l'énervement le concerne. Si bien que, souvent, la joie retombe avant d'avoir moussé convenablement. Mais, ce jour-là, nous étions bien décidés à nous entraider pour que les rires restent gravés dans les cœurs d'un bout à l'autre de la cérémonie.

Je ne sais pas pourquoi, mais, pour l'occasion, ça m'amusait de paraître aussi envoûtante qu'un mannequin que j'avais feuilleté à la page 170 du journal de *Marie-France.* De quoi étonner tout le monde. J'avais enfilé une robe terriblement courte pour mes pattes de sauterelle plutôt habituées à être enfermées dans des tuyaux de blue-jeans. Et tant pis pour mon âge encore tendre : grâce au rouge à joues de Victoire j'étais arrivée, je trouve, à peindre mes paupières dans des tons d'une harmonieuse flamboyance. Je pensais même être arrivée à me composer une beauté *énigmatique,* jusqu'à ce qu'Antoine me demande si j'étais une céramique prête à la cuisson.

Antoine peut logiquement se permettre cette sorte de vanne, puisqu'il est mon frère aîné. Mais, en ce moment, il est plutôt mal placé, j'estime, pour le faire.

A dix-huit ans, il est parti depuis six mois, comme je t'ai dit, pour vivre hors de la famille avec Mimi Chamallow. Mimi s'appelle en réalité Colette Bourvalin et je déteste son mauvais goût à vomir. Je critique aussi son tour de poitrine, qu'elle tient de sa mère, et sa façon plutôt charolaise de mâcher des gommes à chaque instant de sa vie.

Charlie dit qu'elle tire Antoine vers le bas. Qu'en allant habiter médiocrement chez les parents de cette fille, il met la connerie avant les bœufs. Et qu'à force de concubiner maritalement avant d'avoir couru le monde, il ratera son bac en juin et son avenir le reste du temps. Il dit aussi que si c'est son ambition de mettre des pantoufles dans un pavillon de banlieue où on glisse en patins, et d'arrêter l'aventure de la vie dans un F5 en préfa avec papier à fleurs et meubles néo-rustiques à colonnes, lui, Charlie, se consolera rudement vite de la perte d'un abruti pareil.

Il prononce ces phrases-là avec une violence extrême qui fait froid dans le dos. Mais quand on sait que Charlie parle de la chair de son propre sang, crois-moi, tante Zo, on peut vraiment douter de la vérité de ce qu'il dit avec tant de force et de dégoût. En fait, il enrage de perdre son fils qui fond bêtement dans des conditions de cachet d'aspirine, absurdement dissous par une famille adverse. Des gens mous et sans avantages pour son intelligence qui périclite. Charlie s'exaspère. Il peste. Il rumine. Et cette Chamallow n'arrange pas son cœur en ce moment.

Tous les jours que Dieu fait, le départ d'Antoine est ressenti ici comme une perte d'adolescent supplémentaire. Voilà la vérité. Voilà qui explique, chère tante Zo, pourquoi je ne te parle pas trop souvent de mon frère dans mes lettres. Chaque week-end, nous espérons son retour d'enfant prodigue. Et, même si Antoine ne revient que le temps d'un repas, nous sommes énervés à la pensée de ce qu'il va dire. Hélas, il ne dit rien.

Ce jour-là, donc, c'était la fête pour Benjamin et personne au monde, aucun salaud n'aurait voulu abîmer la bonne humeur. Même si je trouvais terriblement humiliant d'être une poterie à l'entrée du four, j'ai fait celle qui passait l'éponge. J'ai fabriqué un radieux sourire à mon frère. Et même une révérence.

Samothrace, ma maman, a placé le gâteau devant Ben

et toute la tablée lui a demandé de souffler les bougies. Il a paru surpris de tant de concentration sur lui, puis effrayé. Encouragé par les cris, il a tendu brusquement le cou et a soufflé *par le nez*. Antoine a dit au lieu de se taire : « Quel con ! » Parce qu'il ne sait pas mesurer la force de ses mots. Aussi parce qu'il est blessé, sans vouloir le montrer, chaque fois que Benjamin est archaïque. On peut faire un mètre quatre-vingt-deux et avoir beaucoup souffert de la tête fêlée de son petit frère qu'on adore.

Charlie, à qui rien n'échappe, a eu mal en ressassant cette purée de sentiments contradictoires. Son regard a croisé celui de maman et ils se sont souri pour se faire un pansement d'affection dans l'espace. C'est toujours un grand repos pour moi quand ils pratiquent cette sorte de télépathie par les yeux.

Maman s'est ressaisie. Elle a levé sa pelle à tarte. A l'appel de mon nom, « Marie-Marie », j'ai filé sous la table pour faire le Hasard. Samothrace a désigné une part de gâteau et le « Nhasard » a crié sous la table : « Pour papa ! » C'était un morceau de gâteau plutôt modeste et Charlie a fait la gueule. Le paris-brest est son dessert favori. La distribution a continué. Victoire a écopé d'une part énorme, alors qu'elle ne le souhaitait pas pour ses hanches. Les réclamations ont commencé à affluer mais le « Nhasard » sous la table s'est montré inflexible. « Pas question de changer ! »

Charlie a correctement joué le jeu. Il a fait comme s'il s'estimait vraiment lésé. Et à cause du réalisme de son attitude, Ben a pris l'air angoissé. Il est souvent le reflet du miroir de son père. « Il a peur de ne pas avoir de gâteau, a dit Samothrace, dépêche-toi, Marie... Pour qui ? » « Pour Benjamin ! » Cette fois, le Nhasard avait bien fait les choses. Ben a commencé à écraser sa part énorme avec les doigts de la main gauche réunis en spatule. Ce sont ceux qui ont la charge de broyer les aliments pour les placer sur la fourchette habile de la main droite. De cette façon, la mâchoire n'a rien à faire. Elle ne travaille pas. Ben avale tout rond.

« Vous ne m'enlèverez pas de l'idée, a dit Charlie, que le dernier obstacle à vaincre se situe dans sa bouche. » J'ai dit : « Ben oui », en réapparaissant de dessous la table, et je me suis cogné la tête. « Retourne faire le hasard », a commandé Antoine. » « Y a pas de Nhasard pour toi », j'ai répondu. Et ça m'a valu des rires parce que c'est une réplique célèbre dans un film de Charlie, *Le Dimanche de la vie*, qu'il a tourné avec monsieur Raymond Queneau aux dialogues.

« Le jour où Benjamin mâchera, a recommencé Charlie, il soufflera l'air par la bouche et il parlera, c'est évident. » Benjamin a écouté avec intérêt. Ça lui plaît bien d'être à la pointe du compas. Moi, je suis retournée sous la table. Antoine m'a marché sur la main. Exprès. Et pour masquer son infamie, ce vrai salaud a prétendu s'intéresser à Benjamin. « Dis donc, fainéant, il a fait, tu dois avoir plein de trucs à raconter? Hein, Ben, depuis le temps?... Quand ça va débagouler, tu seras drôlement bavard! » « Débagouler? » a demandé Charlie par simple intérêt pour les mots.

J'ai donné un coup de poing de vengeance sur le pied d'Antoine, je lui devais bien ça. Il a poussé un faux cri de douleur pour que je me fasse engueuler. Vrai salaud, comme d'habitude.

Victoire a aussitôt ordonné : « Assieds-toi Marie! Retourne à ta place! » Elle a coupé le reste du gâteau sans se servir du Nhasard et le silence des familles s'est installé, parce que la douceur sucrée du gâteau a occupé nos papilles. C'est Antoine qui a fini sa part le premier. Il a regardé son petit frère avec une immense sympathie. « Alors, quand est-ce que tu parles, Benjamin? » il a remis ça.

Ben s'est arrêté de pousser sa crème pâtissière avec ses ongles. Son regard s'est allumé comme la flamme bien réglée d'un cricket. Sauf, je trouve, que son visage a glissé vers le bas. Il a souri tout de même. Il a tendu sa main pleine de bouffe vers Antoine. Le grand a essayé de préserver sa chemise, mais Benny l'a tartiné, bien fait mon vieux. Antoine a quand même dit à Ben en s'essuyant : « Tu veux me dire quelque chose! Vas-y, j't'écoute... parle! » « Ayoh! » a fait Benjamin. « Ayoh? »

Ayoh, tout le monde s'est regardé. « Ayoh! qu'est-ce que ça veut dire, ayoh? » a demandé Antoine. « Ayoh est un mot à interpréter, a renseigné Samothrace. C'est du vocabulaire en kit. Seuls les plus bricoleurs d'entre vous s'en tireront. » « Ayoh... » a insisté Ben. Il s'est penché pour accentuer la force de son regard et il n'a plus lâché Antoine. « *Ayoh!* » « Très bien. Ayoh », a capitulé Antoine.

Mais, quand Benjamin s'acharne, tu sais, on n'est pas quitte aussi facilement. Il a des ressorts dans ses jambes. Il s'est dressé d'un bond et tout en tartinant la manche d'Antoine avec un peu plus de crème, il a exagéré ce qu'il venait de dire : « Ayoh! » En haussant le ton. En faisant ses mauvais yeux tournevis. Et en prenant le menton de son frère pour l'obliger à le regarder en face. « Ayoh! » qu'il a fait. « D'accord », a admis Antoine en se marrant. Et il avait intérêt à admettre, parce que Benjamin commençait à prendre drôlement l'air d'un zautre.

« Fais gaffe, Antoine, te moque plus de lui, j'ai prévenu. Il a l'air zautre. » « Penses-tu, a dit Antoine, c'est un bon zigue. » Et il s'est marré de plus belle. Eh bien, il a eu tort.

Benjamin s'est accroupi. Il a ri deux secondes. Il a ramassé son harmonica et il a soufflé des notes de menace avec son nez. Ensuite, il a défait sa godasse droite et sur un pied une chaussette, il est sorti en claquant la porte. Il est descendu jusqu'à la buanderie. Là, il a donné un grand coup de poing dans un carreau. On a entendu le verre exploser sur le carrelage et on s'est levés. Quand Ben est remonté, il brandissait son avant-bras ensanglanté comme un drapeau de la révolte des Zautres. Victoire l'a aussitôt emmené en voiture et le miracle est arrivé à l'hôpital, parce qu'il n'avait pas sectionné ses petites veines bleues. Mais on revenait de pas loin de l'enfer. Son poignet a écopé de sept points de suture. En revenant des urgences, il est allé droit à Antoine et il a redemandé : « Ayoh? » Personne ne savait lui répondre.

Il venait d'avoir treize ans et toute cette journée si belle et si éprouvante avait été encore une grosse défaite de la communication. D'ailleurs, jusqu'au soir, plus personne n'a eu envie de parler. Franchement, à quoi ça aurait servi de ne pas se taire? Et j'ai fini le gâteau par boulimie du désespoir.

Ta dévouée Marie-Marie-Mad.

Parfois, le soir, quand Benjamin était monté se coucher, le paysage de la vie s'apaisait. Charlie prenait la main de Victoire dans la sienne, et, mari et femme, ils célébraient le silence retrouvé. L'obscurité envahissait doucement le salon. Au passage des doubles rideaux, de grands pans d'ombre buvaient la passementerie, envahissaient la moquette, redessinaient le décor.

Charlie et Victoire faisaient quelques pas incertains. Par d'imperceptibles pressions de leurs doigts réunis, ils cimentaient l'unité de leurs pensées les plus intimes. Au milieu de la pièce, pris d'un soudain vertige, ils s'immobilisaient.

– Comme l'air est vif, disait Victoire.

Elle s'appuyait à lui. Pendant ces veillées-là, presque magiques, le meilleur radeau pour dériver était encore le divan de cuir. Sa main attirant celle de Charlie, Victoire s'y laissait tomber.

– Je suis si bien! disait-elle en se lovant contre lui. Fatiguée comme si j'avais fait des kilomètres.

– Il faut se défier de trop marcher dans l'obscurité, répondait Charlie. On évalue mal les distances. Sais-tu que nous étions presque arrivés au bord du lac Inari?

Elle riait. On se taisait. On n'éprouvait pas le besoin de lire. On n'écoutait pas les nouvelles. On attendait.

– Si j'étais pauvre, je vivrais dans le noir, disait Charlie.

Plus besoin de cacher le salpêtre. Plus besoin d'avoir de meubles.

Dans la pénombre, il cherchait, sur le mur blanc éclairé par un peu de lune, la tache plus sombre d'un tableau. Il savait exactement où rencontrer le regard du père Chambon peint par Herbin en 1913. C'était une toile cubiste qu'il avait acquise en se saignant aux quatre veines dans les années 70. Du fond de son cadre, l'Auvergnat était toujours au rendez-vous. Une amitié de quinze ans les liait à présent. Entre eux, pas un jour de manqué. Pas un matin où Charlie ne soit venu se camper devant la moustache du bonhomme. Pas une occasion de perdue, pour le patron de la Rotonde, de parler des Montparnos. Tous les peintres étaient passés par chez lui. De Modigliani à Soutine, de Foujita à Marie Wassilieff, le fouchtra était intarissable. Rien qu'en interrogeant sa face toute en cubes, Charlie en tirait le meilleur. Il se concentrait. Aussitôt l'époque du charleston battait son plein. On s'amusait la nuit. Quand dormait-on? Jamais de préférence.

Musique! Folie! Paillettes! Krach à Wall Street! En 1929, au steeple-chase des mondanités canailles, le tourbillon fait vertige. La porte à tambour de la Rotonde tourne-larigot. Elle recrache pêle-mêle Mistinguett et les Dolly Sisters. Lénine et Trotsky. Desnos et Pascin. Voici Anna de Noailles en lamé or de chez Poiret. Voilà Van Dongen, vêtu d'un costume de bain composé par Yvonne de Brémond d'Ars. Calder, géant mou, étoilé amerlicain, au faciès de bébé Cadum. Et quelle fête, imaginez, quand Foujita, Don Juan aux yeux bridés, traversait le boulevard déguisé en coolie! Qu'il était loin le temps de la mouise où il se faisait servir dix sous de bouillon-kub au foyer des artistes! Maintenant le bouchon de son radiateur de voiture est un buste de Rodin. Ses chats, ses nus se vendent à des prix astronomiques. Chagall, Zadkine, Terechkovitch! Tous ces gens rutilent de talent! Jusqu'à l'extrême avant-guerre, Montparnasse a les cheveux d'une comète russe, les yeux dada de Man Ray et la folie sentimentale des exilés juifs en rupture de pogrom. Tout le monde oublie le petit dictateur énervé qui répète en coulisse les gestes irréparables de la plus funeste tragédie de tous les temps. On s'amuse. On continue. On s'étourdit. En allant prendre un simple glasse chez Chambon ou au Select, songez que vous risquiez de boire le même whisky qu'Hemingway ou Henry Miller, Faulkner ou Dos Passos, Ezra Pound ou George Gershwin. Dieu! si le génie s'attrape au fond des verres, quelle glorieuse contamination guettait les alcooliques!

A cette pensée, Charlie se sentait doucement heureux. Il souriait dans l'obscurité. Il était pénétré par une lumière chaude qui l'irradiait chaque fois qu'il acceptait l'orgueil prémonitoire de son appartenance à la cohorte des grands hommes. C'était une croyance secrète, forte et inexplicable, qui le poursuivait depuis sa plus tendre enfance, et bien qu'il n'eût jamais osé l'exprimer à qui ce fût, jamais, tout au long des ans, elle ne l'avait quitté. Certains jours, quand ses forces le trahissaient, c'était même cette obsédante et dévorante passion qui lui procurait suffisamment de colère sèche pour ne pas abandonner ce qu'il avait entrepris, écrire, composer une œuvre qu'il puiserait entièrement dans sa rage de vaincre le malheur. Il sentait qu'il existait à l'état sauvage. C'était totalement inavouable, et c'était là. Il souriait dans le noir.

A ses côtés, Victoire, plus modeste, filait sur les bords d'Indre-et-Loire où les soirées noyées dans la brume sont si horizontales et les bateaux des traits noirs, vraiment plats. En un clin d'œil, elle passait de Loches à Saché, d'Ussé à Chinon, et regardait la lumière s'éteindre doucement sur les pierres de taille. Si la saison était clémente, elle s'échouait sur une berge de sable et contemplait le ciel languissant sur le lointain des îles.

Charlie bougeait imperceptiblement sur le cuir du divan. Il faisait ses adieux au fantôme de Jeanne Hebuterne et regardait maintenant du côté de la télévision. Avec un peu d'entraînement, il s'enfermait sans peine derrière l'écran vide. La tête ceinte d'un keffieh, il dérivait en Afghanistan ou à Beyrouth. Il abattait en général un avion russe au journal de vingt-trois heures. Il essuyait un tir de kalaschnikov en traversant le camp de Chatila, puis revenait à temps pour la politique intérieure. A la Chambre, il interpellait Fabius à propos de Mururoa, cocotte-minute du Pacifique, s'apitoyait sur le cas d'un délégué syndical passé à tabac, puis s'intéressait distraitement à la laisse électronique pour prisonniers de droit commun. Après un court passage chez les dames galantes du body-body, il se concentrait sur les dernières chimères des scientifiques à propos du sida. Dans la foulée, il assistait à la naissance d'un souriceau de couleur agouti, urinait dans la piscine d'une star liftée, flinguait un parachutiste qui chassait les homosexuels avec des balles à ailettes, et terminait sa rêverie par un clip sur Michael Jackson, juste avant la nausée.

– Quelle gueule a ta vie? demandait brusquement Victoire.

– Pas de quoi lampionner, sursautait-il. Genre zizi panpan, torture du nombril au tesson de bouteille et solitude du connard de fond.

– Je vois, disait Victoire. Encore une nuit sans sommeil.

– Pas forcément, disait Charlie. Mais partout, c'est la désolation.

– Moi, je n'en peux plus, bâillait Victoire.

Elle montait dans leur chambre. Charlie l'y retrouvait. En se déshabillant, il soupirait.

– Enfin!... disait-il, je suppose que l'idée de vouloir éviter la guerre à tout prix n'est pas réaliste.

– Évident, répondait Victoire. C'est comme dans une pièce de théâtre. Si, au début du premier tableau, une carabine est suspendue dans le fond du décor, tu peux être sûr qu'on s'en servira fatalement au dernier acte.

– Alors tout va bien, disait Charlie. Nous serons vitrifiés par les SS 20. Je n'ai plus peur de rien.

Il sifflait dans le noir, un truc vraiment endiablé.

Victoire se glissait au fond du lit et s'y tenait tapie. Pliée comme un crochet X, rien de le dire.

– Il fait un froid à attaquer les poireaux au marteau piqueur, gémissait-elle. Viens vite me tenir chaud.

Il arrivait par catapulte. S'étalait dans l'humidité. Étouffait le tumulte de son cœur. Et fermait les yeux. Au bout d'un moment :

– J'ai la tentation, disait-il.

Il prenait Victoire dans ses bras. Il commençait à chuchoter, la bouche posée contre son oreille. Elle riait. Les draps froissés au-dessus de leurs têtes mêlées, ils étaient à nouveau des enfants dans leur grotte.

– Ne t'en fais pas, disait-il. Benjamin va guérir.

– Je sais, répondait Victoire. Il progresse.

– Nous serons les plus forts.

– Nous sommes déjà de loin les meilleurs.

– Tu es une sainte.

– Et toi un ptérodactyle.

– Un ptérodactyle?... Comment le sais-tu?

– Ça se voit à ce que tu as l'air d'un oiseau con avec une idée préhistorique derrière la tête.

La mine effrayée, Charlie se redressait sur l'oreiller.

– Quoi? demandait-il. Baiserions-nous pas ce soir?

– Un peu si tu veux. Mais pas trop, j'en ai marre.

– D'accord. Et après on dormira sous un chêne.

– C'est ça. Et nous rendrons l'injustice.

Après, ils s'enjambaient dans tous les sens. Ils avaient le cœur en doucette. Et quand le grand tam-tam était bien fait, ils s'endormaient l'un dans l'autre.

– Merdieu! gémissait Charlie en lâchant la rampe, vivement qu'on soit au ciel!

Deux secondes après, il était une peau morte.

Portrait de Charlie avec des phrases.

Charlie dit toujours qu'il n'aime que les enfants des autres.

Quand Charlie rencontre un gosse, il repart en boitant.

Quand Charlie s'approche d'une jolie femme, il marche à reculons.

Charlie dit : « Je suis blessé à l'enfance. »

Parfois, au bout de l'autoroute, Charlie regarde la mer. Le ciel. Toute cette force. Toute cette organisation inorganisée. Il pense à Dieu. C'est le plus sûr moyen de se sentir seul.

Une fois, du haut d'une falaise, comme un pompeux imbécile se mêlait de vouloir refaire le monde, Charlie s'est tourné vers lui et lui a désigné toute cette vastitude océanique en demandant : « Oui, mais Qui sale? »

Charlie a des souvenirs d'enfance. Il les cultive. Par exemple, il hurle souvent de rire en se répétant cette phrase sortie de la bouche d'un de ses professeurs de latin : « Pilosus, il était. Erat, couvert de poils. » Comme de moins en moins de gens sont capables de partager la raison de son hilarité, il rit de plus en plus fort. Ça ne dérange que lui.

Charlie dit aussi qu'il a une manière de détester les enfants qui leur répète assez l'amour qu'il a pour eux. Ils sont une salade mixte.

Charlie a toujours pensé que le 15 août était un jour rêvé pour flinguer Karl Marx. Août est un mois sans « R ».

Inutile de fermer sa gueule à Sigmund Freud. Le Blount s'en chargera.

Un chien fait pipi chez Hédiard. « C'est drôle, dit la maîtresse du clébard, ça ne lui arrive jamais à Prisunic. »

Pas plus tard qu'hier, Charlie a noté une phrase inscrite sur un mur du métro : « Un flic mort est un bon flic. »

Il a vu aussi un Africain en chaussures fines. L'homme se tenait devant une bijouterie. Au bout d'un moment, il s'est mis à imiter un avertisseur de police.

Charlie pense que, coureur de mode, le cinéma est un art qui suit l'argent à la trace.

Les prix ont beau avoir la tremblote, Charlie dit que si la connerie était de l'essence, on pourrait se passer des Arabes.

Il dit aussi qu'au compte-gouttes du grand soliloque, les politiciens nous empoisonnent dans un verre d'eau. Pourquoi ne pas apprendre à nager?

Charlie trouve qu'une dame qui joue du tambourin seule dans une pièce vide mérite qu'on l'écoute.

Il sait que le monde sera jugé par les enfants. Que l'œil existe à l'état sauvage et que Pitos Erotopitou est un joueur de football cypriote. C'est parce qu'il lit les journaux.

Il répète avec Blaise Cendrars : « La vie que j'ai menée m'empêche de me suicider. Tout bondit. »

Je lui donne raison.

Tout bondit! Ah la guerre, sinistre saumure! Dans les années 50, l'Algérie s'enflamme!

Et pourquoi ne pas commencer à raconter l'histoire du brave soldat Floche? Et celle, tout aussi mirliflore, des bons tringlots qui avaient nom Toucheboeuf, Lecœur et même Loiseau? Non, tiens, justement. Celui-là, je me vante! Je me goure! J'errone!

Loiseau n'a pas d'histoire. Ou alors, si peu que vite fait, je la bâcle. Parce qu'en février 1960, date où je me place, il nous avait déjà quitté, l'artiste du pain de deux livres. Griveton du malheur, emmené à tabac et camisole de force vers les hostos psychiatriques. Foutu à la trappe, à la relègue. Au rebut. Pour cause de tentative répétée d'homicide au pas de tir sur la personne de ses officiers. Plus fort que lui, le boulanger, chaque fois qu'en place d'une boule de pain de campagne vous lui mettiez un Mass 39 entre les mains pour tirer sur une cible, il déraillait. Tournait la bouche à feu vers l'officemare qui commandait. Devenait frappadingue. Donnait de la gâchette. Tirait au ras des galons. Frôlait les épaulettes.

Pas méchant, à part ça. Doux comme un beurre des Charentes. Pas caractériel non plus, en dehors du service. Seulement imprévisible. Criait jamais gare, l'animal. Parlait à personne. Même pas à nous, ses souteneurs et ses justes. Muet. Insondable. Simulateur ou forcené? Enfermé dans sa logique du désespoir. Allergique à l'armée. A l'enrôlement. Au défilé. Foutu en prison. Scalpé à zéro. Reconduit au pas de tir. Astiqué. Bromuré. Nettoyé psychologique. Remis dans le rang façon brute. Coups de pied dans les couilles. Et, cependant, recommençait invariablement à flinguer les pitaines, les lieutes et les adjupètes. Ras des barrettes. Badabing! Pas rebuté, comme on voit. Frais comme un lac. Têtu sous le calot. Prêt à encaisser des gniacs, des crosses, des chapelets d'hématomes. Sévices en tout genre. Mais rétif à l'exercice. Au garde-à-vous. A la riflette. Pim! Fin du guidon, il arrosait ses chefs. Ça c'est de la récidive

Alors un jour, forcément, ils l'ont pris. Ils l'ont emmené vers des destins pas clairs. Soi-disant qu'il avait le cerveau lisse, Loiseau. Réforme ou oubliette? On ne l'a jamais revu. Broyé, l'ami. Laminé, vraisemblable. Occis par le forci-pressoir militaire. Écrabouillé, foulé. Extirpé mieux qu'un asticot hors du fruit. Perdu. Écrasé sous le talon. Au revoir Loiseau, bonjour l'Algérie.

Floche était dans un bataillon semi-disciplinaire. Suspect pour cause de mauvaise tête. Avait pas voulu faire les élèves officiers. Malgré le savoir et l'instruction. Au début, c'était dur.

La section était mâtinée à cinquante pour cent d'Algériens. Les uns chiaient dans leur lit pour ne pas aller sur le terrain en découdre avec leurs cousins, leurs frères, leurs papas. Les autres désertaient féroce. Rentraient pas de permission. S'esbignaient réfractaires. Grimpaient dans les montagnes.

Tout bondit, je vous dis! Une époque comme on n'en fait plus! Floche, Toucheboeuf, Lecœur, tringlots embarqués Marseille. Allez-y les p'tits gars. Chantez hourrah! Fleur au fusil. Balancez les bras. De Dunkerque à Tamanrasset. Han deux, han aïe! Sur Floche de pivot, en avant arche! Grenades à plâtre. Exercices à balles réelles. Lignes électrifiées. Plus vite! Descendre, monter! En avant! Pas de brêles! Tire-au-cul, n'en faut pas. Garde-à-vous! Trompette! Rompez! Pas de course. Pas de lopes! Pas de crampes. On se repose. On fait des pompes. L'adjudant est sympa. Le dernier au rapport fera huit jours. Au pas, camarades. Au pas! Des cailloux dans les sacs. Je ne veux voir qu'une seule tête. Respirez fort. Criez halte au feu. Chargez. Tirez! Mot de passe. Bivouac. Coup de main. Au pas, mes camarades. Encore! Plus vite, plus fort! Exercices. On fouille. On rouste l'indigène. Allez, on aligne. On interroge. Nez au mur! Ça valse. Mohamed ta gueule! Casques lourds, gamelles, treillis, godillots, chapeaux de brousse. Machin, de Vierzon, qu'a dérouillé une rafale de PM dans le bas-ventre. Le sergent rouquin, la mort entre les yeux. Le FM en quenouille. La section clouée sur place. Un caporal qui se vide de ses tripes en parlant à sa mère. L'aspirant qui gueule : « Allez-y les p'tits gars! Vous n'êtes pas en vacances! On tire pour tuer! » Éboulis. Courses folles. Chaleur à col ouvert ou froid à poings fermés. Thalwegs et mechtas, mouches sur les paupières des morts. C'était la fouille et l'embuscade. Le mauvais bout de la lorgnette. Quarante-deux fusils de chasse saisis pour une parcelle de gloire. La soif étanchée dans des flaques d'eau nauséabonde. Allez, ça ratisse. Ça boucle. Ça quadrille. Pacification. Nettoyage. Arrestations. Reconversions. Contre les « combattants de la foi », Dieu aide la France! Tout bondit, je vous dis!

A force d'en parler, les souvenirs reviennent, rafalent. Affluent. S'installent. Matière indélébile. Rires à titre posthume. Râles toute une nuit. Les visages défilent. Regards noirs sous les détours crasseux du turban. Enfants superbes noyés dans les plis de leurs cachabias. Des pleurs. De la fatigue et du sang. Ah, la mauvaise guerre! La fieffée crapahute! La méchante cause, puante à respirer. Nous, les grivetons du contingent, appelés pêle-mêle après nos sursis d'étudiants. Partant flamberge à vingt-six berges. Pas malléables pour un sou. Remplis d'opinions. Charlie Floche, retour des Indes. Gavé d'épices et de tolérance. Toucheboeuf, anarchiste parisien à poils longs, un mètre quatre-vingt-douze d'incompréhension, et Sébastien Lecœur, musicien des bœufs, jazzman en cave, pas volontaire de soleil. Qu'allaient-ils faire dans cette galère? Qu'ils étaient loin de Bombay, de la rue de Verneuil, de Saint-Germain-des-Prés et des amours si bonnes!

Et encore, dans l'épisode que je vous raconte cette fois-ci, leur sort est bien meilleur. Ils sont arrivés à se faire verser au service cinéma des armées. Floche est metteur en scène. Toucheboeuf opérateur. Lecœur s'occupe du son.

T'en souvient-il, Charlie? Nous sommes le 13 février 1960, exactement. Il est cinq heures trente du matin. Douze caméras sont braquées sur l'horizon.

Au fond d'un abri, une main câblée par Thomson-Houston vient de tourner une petite clé argentée. En haut d'une tour métallique, les yeux bleu citron d'un monstre s'allument. Plusieurs machines subalternes communiquent entre elles par signaux électroniques. Un cerveau à mémoires froides tient des propos obstinés. Dès qu'il entame le processus irréversible, un cœur se met à battre.

H moins une heure. Le Sahara devient une église. Sous le casque lourd, les généraux se taisent. La liturgie mathématique s'installe sur les visages graves des techniciens. Devant eux, les voûtes du soleil levant s'arc-boutent au fond du désert. A part le tic-tac ventriculaire de la bombe suspendue à cent mètres d'altitude au-dessus du sable, plus rien ne bouge. Seule la Grande Ourse et quelques étoiles de moindre éclat assurent encore la permanence du vieux monde. Le général Ailleret, commandant en chef des forces françaises sur le polygone de tir de Reggane, consulte sa montre. Dans cinquante-huit minutes exactement, l'aveuglante force orangée va s'élever au-dessus de l'Algérie. Le grondement de son onde de choc apprendra aux maquisards des djebels que la France a dérobé le feu. Que la fulgurance est à son échelle. Que la vitrification est à la portée des consciences nationales.

Chez les militaires de carrière, le trouble n'est nulle part. Massifs, ils sortent d'une toile de Gromaire. Visages de bronze. Émotion mate. Pourtant, c'est une aube opalescente. Il fait un froid coupant et sec. Au coin du dernier pan de ciel argenté, peu à peu les étoiles fondent comme du sucre.

A vingt kilomètres de distance, la machine est en route. Son cœur bat fidèlement. Floche, Toucheboeuf, Lecœur et leurs assistants se tiennent sur une écorchure de terrain qu'on pourrait bien baptiser falaise et qui domine de ses miettes rouges éclatées par le gel l'ensemble du décor d'une platitude extrême. A leurs pieds, six mille hommes sur les aires de décontamination. Dans cinquante-huit minutes, assis dos à l'explosion, courbés vers le sol, un bras replié sur la tête, les yeux ceints de lunettes opaques, ils seront littéralement pénétrés par la radieuse lumière. Son éclat insupportable violera la caverne de leurs orbites, malgré les mesures de protection. Ce sera comme si l'âme elle-même s'éclairait. Et l'intime frayeur métaphysique accréditera pour chacun la conviction du mystère de la vie. Le feu prométhéen ne retombera qu'au bout de vingt secondes. Seulement alors ils pourront se retourner et assister à l'opéra de l'anéantissement final. A la formidable colère lente du champignon colossal, poulpe d'incandescence, griffé sur les côtés de striures incendiaires. Ils verront dans le silence intégral se développer l'hydre dont l'ombre est notre trépas. Au fond de la gorge des hommes surgira un vivat spontané, comme si le plus abject spectacle que puisse donner la science était devenu source d'une joie nouvelle, incompréhensible. Comme si l'homme, soudain dépassé par l'homme, s'émerveillait de sa propre grandeur. De sa funeste vacherie. Étrange orgueil, défi au Créateur ou simple affaissement des nerfs, la clameur peu à peu s'estompera. Surgis du fond de l'horizon, les quatre cavaliers de l'Apocalypse déferleront au galop barbare de leur fantasia mégatonnique.

Le mascaret sonore, en retard sur la lumière, rattrapera les kilomètres perdus et avalera la distance à hurle-décibels. Le roulement de sa force bousculera tout sur son passage : les camions, les baraques, les mannequins simulant les hommes. Quatre cavaliers de l'Apocalypse. Galopant côte à côte : la Conquête et la Guerre, la Pestilence et la Mort. Le marteau de leurs sabots pilonnera le sol. Leurs destriers goberont l'espace. Ouvriront les nues. Hennissements de foudre. Crinières d'effroi. Cabrades les yeux égarés. Un vent surnaturel passera sur les hommes. Tout autour d'eux. Les guerriers du Jugement piétineront le sable, y dessinant un cercle d'angoisse. Leurs longs manteaux traceront un chemin de cendre et de chagrin. De flammes et d'oubli. Rien ne sera plus comme avant.

Pour le moment, Charlie regarde Toucheboeuf. La taille de géant du chef opérateur le rassure. Cul sur une pierre, le Bœuf rêve les yeux ouverts et fume sa pipe.

– A quoi tu penses? se risque Charlie.

– Je ne pense pas, monsieur. Je m'exerce!

– C'est pas bien le moment, le Bœuf. Le truc va péter...

– Qu'il pète sans moi, monsieur. Je voyage! Je m'absente.

– Tu te fais la belle en égoïste! Dis-moi au moins où tu vas?

– Au studio de Billancourt et je reviens, rétorque le Grand.

Il se carre sur sa pierre, fait un fondu avec ses paupières closes. Et sourit avec confiance à sa vie intérieure.

– Sois pas vache, dit Charlie. Tiens-moi au courant du suivi...

– Plutôt que de me faire chier ici, j'éclaire un décor de

Trauner, répond le sculpteur de lumière. J' suis sur le plateau B...

– Un décor? quel décor?

– Une rue des *Enfants du Paradis*, renseigne le Bœuf. J' te jure que c'est pas d' la tarte.

Charlie opine gravement.

– T'as pas choisi la facilité.

– Faut viser haut, dit l'éclairagiste en se concentrant soudain.

– A plus tard, chuchote Charlie avec envie. J'te laisse.

– Ouais... Faut que je r'tourne en passerelle, rumine le Bœuf. J' vais fignoler mes deux kilos.

Indifférent à la beauté du Grand Erg, il repart dans ses tarlatanes, ses projos, ses gamelles. Il améliore. Il diffuse. Il pinaille. Un petit volet en casquette. Un petit cinq cents à la face. Pas besoin d'aller bien loin pour être parti ailleurs. Et toujours ce sourire séraphique. Quel bouclier contre l'enculerie ordinaire!

Un être à part, le Bœuf. Catégorie aucune. Ne rentre dans aucun moule. Insensible à la conversion. Au prêchi-prêcha. A l'embrigadement. Méchant avec les cons. Intact sous le kaki. Traversant la guerre comme d'autres un chemin vicinal. Sans se retourner. Avec ça, inapte au port du calot pour cause de chevelure rastaquouère, genre rébellion pileuse qui inspire crainte et méfiance aux reîtres, aux mirlitaires. Une crinière indescriptible, bouquet de plumets raides au réveil, dressée dru comme de la paille de fer jusqu'à la mi-journée, puis perdant graduellement en ordre ce qu'elle gagne en souplesse, le soir s'éparpillant, serpillière en douceur, mollassonne sur les oreilles, donnant à l'artiste du kilowatt heure un air de chien lévrier au sortir d'une piscine.

A cinquante-six minutes de la mise à feu atomique, le Bœuf se dresse sur ses badines.

– Je viens d'avoir une vision colorée, dit-il en passant près de Floche.

– Et ton travail?

– Oh! Ça boume! J'ai mis le père Carné dans ma poche et j' compte bien faire son prochain film...

Ça le fait ricaner, une victoire pareille. Maintenant, retour à ses fourneaux algériens, il se penche sur ses instruments, ses cornues. Ausculte un Caméflex. Jette un coup d'œil dans une loupe. Hume l'horizon. Vérifie un magasin. La tension d'une boucle. S'énerve quelque peu. C'est qu'on n'est pas là pour rendre compte d'un événement ordinaire. Hein? Tout de même, l'Atome!

– Historique, dit le Bœuf en ratissant l'horizon. Faudrait pas rater leur soufflé!

Mille fois raison, l'hirsute! Faudrait voir à pas brader le super-ragnagna de l'armée française. Pas filmer de travers le champion Ruggieri de la République cinquième. Une avanie pareille, ça ferait chienlit chez le Grand Gaulle. Tata sous les lustres en cristal. Vilain à l'Élysée. Mauvaise odeur dans les couloirs. C'est que c'est superlatif, pour la Nation, un pétard à molécules! A Matignon, on s'agite depuis des mois sur le sujet. Peut-être bien des années! Jugez vous-même des préparatifs. Grands catiminis d'états-majors. Précautions codées. Notes de service. Passage par la hiérarchie. Les cabinets. Les ministres. Ah les chuchotis, permettez! J'en connais un rayon. Vous saurez bientôt pourquoi! A la Guerre, ils ont ressorti le grand voile de la Muette. Pire que pour la percée de la Marne. Que rien ne filtre! Que rien ne perce! Écrans de fumée, tout le tralala du top secret!

Et justement, Charlie se revoit deux mois plus tôt. Tranquille dans son trois pièces-blouson, relogé par Vauban, il est au fort d'Ivry, vieux bastion des fortifs. C'est là, dans une terre de barrières et d'octroi minée par les citrouilles, les jardins potagers, qu'est planté le service cinéma des armées. Compagnie inter-armes, s'il vous plaît. Tout le gratin de la profession qui se retrouve sous l'uniforme. Fantassins, gonfleurs d'hélices ou matafs à pompons, rien que des recrues pas ordinaires avec leur futur devant eux. Claude Lelouch, Enrico, fils Becker, Caloni, Claude-Jean Philippe, des metteurs en scène, des opérateurs, des journalistes tout soudain ravalés clochards de la Patrie. Vingt-huit mois d'incapacité de travail! Trente centimes de solde par jour, autant qu'il m'en souvienne. Et quatre paquets de troupes pour former des fumeurs de galuches. Ah la rage! Ah l'ennui! Fort d'Ivry, la volière!

Ce jour-là, il est quatorze heures. Un peu partout, les troufions coincent la bulle. Au mess des sous-offs, les anciens de l'Indo, rallumés au Sidi-Brahim, reprennent Diên Biên Phu avec de la mie de pain sur la toile cirée assiégée par les litres.

A la même heure, enroulé façon lierre autour du ventre de la fille d'un quartier-maître de la marine, Charlie Floche est en plein élan. Jean-Nu-tête à la main, à bout de lime et déroute, il déjante pour la deuxième fois au fin fond de Marie-Jo qui griffe une armoire métallique. Trois semaines déjà, les tourtereaux, qu'ils abritent leurs amours saprophytes dans le renfoncement de la cabine de montage n° 7 où Charlie est censé monter son dernier film d'instruction. Trois semaines qu'ils sont debout comme des arbres, les petits, chauffés à braise, flapis des jarrets, rapetassés dans le rabicoin de la moritone pour échapper aux regards de ceux qui viendraient à passer dans le couloir. C'est que ça serait Tataouine, un scandale pareil! Un metteur en scène de deuxième classe en train de sauter le personnel civil! Ça ferait tache! Vinaigre! Révolution! Précédent! Lupanar! Ça serait la forteresse! la fusillade! les fers! la porte ouverte sur le vide! Ça ferait sauter la poudrière! piétiner les képis! sans compter le déshonneur du père de la tringlée! Secrétaire du colonel, qui plus est! Homme de règlement. Le pif en bourgeon, mais la discipline dans le sang. Cartahu de la Royale! Houlala le règlement! A cheval sur le bossoir! Prêt à muter les fortes têtes!

Justement, milieu d'une accalmie, sa progéniture, Marie-Jo comme j'ai dit, s'arrêtait d'arpenter l'escalier du plaisir. S'asseyait la moussette, les yeux dilatés par l'angoisse. Reprenait souffle. Interrogeait l'avenir incertain du grand large en secouant sa frange sur son front de baigneur de la marine. Soupirait un bon coup. Disait :

– Oh là là, Charlie, si papa nous piquait! Grabuge sur la coupée, j' te jure! J'aime mieux pas y penser!

La bouche en accent pessimiste, elle forçait sur les méninges. Épluchait les nuages. Gambergeait à l'affreux de la situation. Finissait invariablement par un p'tit coup de déprime.

– Oh là là! elle remettait ça, tu t'rends compte, si j'attrape un enfant!... C'est que ça peut t'échapper. Tout le monde est faillible... La nuit, quand j' te quitte, j'y pense au fond de mon lit... ça me file des crampes dans la cervelle!

De ce côté-là, risquait pas la tétanie, l'athlétique. Un petit pois dans les cheveux, c'est tout pour l'autopsie. Mais une force dans les reins! Toujours prête au branle-bas!

Remontait sur ses tiges à talons hauts, debout bien calée à regarder Charlie. Graduellement, des lumières de gourmandise lui frisaient dans les prunelles comme des signaux optiques. Au fond du treillis, elle allait chercher la quique du soldat. L'assurait doucement entre ses doigts douillets. N'en faisait rien au début. Se contentait de la fixer. Décapuchonnait sans vice. Auscultait sa roseur. Polie avec elle comme avec une personne. Presque grave, je dirais. Faisait durer une bonne minute son observation par le siège. Puis, brusquement maternelle, ébouriffait les cheveux du biffin, s'adressant comme à un gosse :

– Mon p'tit mousse, elle disait toute en magnes, t'es tellement luxurieux, j' peux plus me passer de toi!

Vent arrière, elle repartait où n'importe. Vite, un coup de langue sur les lèvres pour effacer la sueur, et sur le point de refroidir, s'élançait encore plus haut dans les vergues. Sans crier gare à la pesanteur, confiait son derrière blanc aux mains croisées du voltigeur, hardi qu'il la soulève. Et plus mouillée qu'un trèfle matinal, envoyait valser ses gambettes autour des hanches du soldat.

Confiante en l'équilibre, suspendue à son col de chemise, elle commençait à ahaner au cabestan. A geindre. A faire des manigances d'escarpolette. Et tandis que Charlie, le sexe en porte-drapeau, rivé à la demoiselle, défilait dans des ruelles inexplorées, garnisons exotiques, risque de fièvres tierces, régions d'oies sauvages et de pillage à vif, Marie-Jo s'éloignait dans les airs, s'élevait comme une montgolfière, muette, stupide, jamais rassasiée d'altitude – regard pâmé, loin de tout, pas montrable.

Soudain on éclatait.

Or, ce jour dont je parle, sortie des haut-parleurs disséminés dans les couloirs, la voix du quartier-maître aboya férocement le nom du soldat Floche. D'effroi jusqu'à la moelle, Charlie, grenade à mille chaleurs, explosa en léger différé dans le ventre inondé de sa trapéziste.

– Ton père, gémit-il. Je serai fusillé.

– Pose-moi, intima Marie-Jo, un tantinet plus réaliste.

Au-dessus d'eux – partout – la voix ubiquiste poursuit sa litanie furieuse. Timbrée et vibratoire comme celle d'un Neptune alcoolique, elle réclame la présence « fissa » du soldat Floche sur le mont Olympe, autrement dit dans le bureau du colonel.

Rebraguetté à peine, la cravate à vau-l'eau, Floche se jette dans les couloirs. Forcé de se manier les badines en moins que rien, arrive devant les portes du Jugement dernier. Vite rajusté son calot, le petit doigt sur la couture, prêt pour le feu éternel, il frappe doucement.

Personne ne lui répond. Dans la pénombre, d'abord résolu au pire, même à épouser, Charlie sent ses forces reprendre de la bretelle. Il niera tout en bloc. Il respire fort. Il frappe à nouveau. On ne lui répond pas davantage.

Puis, soudain, la porte du bureau voisin s'ouvre farouchement, livrant passage à son ex-futur beau-père. Le maître Thomas, dit Popeye, est nettement plus congestionné qu'à l'accoutumée. Sa colère, indubitablement concentrée dans la convexité broussailleuse des sourcils, descend le long du nez dont elle pince les ailes habituées à plus de turgescence. Franchement caractériel, l'homme aux boutons dorés périscope mal un rictus furibond au-dessus d'une pile de dossiers qu'il porte en soufflant.

– Tu vois, je déménage par ta faute, hoquète-t-il en passant. On me fout dans un gourbi pour que je te laisse la place! Si c'est pas le monde à l'envers!

Les bras de plus en plus chargés, marchant comme un tourteau, il accomplit deux ou trois voyages harassants entre son bureau et une pièce borgne au fond du couloir, puis revient, toujours crabe, jusqu'au biffin devant lequel il se campe :

– Vingt-cinq ans de carrière pour se retrouver dans la salle des machines! éructe-t-il. Tu trouves ça normal, toi?

– Je n'y suis pour rien... je...

– Ne discute pas!

Popeye entraîne Charlie dans son sillage chaloupant.

– Eh bien entre! dit-il en essuyant le tour intérieur de sa casquette. Fais comme chez toi! Assieds-toi derrière mon bureau. Et tâche voir à ne pas trop puer des pieds!

Il se recoiffe du bâchis de la marine. Ses petits yeux méchants fulgurent sous la visière.

– Est-ce que je peux savoir?... hasarde Floche, mais l'autre est déjà sorti en claquant la porte et, ce jour-là, c'est tout pour Popeye.

Resté seul, Charlie examine les lambris. A pas glissés, il tâte le beau parquet de chêne et s'en va s'appuyer au marbre de la cheminée. Là, face à la photo officielle du Président Grand Gaulle en habit et crachat, il s'interroge sur l'illogisme de sa situation présente. Pour cause d'absence de réponse et début d'hypoglycémie, il s'apprête à bâiller lorsqu'un bruit de clé mordant à plein pêne le fait sursauter. Pas de doute possible, de l'extérieur on est en train de l'écrouer à double tour. Les yeux de Charlie font rapidement le tour de la pièce. Outre une fenêtre donnant sur le drapeau – on est au premier étage – il existe bien une seconde porte. Mais comment oser la franchir? Derrière elle, c'est l'Olympe. Un Jupiter à cinq galons y règne sous l'uniforme. Que faire?

Retenant sa respiration, Charlie s'avance. Comme il s'apprête à coller son œil à la serrure pour voir à quoi ressemble un Dieu dans le privé, la porte s'ouvre vers l'extérieur et lui borgne un œil.

Dieu a des ailes. Il est aviateur. Il est oranais. Il s'appelle Andrès. L'arrestation de Ben Bella est son plus récent fait d'armes. Sa casquette de colonel chamarre un instant des reflets d'or quand il la retire. Du bas de sa courte taille, le militaire au crâne lisse jauge son interlocuteur sans aménité.

– C'i toi, machin? s'enquiert-il avec l'accent pataouète.

– Floche, mon colonel. A vos ordres!

– T'i pas communiste au moins?

– Non, a-colonel.

Le tombeur de Ben Bella fait quelques pas avant de se retourner.

– Tiens-toi bien quand je t'i parle! intime-t-il nerveusement. Tu te tiens pas bossu quand t'i chez toi?

– Non.

– Bon! Alors pourquoi t'i t' courbes comme ça quand ti m' parles?

Il dévisage Charlie avec des yeux à combustion lente.

– Ti veux pas *m'arranger* par hasard? Mi faire une fleur?

– Oh non, a-colonel...

– J' suis pas p'tit à c' point là, dis oh! ou alors tu veux me faire sentir?... Ji veux pas qu'on me fasse sentir, j' ti préviens!

– J' veux pas vous faire sentir, a-colonel.

– Alors tiens-toi grand, merde! Tiens-toi normalement! ça m'énerve.

Charlie talonne un garde-à-vous, fait les cinq doigts réglementaires et reste figé, laissant au minuscule officier le temps de faire le tour cambré et suspicieux de sa personne.

– Ji fais une enquête sur toi, machin, reprend le colonel Andres. T'i pas communiste, mais t'as pas de religion.

Il s'arrête sous le nez de Floche.

– C'i louche, ça. Pourquoi t'as pas de religion?

– Bof. Parce que ça s'est pas trouvé. La confession, des trucs comme ça, j'y tenais pas trop, a-colonel.

– Pitain! ti m' fais peur!... Un type comme toi, ça fait peur! T'i du genre qu'a pas de limites! T'i un desperado! tu peux faire n'importe quoi! Des saloperies!!

– J'ai le sens moral, a-colonel.

– Il a l' sens moral! prouve-le! Tu sais le « Notre père »?... non? même pas?...

Les yeux de l'Oranais se rétrécissent tout à fait.

– Tu sais le « Notre Mère », alors?

Ça non plus, Floche n'a pas l'air de le savoir. Le colonel Andres se dresse sur les pointes.

– Rheusement, dit-il, t'i Alsacien.

– Lorrain, a-colonel.

– Kif-kif. Alsacien-Lorrain. C'est presque boche et j'i confiance.

Il fait volte-face et se passe la main sur le crâne.

– Ripos! dit-il en s'énervant de plus belle... Ti sors plus, machin! Ti fumes plus! Ti bois plus! Ti vois plus les femmes. Ti parles plus à personne! Ti manges sur place. Ti dors ici. Ti rends plus compte qu'au colonel Andres!

Il s'approche encore plus près du soldat Floche et fait un geste de la main :

– Et ti t'occupes plus que de *ça* que je vais te dire... *la bombe atomique*!

Assorti d'une pénétrante exhalaison d'ail, un grand silence suit cette déclaration.

– La bombe atomique? se risque le soldat Floche en retenant son souffle. Certainement.

– T'i choisi pour la filmer, machin. C'it icris là, sur la note de service. C'it un nhonneur pour ta famille. Je t'installe pris de moi et ti m'icris le film... Au sicret. Au sicret militaire! Plus de perms. Plus de gonzesses. Plus rien!

Il est content, Andres, il fait deux trois pas.

Charlie ébauche un geste de noyé dans son dos.

A cette minute même, un bruit de marteau ébranle les murs et fait pivoter le sous-verre de Charles Grand Gaulle au-dessus de la cheminée.

– J'i fait clouer la porte, machin. C'i plus sûr, dit le colonel Andres. Pour que ti sois une tombe!

Voilà Charlie Floche placé en position vertigineuse. Obligé, en vertu d'une logique proprement kafkaïenne, d'inventer un scénario dont la matière n'est qu'hypothèses et singeries de remplissage. Pas l'ombre d'un document à sa disposition. Personne au courant de ce qui se trouve à Reggane. « Débrouille-toi, moi je veux pas le savoir! » Un mois à griffer des feuilles avec du vent. Charlie se met à décrire peu à peu avec conviction ce qu'il n'a jamais vu. Ni Sahara. Ni bombe atomique, bien sûr. Fils Floche, je vous répète, interné dans son bureau-cage des fortifs. Grattant à trente centimes par jour. Et la bombinette, tout là-bas. Pendue dans le désert. Tantôt carrée. Tantôt ronde. En forme de dragée. Ou alors un peu poire. Changeante, forcément. Poétique par le fait. Nébuleuse et distante. Révisée par le Méliès des casernes. Illusionniste en effets spéciaux. En ballets d'hélicoptères. Gros plan. Pano. Zoom avant. Tout un film raconté en jargon Frégoli. Et que je te façonne un découpage enluminé d'empiriques festons. Tout plutôt que la honte de la page blanche. A dix-huit heures recta, le colon du soldat s'avançait à petits pas pour relever les copies.

– Alors Machin? C'i bientôt fini?

– Oui, a-colonel. Ça fera un film superbe.

– Bon. I't manque rien? Un peu de pickratt? Ti veux des sandouiches?

Putain! ça avançait, Charlie. En tout cas, ça ne reculait

pas. Un mois déjà que le griveton était traité coq en pâte, nourri à la bouffe d'officier mais pissant sous escorte. Dix-huit heures recta, l'aviateur rappliquait sur ses talonnettes.

– Essaye di faire plus scientifique, hein machin. C'i bien ton découpage, mi la nature, on s'en fout. Alors supprime les fennecs, tu veux?

– C'est déjà fait, a-colonel. Vous voyez la phrase, c'était là.

Charlie s'esclavageait. Ébouriffait le scénario. Feuilletait avec sérieux.

– Bon. Pour un type qui connaît pas ses prières, tu te débrouilles.

Dieu était satisfait. Il sonnait Popeye. Le teint améthyste, le marin entrait. Il chaloupait jusqu'au bureau. S'emparait illico du scénario-bidon. Chaque feuille de l'escroquerie était tamponnée top secret. Étiquetée. Contresignée. Devenait document de guerre. Bible. Évangile selon Saint-Floche. Enfermé coffre-fort. Trente-cinq jours sans sortir. Ah l'imbécillité notoire! La foutue rigolade! Mais l'ennui en même temps. L'insupportable, le foutral ennui! Bourdon du désespoir. Les heures en quenouille. Popeye pour tout potage. Et l'Angélus en oranais : « Dis, machin, c'i bientôt fini? » Ça reculait pas, mon colonel. Charlie, fœtus Floche de la Nation, en perdait peu à peu l'équilibre. Le goût du boire et du manger. Perdu, le sens de l'orientation. Et même l'usage de la parole.

Ne les recouvra guère, l'infortuné bidasse, avant de se retrouver par matin gris dans une voiture à fanion. Embarqué sauvette vers un aéroport. Emportant pour tout paquetage l'image fugitive de Marie-Jo, hiératique silhouette de calendrier des Postes, agitant depuis la falaise du fortin nord le mouchoir trempé de larmes des Paimpolaises accréditées. Floche, terre-neuvas des campagnes atomiques, accueilli vieux marin par des voix à peine crédibles. Toucheboeuf qui entonnait : « Tiens v'là l' masque de fer! » Lecœur, soufflant biniou dans son saxo. L'amitié au rendez-vous d'une banquette de 403. Retrouvailles à flonflons. Et après, la soute d'un avion Nord-Atlas. Charlie parlant des heures. Une orgie de mots. Une moulinade de paroles. Besoin de se vider. De se caler dans l'espace et l'appartenance. Et dehors, derrière les hublots irisés de lumière lourde, le léthargique ronron des moteurs à hélice.

Charlie continuait sa jaspinerie de rattrapage.

– Vivement que tu t'enrayes, disait le saxophoniste.

– Compte pas là-dessus, se marrait le Bœuf. Il marche sur piles et sur secteur.

Escale à Alger. Les trois amis avaient fini par tout se dire. Arrivée à Reggane. Piste défoncée et vent de sable. Nouveau bourdon du désespoir. Trente gus par baraquement. La plupart retour de piton. Un an dans les djebels et maintenant le fond du désert. Chacun son châlit. Son cafard. Son paquetage. Du sable plein la bouche. Brigitte Bardot pour tout le monde, épinglée sur les murs. Tachée entre les jambes. Les gars étendus, les yeux éloignés. La tête pleine d'abrutissement. De consentement passif. De souvenirs de famille. De brutalités soudaines. D'envies insupportables. C'est dur, à vingt ans, de se branler dans des oranges.

Tout bondit! Hier, quatre auxiliaires féminines attachées au secrétariat du général Ailleret ont été violées dans les douches. Ce matin, jour J, plus que cinquante-cinq minutes avant le grand chambardement. Un peu de foutre, un peu de science. Autant en emporte le sable.

Sur le terrain, le Bœuf interroge sa cellule photo-électrique avec ostentation. Bricole, plus alchimiste que chef opérateur. Ouvre un diaphragme, peaufine une mise au point. Guette par l'œil cyclope des caméras Bourdereau une faible lumière accrochée à l'horizon. A vingt kilomètres de distance, elle matérialise le point où bat le cœur de la bombe, tout en haut de la tour métallique. Objectifs 1 000 mm. La moindre erreur de cadrage serait fatale.

Tic-tac. L'aiguille de la grande horloge synchronisée

sur le PC saute d'une graduation. H moins cinquante-quatre minutes. Le deuxième classe Toucheboœuf prend l'air soucieux. Au bout du désert, d'autres points lumineux viennent de s'allumer. La crinière du Bœuf se hérisse. De ses ongles chroniquement crasseux, il tasse son brûlot. Il se retourne vers Charlie. Son œil joue à saute-mouton par-dessus ses lunettes myopes. Il glousse tristement :

– Flochie!... y a un vice!

– Un vice?

Charlie s'approche en hâte. Les yeux du Bœuf n'ont jamais été aussi vifs pour un matin de bonne heure. Le géant dit à intelligible voix :

– Et si on avait mal pris nos repères, hier après-midi? Hein? S'il y avait rien su la péloche? Ah!... Y seraient surpris, les maréchaux!

Tic-tac, plus que cinquante-trois minutes avant le foutu badaboum. Le soldat Lecœur souffle dans ses doigts gourds pour les réchauffer. De son regard bleu faïence, il fixe les haut-parleurs disséminés dans l'ensemble du camp. Les baffles diffusent en permanence l'aboiement rauque d'une trompette qui sonne un deguello tragique et lancinant. C'est comme si on était à Fort Alamo et qu'on attende l'assaut des Mexicains en compagnie de John Wayne.

Lecœur s'inquiète :

– Dites, les mecs, vous êtes sûrs qu'ils se sont pas trompés de bobine?

Personne ne répond. Il fait froid. L'ombre de Pancho Villa plane un moment sur le Grand Erg et puis s'en va, avec son colt et son chapeau. A l'horizon le soleil saigne des gencives. Dans les rangs des grivetons, il fait solennel. Le grand Toucheboœuf continue à arpenter le terrain comme un dromadaire insomniaque.

– Je suis vraiment pas sûr qu'on ait bien pris nos repères, finit-il par répéter.

Il consulte d'un regard cerné les deux opérateurs qui les assistent. Ces deux-là sont des militaires de carrière. Le trouble mousse dans leurs yeux.

– Qu'est-ce que tu veux dire? demande celui qui s'appelle Chibaud et qui est sergent-chef.

– Regardez vous-même, chef, dit le Bœuf. La lumière qui est à droite de celle sur laquelle on vise... elle est plus brillante!...

– Bien sûr qu'elle est plus brillante, décrète celui qui s'appelle Binche et qui est adjudant. Mais c'est pas la bonne pour autant.

– N'empêche qu'elle brille davantage, admet Chibaud. C'est un fait.

– Oui. Elle brille vachement plus, insiste le géant. Et sans doute qu'elle doit avoir une bonne raison pour ça.

– Merde, si on s'était gourés? panique Binche.

– Tout est possible, insinue le Bœuf.

– Hé là, dit Chibaud. Attention! C'est toi le chef op!

– Pardon! C'est Floche le metteur en scène, rétorque le Bœuf en levant un doigt important. C'est lui le maître d'œuvre!

Le mot fait de l'effet.

On va chercher Charlie. A l'annonce des mauvaises nouvelles, il se voûte.

– Et si on coupait la poire en deux? il suggère.

– Qu'est-ce que tu veux dire? s'inquiète l'adjudant Binche.

– Quatre caméras sur la lumière de gauche et quatre caméras sur la lumière de droite.

Touchebœuf pousse un gloussement de violoncelle désaccordé.

– J' suis pas mécontent, les gars! il succule. J'ai bien semé la merde!

Et de voir qu'une machinerie pareille, entièrement scientifique, puisse gripper à cause du seul doute d'un sinoquet dans son genre, ça lui donne des ailes, à l'anarcho. Il clape des mains. S'ébouriffe d'aise. Se plie en quatre. Fait la roue.

– Alors, chef? il s'étrangle de joie. Qu'est-ce qu'on fait?

Charlie prend des accents Ponce Pilate :

– Moi je suis comme toi, le Bœuf. Juste un pauvre con de deuxième pompe. Pas de responsabilités!

L'adjudant Binche intervient. Il est pâle. Complètement sucre. Il dit :

– Pas si vite. T'es metteur en scène, Floche. Il faut un responsable.

– C'est vous qui êtes gradé, Binche. Les ordres, c'est vous! Des couilles, mon vieux, dit Charlie.

– Yes. Balloches, répète innocemment Lecœur.

Il fait un clin d'œil à Floche.

– M'enfin... s'étouffe Chibaud.

Le drapeau de la déroute flotte sur les consciences.

Lecœur, Toucheboeuf et Floche se désintéressent de la situation. Énervé comme une puce dans l'oreille d'un chien, le sergent Binche consulte sa trotteuse.

– Merde, plus que cinquante-deux minutes, il fait en regardant Chibaud. Faut prendre une décision, Marcel.

Marcel Chibaud commence à perdre le gouvernail. Il devient caractériel.

– Attention! J'ouvre le parachute! s'emporte-t-il. Si on se goure, ce sera de vot' faute, les p'tits gars, j' vous ferai porter le bada! Vous serez envoyés au trou!

– C'est vrai, reconnaît Toucheboeuf, mais vous, vous serez dégradés. Plus de boutons! Plus de sardines! Les médailles au panier! Et puis vous serez mutés en première ligne! Envoyés chair à canon. Exposés!

– Sûr de sûr, échote lugubrement le soldat Floche. Tandis que nous, guerriers, c'est pas notre truc. En tant qu'amateurs, on finira même par s'en sortir.

– Question de temps, opine Lecœur. Vingt-huit mois, c'est long. Mais c'est pas insurmontable.

– On patientera, dit Charlie. Tandis qu'une carrière...

Lecœur se marre. Toucheboeuf affecte un sérieux irréprochable. Comme d'habitude, il a le cheveu bataille et pas de calot. Une nature de poils qui flammèche des incendies volontaires.

– Te marre pas, Lecœur, il dit. L'heure est grave pour les braves.

Lecœur prend l'air d'un donjon. Pas une ouverture. Tout le monde reste debout devant les caméras, sans parler. Les bras ballants. Pas de projets. Pas de directives. Rien. La musique mexicaine continue son cirque lancinant. Elle s'enroule comme des bolas de vacherie autour des épaules tassées de Binche et de Chibaud. Les deux sous-offs sont penchés sur leurs caméras. Ils visent interminablement les deux petites lumières, cause de tant de remises en question. Ils hésitent. Soupèsent. C'est que cinq degrés, à une distance pareille, ça représente une sacrée amplitude. Au train où vont les choses, on risque de ne jamais projeter l'image du grand soufflé sur l'écran du Gaumont Palace!

En attendant, Lecœur déclenche son magnétophone Nagra. Il enregistre un peu de musique mexicaine. Il en profite pour capter en douce les palabres des deux sous-officiers.

– Pour nos archives, il promet au Bœuf. On se repassera ça ce soir dans l'intimité.

H moins cinquante minutes. Charlie va pisser au bout de la falaise. Soudain il s'immobilise. Il en oublie son instrument qui pattemouille dans le petit matin et prend froid à vue d'œil.

– Tu le miniaturises? s'étonne le Bœuf en s'approchant.

– Non, dit Charlie sans humour, je l'avais juste oublié.

D'un geste machinal il le remise dans sa culotte et se tourne vers le grand.

– Vise un peu ce que je vois, il chuchote.

Et c'est vrai que c'est pas ordinaire. Au pied de la falaise, sur les aires de décontamination, des hommes courent. Des centaines d'hommes se bousculent pour cavaler plus vite. N'importe comment. Aller plus loin. A contre-jour, leurs silhouettes se groupent ou se déroulent comme des écharpes claquant au vent. Un moment, le fourmillement se satellise autour d'un centre, puis, brusquement, reprend son éclatement tourbillonnaire. Une clameur s'élève. La foule, ainsi qu'un journal qui brûle, devient une contorsion noire qui se fragmente en mille escarbilles à la trajectoire imprévisible, fonçant vers le désert.

Incrédule, Charlie se retourne. Les autres ont accouru. Ils partagent sa stupeur. Les haut-parleurs continuent à diffuser cette sacrée musique mexicaine.

– Merd' alors, peut pas s'empêcher d'articuler Lecœur en déclenchant son magnétophone. C'est plus *Fort Alamo*, c'est *Les Dix Commandements*!

Pas tort! Une figuration jamais vue. Brusquement, la planète devient folle. Le Bœuf, tout en réflexes professionnels, braque un Caméflex sur le plus beau mouvement de foule du siècle. Quel plan! Un lieutenant arrive dans un bruit de casque lourd. Il galope sus au Bœuf. Son pistolet est dégainé. Le type a l'air au dernier cran. La haine lui fait danser les lèvres. Il dit avec ses dents :

– Arrêtez de filmer toute cette merde, tas de brêles, ou je vous aligne!

Il tend son arme en avant. Vocifère, suivi par un sergent dans le même cas, et deux biffins armés automatique jusqu'à la porcelaine des prémolaires.

– Ripez! ils disent. Allez rejoindre vos camarades!

A partir de là, les choses empirent. L'histoire devient loufedingue. Franchement farce. Elle échappe. On pousse Charlie, Lecœur, le Bœuf, les autres comme un troupeau de jars sans cou vers une section qui se tient déjà au garde-à-vous sur un terre-plein. La bouche en boutonnière de nouveau-né, le Bœuf s'informe auprès d'un petit brun :

– Quoi que c'est-t'y qui s' passe, brigadier? il en rajoute dans le genre imbécile. On rentre chez nous dans nos maisons?

– Penses-tu! C'est les biques qu'ont la chiasse! le renseigne l'autre. Ils se tirent dans tous les sens!

– Dysenterie? Intoxication alimentaire?

– Non. Bourrage de crâne. Des p'tits malins du FLN

qui leur ont fait croire qu'ils allaient tous crever radioactifs.

– Pourquoi eux, pourquoi pas nous?

– A cause des dosimètres. Leurs grigris sont en plastique noir et ceux qu'on a distribués aux soldats français sont roses...

Ah merdieu! Encore une fois rigolade! C'est vrai, j'ai oublié de dire. Chaque biffin a reçu le matin même un médaillon contenant une plaque sensible. Paraît qu'en cas d'irradiation, le film virerait au sombre. Dans ce cas-là, faudrait se présenter dare-dare au contrôle. Aller au shampouinage. Passage à mousse et à savon. Décontaminer l'intégral. Tout le précieux de la personne. Sinon ce serait crabe à la sortie. Radioactivité dans les viscères. Cancer du gros côlon. Le sang qui partirait en leucémie. Non mais attendez! Remettez-vous dans le sens de la dinguerie : six mille amulettes distribuées le matin même. La série rose aux trois mille franchouilles. La série noire aux Arbis. Faites les comptes, la fatalité de la connerie est partout. Arborescente, majestueuse, je trouve. Rien d'autre et pas plus. Mais allez rattraper ces gens en folie. Derviches d'eux-mêmes. Tourbillonnaires de possession. Trouille au ventre. Courant vers les barrages, refluant, prêts à braver l'électricité, la gégène, les miradors, le feu croisé des sentinelles. Tout plutôt que de subir l'invisible du jamais-vu. Variété de peur à l'échelle collective. Hystérie à mille guiboles que rien ne peut plus raisonner. L'explosion dans quarante-huit minutes. Rien qu'on puisse arrêter de ce côté-là. Le putain de cœur qui bat imperturbable. Tic-tac vers le brasier. Vers l'illumination suprême. Imaginez les ordres! Les contrordres, le merdier! La panique! Les automitrailleuses démarrent. Encerclent les fuyards en chiens de berger. Poussière de sable. Invectives. Mégaphones. On crie. On calme. On menace. Quelques coups de feu en l'air. Et, pour finir, retour sous escorte. Pendant ce temps, les officiers se concertent et, parade inventive, prêchent l'échange des dosimètres.

En une demi-heure c'est fait. Les Franchounets ont du noir autour du cou, les populations laborieuses du rose en sautoir. Ouf! Frayeur passée, ça va mieux! On se regarde. On respire. On revient de loin. On reprend de la fourragère.

Là-bas, à deux doigts au-dessus de l'horizon, le soleil s'est nettement décongestionné. A huit cents mètres d'altitude, trois chasseurs à réaction griffent le cyclo du fond qui bleuit à vue d'œil. Tout à l'heure, ils opéreront des prélèvements dans le nuage. Pour le moment, ils font de la réclame pour les droites parallèles. Tous les pékins sont revenus à leurs places. Assis dos à la vacherie du siècle, ils attendent.

Du côté de chez Floche, on se concentre sur l'événement. Les caméras sont prêtes à entrer en action. Binche et Chibaud ont décidé de shooter sur la lumière la plus en vue. En douce, le Bœuf a choisi de garder la balise la plus modeste au milieu de son cadre.

A peine un point bleu pourtant. Mais n'importe, il aura raison au finish, l'anarcho-protestataire. Sera même le seul à posséder la foutue bombe dans le collimateur de ses quatre caméras, tandis que les autres, éclair raté, seront mûrs pour l'humiliation du recadrage. Tout de même, à cinq minutes du grabuge mégatonnique, les visages se creusent un peu.

Les trois amis sont côte à côte. Le magnétophone tourne toujours. Écoute le pauvre monde. Les haut-parleurs dégobillent leur sirop. Et puis, d'un seul coup, plus rien. Un fantastique silence d'outre-tombe. Lecœur laisse divaguer ses yeux pâles sur un vague souvenir rockabilly : il fredonne quelques notes de musique remontées à l'improviste sur une échelle de snatch-guitar. Charlie a déjà le globe de ses yeux englouti par les lunettes-pièges. Le Bœuf respire par le tuyau de sa pipe. Tous trois essayent d'afficher l'air mariole. L'aiguille saute le pas sur le cadran. Encore quatre minutes et ça pète. Ça s'ouvre. Ça se déchire et ça mugit.

Lecœur dévisage ses copains. C'est comme à l'antépénultième bobine d'un film de guerre de la Warner, quand les acteurs vont se battre à l'arme blanche contre les Japs. Les seconds rôles disposent toujours, à la dernière seconde avant l'assaut, d'une bonne vieille phrase pleine d'humour, celle qu'un scénariste genre Buzz Bezzéridès leur a concoctée sur son Underwood. Une de ces foutues répliques qui vous mettent le public dans la poche avant votre mort prochaine. Et font de vous un putain de second rôle inoubliable. Lecœur se penche en mâchant son chewing-gum :

– Hé! Floche? il fait. Quelle gueule a ton avenir?

– Tartouillard. Pas sortable.

– Le mien c'est pareil. Des envies mais pas de fesses.

– Et toi le Bœuf?

– Oh ça va, je me plains pas. Je voyage énormément.

– C'est intense?

– Encore assez. Plutôt chaleur que coloré.

– Qu'est-ce que tu vois en ce moment?

– La fin du monde libre et du Picon-grenadine.

– Merde, c'est pas bon, ça.

– Non, pas fameux. Ça sent le soufre. Je m'affaiblis rapidement. Mais quand mon instinct de conservation s'amenuise, je pense au sourire d'Aïcha. Ça m'aide énormément.

Aïcha! Tout bondit, je vous dis! Les trois grivetons de la République cinquième piquent au fou rire. Sous les yeux sidérés de Binche et de Chibaud, se gaudriolent les coquins! Ouaf ouaf! s'envolent. Se revoient, les inconscients, trois nuits auparavant en train de voler une jeep au parc des équipements. La planquer hors du camp. Attendre la complicité d'un nuage qui effacera la lune, et se glisser limandes hors de la baraque sans réveiller les autres. Ramper extra-plats. Passer en douce sous les chevaux de frise, risquer la mitrailleuse lourde, au large des miradors, mille morts pour aller voir la pute du siècle. Aïcha! Aïcha la légendaire femme bleue, tant vantée dans les popotes. Aïcha, la fatma du Grand Erg, la sorcière aux mille mains, la flagelle aux cils vibratiles. Celle dont la motte du sexe est plus brillante qu'un gazon après l'orage et dont la danse du ventre est autrement plus lascive que la samba des filles du Beija Flor.

Depuis leur arrivée, les mecs du camp se sont relayés pour leur réciter leur couplet. Bougres farceurs, tous! A les croire, tellement elle est savante, la timonière de la luxure, que de Tindouf à M'Salah, les hommes s'élancent dans le désert. Perdent leurs nippes, leurs tripes, séchant au luisard, se déshydratent pour faire carousse dans ses bras. Rush for stupre. Plus fort que le Klondike.

Galvanisés par ces promesses de félicité, par ces mirages laiteux et ces confidences salaces, nos trois affamés rejoignent la Willys. La poussent. Lui font dévaler la dune. Allument le moteur seulement lorsqu'ils sont loin du camp. Roulent sans lumière. Hardi la bouzine! Des heures. Des kilomètres, à user la patience. A s'orienter dans le sable fin. A se perdre. A espérer la batifole. Tour à tour révisant *Les Mille et une Nuits* ou alors pas fiers dans leurs guêtres. Peur du guet-apens. De la panne d'essence. D'une attaque inopinée qui leur trancherait la gorge. Déjà deux heures et demie qu'on tourne en rond. Adrénaline à tous les coins de dune. Et rien. Toujours voyant rien venir, les petits.

– Bon sang! Où se cache-t-il, ce bouic de merde! finit par miauler Lecœur.

Il s'adresse à Charlie parce que le Bœuf les a quittés depuis lurette. Parti à la ronfle. Avalé par le sommeil. Heureux sous la lune. Quiet. Dormant comme du cuir. Les cheveux en serpillière. Souples, voyez, ultrasouples.

Charlie se penche sur le volant de son ravelin d'automobile. En croit pas sa propre réponse. S'égosille :

– Là devant toi, mécréant! Jamais il faut douter!

Et, de fait, surgit une maison blanche éclairée par les phares. Une maison unique, plein milieu du désert. Un bastion en stuc amarré dans les sables. Une forteresse à créneaux, hérissée de tessons de bouteille, sculptée dans l'argile. Exotique et pas vraie. Un peu toc, un peu nougat, quelque chose comme une image du ciné d'avant-guerre. *Pépé le Moko, Trois de Saint-Cyr, Le Cœur de la Casbah.* Une carte postale dans ces eaux-là.

On réveille le géant. Il ouvre un quinquet, les deux, se rarrange le physique. Rallume son brûlot comme un cierge. Fume à petits ronds bleus. Prêt à l'amour, le Jésus. A l'entrain, au badinage. Dispos. Radieux. Ludique. Il envoie ses copeaux de fumée sous des millions d'étoiles. Il dandine du cul. Lance la guibole. Pirouette. Revient. Chasse-croise. Léger comme pas. Gonflé à l'hélium.

Lecœur et Floche lui emboîtent la danse. Hourrah! chic! en avant! Pressons! Qu'on s'amuse! qu'on s'ébaudisse! qu'on s'agrémente! qu'on fasse bombance! qu'on se régale! qu'on s'en fourre! Allez, fissa! On s'affriole! on s'enchante d'avance! On klaxonne, la mine rigouillarde. On arrose la porte vert acide d'appels de phares. On crie « Oh là! Au taf! au ragnagna! que ça saute! que ça usine! » Comme c'est insuffisant, on gesticule dans la lumière. On jette des petits cailloux. Bref, on se manifeste. Et si ça suffit encore pas, on fait fantasia :

– Aïcha! Aïcha! Montre-nous ta tranche, ton cul et ton portrait!

Mais nada. Rien n'arrive. Personne. Aucun encouragement. Juste cette saloperie de lampe rouge accrochée sur le rempart et qui dit bien assez qu'on n'est pas devant le Sacré-Cœur. Alors on recommence à faire ramdam. Ça s'énerve au casino. Lecœur frappe la porte à coups de tatane.

– M'enfin y a bien quelqu'un!

Y a. Preuve, une forme lente apparaît à la devanture du chemin de ronde. Une forme en gandoura blanche... Aïcha! Elle est là, la superbe!

– Fallait pas s'énerver, pérore le Bœuf, pourtant remonté dans la voiture.

Déjà il met pied à terre et fait ses salamalecs.

La personne du rempart entre dans la clairière de

lumière. Elle défait son voile avec un sens épouvantable de la cérémonie. Et quand c'est permis de la voir, la radeuse, c'est à hurler. Ah! Oh! L'immonde roustissure! La tarderie que c'est! Ah les sagouins! Les enflures! Ah les acharnés fieffés salopards, ceux qui ont vanté ses charmes! Aïcha a soixante-dix hivers bien soufflés. Un sourire tout en vide de quenottes. Plus rien dans la bouche, nib, à part une langue à soixante tours-minute. Figure de Carnaval accrochée dans le ciel pur, tatouée du front au menton, elle entame une danse de séduction. Tape dans ses mains décharnées. Attige avec ses yeux. Cliquette de bracelets, de colliers, d'amulettes. Fait sa rumba d'amour. Roule carcasse. Tangue un peu des hanches – puis, d'un coup plus concrète, pousse un you-you à faire glapir et montre son cul à mille et un plis.

– Bon dieu, s'effondre le Bœuf, soudain extralucide, on pourrait lui faire les lignes du derche. J'y vois passer des régiments! Des tirailleurs, des caravanes! Abd el-Kader et sa Smala. Tout y est rentré. Sauf l'honneur!

– La baise? interroge Aïcha en recapotant son vécu sous ses jupes.

– La baise plus, gémit Lecœur. Tu viens, Charlie, on s'en va.

Il bat en retraite, le saxo. Secoue Floche qui, fasciné, nécessite assistance, et l'entraîne malgré lui.

Et s'en retourne sous les quolibets indigènes. Le Bœuf est déjà cul dans la bagnole. Finit sa pipe en regardant jouer guignol.

– Gouars de merde! agonit l'hétaïre des chameliers.

A son tour de ramasser des caillasses. Elle bombarde du haut de sa terrasse à tessons de bouteille. La jeep fait demi-tour sous les projectiles, reprend le chemin du retour, se plante dans du mou, avance en hoquetant dans la nuit étoilée.

– Tout de même, cette pute, dit Lecœur, c'est pas la moitié d'un verre d'eau.

– Je commençais à me sentir assez sexy et tout, confirme Charlie. Mais on a beau vouloir multiplier les expériences, Aïcha me paraissait au-dessus de mes moyens.

– Trop gothique à mon sens, échote le Bœuf. C'est une femme qui nécessite l'abjection.

Après une bonne heure à tâtons, on arrive en vue du camp. Ou plus exactement, on sait qu'on est arrivé parce qu'une mitrailleuse se met à aboyer des insultes à balles réelles. On se jette à plat ventre pour la vie. Les 11,47 mordent dans la tôle de la jeep. Jappent dans le sable, clapotent alentour. Un projecteur s'allume, fouille le sable. On crapahute sous les barbelés. Ça gueule dans la nuit. On arrive par miracle au baraquement. On se glisse dans les toiles. On s'endort presque aussitôt. Bon sang, quand la vie va, tout va!

Au fait, j'y repense! Sucré salaud, je babouine à tout va et je vous ai laissés en carafe avec le principal. Retour à la bombinette, vite! Assoyez-vous, messieurs dames! Profitez du spectacle! Qu'on distribue les sorbets, les ombrelles! Dans moins d'une minute, ça pète!

Charlie ferme les yeux. Il assujettit ses lunettes opaques. Le Bœuf rentre sa pipe. Lecœur se penche en avant. Chacun pour soi. Bonjour les âmes. L'Apocalypse est proche. Six mille jeunes corps se courbent vers le sol pour célébrer quelque culte barbare. Les caméras ronronnent. Le magnétophone défile. Dans son cocon d'enfant-bulle, isolé de tous, Charlie siphonne sa jeunesse. Deux trois prélèvements et la mémoire s'entrouvre. Il se revoit vaguement, l'innocent, dans un verger du côté d'Irancy. Il chaparde des cerises. Immédiatement après, il est sur une luge dont les patins sont des douves de tonneau. Il dévale la pente herbue d'une colline, à Vermenton, Yonne. En discontinu, il s'approche d'une serrure. Il observe sa mère. Eugénie est assise au bord du lit. Ventre abandonné, elle frotte ses cuisses nues. Elle a toujours eu une mauvaise circulation. Charlie a dix ans. On l'appelle. Il sursaute. Il se retourne. Il reçoit une gifle. Il n'a pas le temps de voir qui la lui donne. D'ailleurs, il s'accroche à la queue du premier Michey qui passe. C'est qu'une voix vient d'entrer dans son tréfonds. S'installe. Elle compte, elle fait des ronds d'adrénaline : « Cinq, quatre, trois, deux, un »... et, brusquement, tout bondit. La terre s'éventre, tisonnée par une chauffure extrême. Tout s'en va. Charlie ne bouge. S'amidonne. Simplifié du bulbe au rachis. Plus de corps et plus de tête. Vissé. Cramponné. Noué. Soudure de lui-même.

Une clarté surnaturelle envahit l'épaisseur de ses mains. Filtre au travers des lunettes opaques. Perce ses paupières et viole même la caverne la plus secrète de son être. Jusqu'au cerveau qui devient rouge et qui palpite. Charlie se met à compter jusqu'à vingt. La fulgurance s'éteint progressivement. Comme au sortir d'une partie de cache-tampon, il soulève progressivement ses doigts. Ouvre doucement les paupières. Risque un œil. Entend un bruissement autour de lui. Regarde pour de bon et voit les corps se déplier comme une immense chrysalide verte. Peu à peu, les lunettes se soulèvent sur les fronts gansés d'une rougeur d'élastique. Les gens se dévisagent. L'air un peu égaré, ils sont gagnés par une curiosité plus forte que la prudence, ils se retournent.

Et le grand saccage est au rendez-vous, inscrit sur l'écran bleu du ciel : une tirebouchonnade dans les gris, dans les soufres, dans les rouges cramoisis – une turbulence qui s'échappe vers le haut, se bouscule, se rattrape et enfle encore pour devenir un champignon dont les formes se développent avec la lenteur tranquille d'une poussée titanesque. A droite, à gauche de la tumeur de gaz, l'espace est orangé, marbré de déchirures sanglantes. Mais le plus impressionnant, c'est sans doute le silence. L'inertie. Une langueur vénéneuse qui envahit la touffeur naissante du jour. Une retenue. C'est ça, un coma, un soupir avant le chorus. Et puis, le premier moment de stupeur passé, un hourvari qui s'élève, s'enfle, tonitrue, déborde l'espace : six mille voix d'hommes conjuguant leurs cris d'allégresse pour adorer un nouveau dieu. Les Algériens, les Français. Ils font vibrer l'air de leurs clameurs. Ils retrouvent la spontanéité archaïque des premiers âges. Aujourd'hui, 13 février 1960, c'est jour de barbarie. Célébration des retrouvailles avec la vie. Les Algériens, les Français. Ils sautent sur place. Ils se flanquent des bourrades, rient, se parlent en des langages séparés, gambadent d'un groupe à l'autre en regardant s'épanouir la fleur de crainte qui lentement les abandonne – les Algériens, les Français –, nuée trop abstraite pour leur devenir immédiat, orchidée de Damoclès déjà poussée par le vent d'est et grandissant encore. Sublime.

Tout bondit, je me tue à le dire! Maintenant qu'on ne l'attend plus, voilà que du bout de ses vingt-cinq kilomètres déferle l'onde de choc, un mascaret de tonnerre cent fois répercuté par les rebonds du sol, frappant les tympans d'une gifle d'airain, ah ah sur les falaises et sur les hommes – les Algériens, les Français – reprenant sans que rien ne l'arrête son galop forcené sur les couches basses de la stratosphère, fantastique passage d'un convoi express lancé à vive allure sur le ballast du ciel. Et, tandis que s'éloigne ce cortège de forces lyriques, déjà le quotidien se faufile. Retour du terre à terre. Du dérisoire. Du quotidien minuscule.

Lecœur jette son calot et trépigne du godillot. S'étrangle de rire et de peine. Fait le geste de s'étriper avec son micro qu'il empoigne. Zyeute son magnétophone avec haine. Pleure, glapit, s'étale.

– Ah, le travail! qu'il fait. Ah là là, les zamis! La panade! La mouise qui monte à vue d'œil! Cagade autour de moi! Je coule! Je suis foutu! anéanti! déshonoré! échec et mat! On m'arrachera les boules! le fourniment! les poils du zob! la trique entière! Tout l'attribut! on m'occira par l'abdomen! Ce sera bien fait! Visez l'horreur! La faute à moi, j'ai tous les torts!

Merdieu, on s'approche. On cherche à comprendre. On conjecture. On bredouillotte :

– Qu'est-ce qui n'y a? Qu'est-ce qui s'est passé? T'es malade? Extravagant?

– Pas! qu'il claironne. Voyez vous-même! le bobineau a

dégrenné du magnéto! La pellicule tourne folle! On n'a pas enregistré le son de la bombinette! J'avais trop déclenché auparavant!

Il pleure, le Vatel du décibel. Il veut se flinguer. On le retire à grand-peine de devant son parabellum. Dans son exaltation, se serait fait sauter la bouilloire, pour un oui, pour un mais. On le tire à l'écart, qu'il rameute pas les sous-offs. On l'humecte. On lui file à boire. A fumer. A gober. Qu'il se calme.

– Fais pas le con, on lui dit. Un truc comme ça, si tu fais pas de bruit, ça s'arrange.

– Comment? gémit le saxo du désespoir. Ben ça, j'aimerais savoir!

– Y a fatalement une solution, décrète le Bœuf. Y a toujours un meilleur possible. C' qui faut, dans c' t' histoire, c'est oublier le réalisme.

Comme il avait raison, le marchand de rêves! La clé du vrai, c'est pratiquement toujours le faux. Quand même! Si on y regarde de plus près, la bombe avait pété. C'était là l'essentiel. Elle avait été filmée. Enfin presque. Si bien qu'au finish du mixage, le fait que Charlie ait monté le son de la bombe de Nagasaki sur les images de celle de Reggane ne changea rien au comportement digestif de ses chefs. En projection, les galonnés n'y virent que du flan. Tout le monde était content. Et puis, dans les ministères, l'heure était aux palmes. Aux distinctions. Aux reluisures d'estime. Partout ça astiquait de la barrette. Ça pariait sur les médailles. Ça marloutait au tableau d'avancement. Combien de colons enverrait-on dans les étoiles? C'est que général de brigade, ça ne se refuse pas. De quoi faire prouter les arrivistes. Finalement, une brochette de commandants passa cinq ficelles. Une botte de lieutes fut élevée au grade de pitaine. Ad libitoum et coetera, tous les képis rajoutèrent du galon : les adjuplumes, les serpates, même les cabots qui prirent du chef. Et ainsi de suite, jusqu'à nos bidasses, distingués première classe, qui écopèrent de quatre jours de perm exceptionnelle. Ribouldingue, je vous jure! Paris by night! Après la bombe, la bombe! Tout le reste est blabla. Mauvaise guerre. Brisure de petits soldats. Divorces en tout genre. Pouah! Rien à voir avec la grandeur. Qu'on me foute la paix sur le sujet, du reste. Je m'en lave les pieds! Et qui, quel mécréant, quel chercheur de pataquès s'en prendrait à moi, vingt-cinq ans plus tard, pour me dire que j'en veux à la réputation de la France?

Laissez la France, méchants coucheurs, elle pourrait être votre mère. C'est une dame qui a vu défiler bien des hommes. Est-ce de sa faute à elle si, avec un brin de ruban, une médaille, elle se les tape au lit? Dites, ça n'est pas à son âge qu'on change ses habitudes.

Et viens te reposer, maman. On rentre. Ce soir, j'arrête. Je capote. On file à la maison. Une soupe et au lit! Tu nous feras une bouillotte de temps de paix. Si ces gens-là n'ont pas compris, autant jouer de l'orgue dans les cabinets.

Cette famille Dieu merci a toujours résolument penché du côté cœur. Et tant pis pour l'argent. Saloperie, qu'il valse! Seul l'esprit de tribu compte. Les gens de cette maison respirent comme une seule personne. Pas question de lâcher la queue de Mickey sans en avertir les autres. Quand ça monte, tout le monde déguste. Quand ça descend, j'en connais qui profitent de la roue libre. Ils se bidonnent un petit brin, on n'a pas si souvent l'occasion. Le cœur comme j'ai dit n'a pas de rides. C'est la vie ripolin.

Ce matin donc, je vous raconte, Charlie vient d'être submergé par une joie immense. Hourrah, hourrah et fend-la-gueule! C'est fête et flonflons. Ripaille en perspective. Tremblez pauillac et cheval-blanc, il va y avoir de la décante dans les carafes de cristal et du salmis de pintade dans les assiettes... Toine le fils à l'oreille percée, le beau Zozo des meufs achélèmes est rentré au bercail! Toine est là! Il a coupé sa toison mohican, et nini, Chamallow c'est fini.

Charlie a ouvert les bras. Le père et le fils, ils se sont embrassés. Ils ont ficelé leur émotion dans une grande sobriété. C'est la règle du jeu pour les hommes qui aiment regarder ensemble les westerns à la télé.

Ils ont entonné deux trois couplets du style *Le Train sifflera trois fois* ou *La Rivière sans retour* et se sont aperçus que leur complicité était intacte. Re, ils ont fredonné la musique de *La Nuit du chasseur* de Charles Laughton, parce que c'est le film préféré de Charlie. Et Antoine est monté dans sa chambre, rien n'avait bougé.

Antoine a beaucoup maigri par les glandes. S'est trop démené, mie de pain à ressort, sur le prosinard de Mimi-meuf. Paraît qu'elle exigeait des riffaudages pas ordinaires. Toujours prête à engamer le tracassin, elle lui usait la santé. Ses santiagues sont percées, il a revendu sa mob pour faire de la monnaie. Mais l'indépendance a fait de lui un homme. Vous grattez pas, c'est tel : il est revenu avec les épaules larges, un sourire de valet de cœur et des projets de dardillon. Quant à Mimi si on lui en parle, il n'y tient pas. Hausse les épaules, s'en va, méchante humeur. Y a des cimetières qu'il faut pas remuer. Laisse croupion, la mouflette aux nœuds roses, paraît que c'était une moins que rien.

Antoine allume une galuche et regarde au loin. Il serre les mâchoires.

– C'est toi qui avais raison, P'pa, il finit par dire. Faut bien tuer ce qu'on a aimé.

La Maison-ventre,
déjà la fin du mois d'avril!

Chère tante Girafe,

Voilà cent ans que je ne t'ai pas écrit. Mais, cette fois c'en est trop! Malgré ma compote de maths et ce contrôle de géographie dont les révisions humiliantes me barrent la route du bonheur jusqu'à la fin de la semaine, j'a décidé de te poster ce petit mot-entre-filles, pour te remonter le moral.

En fait, j'ai obtenu de tes nouvelles par mon père. Charlie dit que tu ne te portes pas si mal, malgré les vilaines plaques rouges et les marbrures de contrariété que te procure ta vieille colère contre l'administration. Il dit que ça n'est pas le moment de t'oublier dans mes lettres, que tu mouronnes dans ton coin, mais, je t'en supplie, ne te laisse pas chiffonner les joues par la tristesse, parce que, même si c'est dur de finir ses jours loin de ses meubles, dans un pensionnat pour personnes retraitées d'un autre âge, *il y a des raisons d'espérer.*

Charlie n'a pas su me dire exactement *quelles raisons,* pour que je te les répète, mais il paraît que les « Glycines » ont un parc très chic où tu peux te promener quand tu veux, sans te faire agresser. Étant donné tes petits yeux rieurs d'habitude, et tes jolis rubans dans les cheveux, il est probable que tu sauras, chère tante Zo, te faire de vieux camarades de ton âge. Vous jouerez gentiment aux Ambassadeurs, à Donjons et Dragons, au scrabble ou au jacquet. C'est toi qui gagneras forcément, par tes ruses, et vous irez vous coucher tard.

Papa retournera sûrement te voir la semaine prochaine. Il m'a assuré qu'à force de patience et de diplomatie, vous finiriez bien par obtenir du dirlo que tu aies tes propres meubles, la commode Louis XV que tu aimes et ton grand vase de Chine. De quoi réchauffer ton nouvel intérieur.

Tout de même, pour ne pas être déçue, ne compte pas sur lui avant mercredi ou jeudi. Je crois qu'il évite de mettre le nez dehors par crainte de Papy Morelli et de sa section Haine de l'Espoir. D'après lui, ces salauds de la Mafia patrouillent dans les rues. C'est pas le moment qu'il commette une erreur, Charlie. D'ailleurs, il utilise des boules Quiès pour ne pas entendre Benny quand il crie et fait la mouette. Victoire, de son côté, promène mon petit frère zautre le plus loin possible de la portée de mon père. Pour pas l'énerver, quand Benjamin n'est pas à l'hôpital de jour.

Ce matin, Charlie était très excité. Il a lu le journal d'une traite. Quand il a eu fini, il l'a replié en disant : « Quelle racaille, tous ! » Et un truc que j'ai pas compris comme quoi il valait mieux pisser dans les Danaïdes plutôt que de croire qu'on pouvait doper la gauche à l'ovomaltine. Il a bu son café en trinquant aux circonstances pour qu'elles s'atténuent et il est monté direct au bureau. Remarque, c'est bon signe. Il s'est de nouveau jeté sur son travail, des nouvelles, comme je t'ai dit, où il raconte des histoires de gens sur lesquels il a pris des notes parce qu'ils avaient besoin d'être aimés.

Il paraît que nous avons tous besoin de l'être. Même les chats qui réclament cinq minutes d'entretien par jour. En ça, je trouve, Charlie est un soleil. Même si c'est à reculons, il va au-devant des personnes. Il les trouve. Il les aime. Et plus fort que tout, il les écoute jusqu'à ce qu'elles saignent.

Après, il dit qu'il n'y a plus qu'à les repeindre avec des couleurs ripolin et à les étaler dans un livre. Elles sont de la littérature. Moi, je trouve qu'à ce compte-là, c'est trop facile. Je doute. Et je suis persuadée qu'on a beau avoir les personnes sous le stylo, ça ne suffit pas. Il faut aussi savoir faire pirouetter les mots. A mon avis, c'est tout un art d'écrivain. Exactement comme plus tard ça ne me suffira pas, la beauté de mon darrière, pour faire du cinéma. Il faudra en plus que j'atteigne un art de star. Pareil avec tes yeux nitouches, tante Zo, tu dois atteindre un art de vieille dame heureuse. Un modèle. Tu peux.

Je t'embrasse. Ta dévouée Marie-Marie.

P.S. Glambada! Je sais par mes indiscrétions d'oreille que Charlie est en train d'écrire une nouvelle sur toi!!

Ce matin Charlie a croisé le grand Toine dans la cuisine. C'était l'heure de la rosée. Charlie revenait de promenade. Tous les jours six à huit kilomètres sur la plaine de Beauce. C'est ça ou mourir d'un p'tit ictus, comme on dit chez les Floche.

Charlie a rangé sa canne dans les bras d'un marin en fonte qui fait office de porte-parapluies et a tiré une chaise pour s'asseoir à côté du réviso de la banlieue sud. Depuis quinze jours qu'il est rentré, à bientôt tendresses, Bourvalin Colette, gosseline achélème est vraiment sur la touche. Dès les huit heures du matin, Toine a les joues ruinées par le feu du rasoir. Il fleure le sous-bois, l'eau de Cologne, propre du toupet des cheveux courts au pli du pantalon. Envolés les stigmates de sa vie chamalienne : un ongle peint en vert, le gilet de cuir noir et l'alliance qu'il portait en signe de concubinage marital.

Charlie s'est versé un peu de vin dans un bol.

– Curieuse époque, fils, a-t-il dit. Quand je me promène en forêt je rencontre trois catégories de gens. Ceux qui ont un chien parce qu'ils n'ont pas pu avoir d'enfants. Ceux qui ont des enfants, alors pourquoi ne pas avoir un chien? Et ceux qui n'ont plus ni l'un ni l'autre parce qu'ils sont à bout de forces.

– Vaut mieux t'y faire, P'pa, a répondu le grand keum des quartiers chauds, des fois tu peux vaincre le mal que par un autre mal.

– Oui! Où la vertu va-t-elle se nicher?

– La vertu? a demandé Toine comme s'il venait de trouver un œuf dur dans son bol de cacao. La vertu, c'est un vice retourné.

Ils se sont regardés le père et le fils. Se sont aperçus qu'ils venaient de parler ensemble. Première fois depuis des éternités.

– Tu te rappelles l'année dernière à Noël? a demandé Charlie. Quand il avait neigé si fort? J'avais décidé de te ramener à la maison. Je voulais que tu voies Ben et je suis parti sur les routes.

– Il faisait froid, P'pa.

– Je croyais que tu travaillais à la poissonnerie du supermarché et tu m'avais raconté des craques. Personne te connaissait.

– Ils avaient pas voulu me prendre.
– T'aurais dû me le dire.
– Vous auriez pensé que j'étais nul.
– ... Et je t'ai croisé sur ta mob. Moins quinze, il faisait. T'avais plus de nez, gribouille. Et tes mains, une engelure. Je t'ai dit : faut rentrer, gamin et t'as jamais voulu. Tes yeux partaient dans les coins.
– Ben c'est que j'étais pas fier.
– T'aurais pu mourir de congestion.
– J'avais *Libé* sous mon blouson.
– Et ça te fait rire?
– Aujourd'hui, ça me fait rire, P'pa. T'as jamais fait de conneries?
– Toutes.
– Moi aussi, P'pa. J'ai voulu faire comme toi.
– T'as fait des dettes?
Ils se sont dévisagés. Ils se sont souri.
– Ouais.
– Bon. Tu veux un coup de rouge?
– J'bois pas d'alcool. Nous, on boit pas d'alcool.
Le silence les a amidonnés. Charlie s'est versé à boire. Il a jeté un coup d'œil du côté des mains de son fils. Une vague de phrases, une chanson de mots s'est mise à courir dans son cerveau. Il s'est senti submergé par une chaleur sourde et revigorante qui aurait bien pu être prise pour une indicible affection.
Charlie a relevé le visage. Il a rencontré le regard d'Antoine planté sur lui. C'était donc ça, l'amour paternel? Ce refrain calme et vivace qui vous empoignait le cœur? Et Charlie s'est mis à hurler à l'intérieur de sa tête. Du fond des yeux sans rien dire, il disait à son fils : Enfant voulu, enfant bleu, enfant du bonheur et de Victoire, cours ta chance! Va vers ton risque! Disparais au coin de la maison de ton père! Vole! Tes ailes sont à toi! Tu vas inventer la pluie. Etre adulte, tu verras, c'est bien être seul.
– Je me demande toujours pourquoi vous vous acharnez à faire des gosses, a dit soudain Antoine. On sert à rien. Juste aux embrouilles.

– Faut pas dire ça, fils. Un enfant, c'est une manière de vaincre la mort. Tu délègues tes forces à un autre toi-même.

Toine s'est essuyé le trop-plein de chocolat sur les lèvres. C'était comme un reste d'enfance.

– J'vois pas l'intérêt, il s'est obstiné. Avec les guerres et le chômage, on risque pas de s'épanouir.

Il a pris une couleur de naufragé posé sur un rocher atlantique et il a ajouté en pliant sa serviette :

– Je serai jamais un gros pondeur. Ça m'étonnerait que je fasse des mômes.

– Mais alors tu seras seul?

– Je vivrai au jour le jour. J'ai le monde à fleur de peau. Les jeunes, on n'a plus envie d'envisager la distance.

– Tu dis ça et il y a trois semaines tu voulais vivre avec Chamallow. Faire un nid. Tu ne lui lâchais pas la main.

– Parce qu'on avait froid tous les deux. Ses parents sont cons. Et on était des enfants mixtes.

– Des journées sans se dire un mot! Le cul devant la télé! Vous risquiez pas d'avoir un projet!

– Un projet, P'pa? Et Tchernobyl, c'est un projet?

Antoine a rangé son rond de serviette.

Pas si bête que ça, le Toine. Plus tard, dans une vingtaine d'années, pas davantage, je nous vois déjà Charlie, en train de racler nos souvenirs. Ce sera une calme soirée ordinaire dans un bunker anti-atomique, une soirée entre gens d'un certain âge et le plus vaillant d'entre nous s'exclamera :

– Vous vous rappelez dans les années 80 ce délicieux frisson du risque nucléaire? Nous n'avons pas su le prendre au sérieux.

Chacun des convives opinera du chef. Oui, oui, oui, en bouffant ses pilules au goût d'arabica. Puis, l'heure devenant tardive, nos invités prendront congé. Avant de partir, ils enfileront leurs combinaisons et leurs masques.

Au revoir les Dupont, bonne leucémie! A l'année prochaine!

Tchernobyl! Et après Tchernobyl, d'autres Tchernobyl! Pourquoi pas La Hague ou Chinon? Hein? Quelle vacherie pour plus tard! Quelle saloperie pour les autres! Quand nous ne serons plus là, bien sûr. Chacun calcule le temps à sa porte. C'est la vie ripolin.

Et tenez, puisque c'est encore de mise, pourquoi ne pas parler d'amour?

Ah par exemple! Savez-vous que c'est le retour de la robe de papier? On met, on jette. C'est comme les ovules. On met, on jette. T'as pris ta petite pilule ma poule? Tout de même, soyons sérieux, l'amour existe. Barbara Kane et Dino de Lorean se sont embrassés pendant cent quarante-quatre heures du 8 au 14 février 1983. Pour la même année, il y a eu cent quatre-vingt-trois mille avortements en France. Mais dans la région parisienne, une mère porteuse a gardé son bébé. Bon signe pour la moralité, vous ne trouvez pas? Et puis, il faut compter avec ces douze mille nativités par insémination artificielle. Voilà qui ressemble à une ébauche de redressement de la courbe démographique, il me semble. Quoi? Vous êtes pour la méthode à l'ancienne? La frénésie du coureur de rut? La bamboche au pied des baignoires? La prouesse à même le sol? Je vous arrête! Ne me dites pas que le vit salace à la Henry Miller vous tente. Un peu primitif, non, ces amours littéraires? Maintenant, on fait ce qu'on veut avec les gènes. Même s'il n'y a pas de plaisir, du moins vous sort-on à la demande un bel œuf du frigo. Avec les yeux verts, s'il vous plaît. Et un Q. I. pas ordinaire. Polope! Ne vous impatientez pas! Bientôt on vous obtiendra des jumeaux sur commande. Et à propos d'insémination artificielle, je ne sais pas si vous voyez le débouché? A brève échéance, les militaires auront la possibilité de cultiver leur propre chair à canon en laboratoire. Des divisions entières avec de la semence de sous-off. Ah les jolis soldats-éprouvettes! Les beaux enfants de troupe sans péché! Sortis de la même souche, nous regarderons défiler les jours de 14 juillet des bataillons conçus avec le même visage. La même fourragère. Tous issus du même père du régiment. Garantis frères d'armes, en quelque sorte. Déjà je vois s'avancer sur les hauteurs de l'Argonne des armées kaki confectionnées avec un tel amour patriotique qu'on pourra enfin ne plus voir qu'une seule tête. Et sur le terrain, ne nous le cachons pas, quel avantage psychologique! Lorsqu'un de ces fantassins tombera au champ d'honneur pour engraisser la terre ogresse de son sang, il sera immédiatement remplacé par son double. Même regard. Même détermination. Même courage. Tout le portrait donc de son frère de serpentin. Ce sera comme si l'on ne tuait jamais personne. On ne perdra plus la guerre. Ergo pourquoi la faire? Les gouvernements négocieront le désarmement. On abattra sur pied des divisions entières. On fera passer les chars sur les éprouvettes. On reviendra à la tradition. Aux saint-cyriens. Aux gants blancs. A l'artisanat. Au travail en chambre. Idem on s'apercevra que faire les enfants à la main est une saine occupation pour les loisirs. On relira Henry Miller. On sera atteints par la grande baise. On relancera le braquet du désir. On s'interrogera sur la manière de se dire qu'on s'aime. On s'apercevra qu'un père est une occasion à saisir pour ses enfants. Les chers petits supplieront leur géniteur de leur raconter les vieux trucs du passé. Histoire d'appartenir à quelque chose. A une tradition. Papas poules et bébés clones, mamans-sexe et poupées clowns, quand mangerons-nous des pomates farcies, des poulets-cailles, des bœufs-zébus en famille? Nous serons repartis pour une longue et riche expérience relationnelle. Terminées, la séparation d'avec le corps naturel et les carences de soins parentaux. Nous mastiquerons ensemble et tant pis si les plus cons de nos enfants posent des questions embarrassantes du style : faut-il ressusciter le souvenir du ventre de la mère par les caissons d'isolation sensorielle? Il faudra être patients. Ne pas prendre les zygotes du Bon Dieu pour des jeunes filles au pair. Ne pas rompre le dialogue. Parler aux chers petits, leur inculquer l'essentiel. Qu'ils se fassent customiser la cervelle par Apple II, mais qu'ils baisent à la main.

Encore qu'en ces temps d'ordinateur, tout peut arriver, Charlie. Après le sida, le papova. Chanson rouge et notre temps, ce soir, je reste à la maison.

S'il existe un ailleurs, j'espère bien que le triste monde sera jugé par les enfants.

Si les grands sentiments vous font peur, allez m'attendre au jardin. Je reviens dans un feuillet ou deux. Mais si vous êtes un lecteur de tous les instants, gardez bien ouverts les neunœils, et suivez-moi dans un monde cruel et différent.

Mon Dieu! Quel cafard j'avais quand Benjamin m'a présenté sa fiancée. C'était le fameux jour de la fête organisée en son honneur. La veille, à l'hôpital de jour, Benny venait de dessiner son premier carré d'une main ferme. Finis les ronds, les gribouillis et tous les enfants de son groupe avaient cuisiné une tarte en son honneur. Ben était magnifique avec son pif dessiné au rouge à lèvres, deux étoiles sur les joues et sa couronne de carton. Les éducatrices, Catherine, Michèle, Ava se tenaient en retrait, pas question de troubler la cérémonie. On allait jeter des pétales de roses sur le passage du héros. En montant sur une chaise, une fille mongolienne, Lily-Pioncette du groupe des moyennes a éteint la lumière.

Et Benny, le roi des fous est entré dans la pièce avec sa reine. Bao-Bao était une personne de presque quatorze ans. Elle avait des yeux attentifs et portait des jupes très courtes. Elles rebondissaient sur ses fesses à chaque pas et vous pouviez voir qu'elle avait eu ses vaccins à la cuisse gauche. Avec ses socquettes blanches et une serviette posée sur ses cheveux crépus, elle pouvait passer pour une mariée. Mais en réalité, les enfants la voyaient en reine. Benny l'avait choisie comme telle en pointant son index sur elle. Parce qu'elle était gentille avec lui et ne le frappait jamais. Aussi parce qu'elle avait des poitrines bondissantes. Elle les lui faisait respirer d'ordinaire.

Maintenant sur l'électrophone, une mono anonyme avait mis un disque avec des trompettes. Elles éclataient en fanfares et le blanc des yeux de Bao-Bao prenait une notable importance dans son visage africain. Ses pupilles bougeaient sans cesse. Elles reflétaient assez une concentration qui vous mettait tout simplement knock-out. Bao avançait à petits pas glissés pendant que retentissaient les vivats de la foule.

Elle savait qu'elle était l'actrice d'un moment primordial. Tout le monde était timbré autour d'elle, mais pas au point de plaisanter avec ce qui venait d'arriver. Il aurait fallu ne pas voir plus loin que sa saleté de nez pour avoir envie de le faire. Le peuple des autistes, des bancroches, des mongoliens et des hydrocéphales ne s'y trompait pas : il criait de manière assourdissante pour signifier qu'il vibrait en parfaite communion et qu'il s'associait à la réussite d'un miracle bien plus retentissant que celui de n'importe quelle Sainte Vierge à la gomme. Ces enfants-là s'y connaissaient en miracles et une éducatrice, Catherine, s'est mise à pleurer la première sur le passage du roi et de la reine. Petit à petit, tous les assistants se sont mis à en faire autant. Les yeux coulaient au milieu d'un silence inattendu entrecoupé de rires incontrôlables, tellement c'était tuant pour les nerfs d'assister à ça. Parce que Bao-Bao par naissance n'avait que deux moignons à la fin des épaules, elle n'avait jamais connu ses bras et cependant, Ben la tenait par la main avec beaucoup de gravité.

Pas de doute là-dessus, la main de Ben était refermée sur *quelque chose* : des doigts que seul le garçon était capable de voir ou de palper.

Les deux enfants avançaient totalement solidaires. Et vous pouviez comprendre à leur balancement identique que ce bras existait pour eux deux, qu'ils le partageaient sensoriellement. Voilà qui donnait amplement raison à Bao-Bao, elle qui répétait inlassablement depuis des années qu'elle sentait bouger ses coudes et qu'elle avait cinq doigts cachés dans sa poche. Parfois, elle s'approchait du docteur Reyna et lui disait :

– Tu sens pas quand je te touche? Même que j'ai des bracelets d'argent. Je les ai achetés hier sur le marché. Dis-moi, Reyna, s'ils me vont bien?

Elle minaudait.

– Je suis belle. Bao-Bao est une danseuse. Elle a les bras levés.

Et seul Ben l'avait crue. Par amour. Par pouvoir sur le vide. Il avait fixé le sol à ses pieds pendant des jours et à force de se balancer il avait trouvé la main de Maïté Caroline M'Bao, native du Sénégal.

Le roi et la reine avançaient sous une pluie de pétales.

C'était si sacrément fatigant pour Ben de ne pas lâcher la main de sa seule amie. De temps en temps, il tirait sur le bras de Bao et bien sûr, elle suivait. S'il tirait fort, elle était plaquée contre lui. Elle le dévisageait. Et sans rire, Ben la tenait par sa putain de main invisible. Il ne la lâcherait plus.

Lettre bouleversée du 15 mai

Chère tante Girafe,

Hier, il faut que je t'avoue, par indiscrétion de mégarde, je suis entrée dans le bureau de Charlie. C'est un temple consacré à lui seul, une pièce en longueur qui traverse la maison sous les poutres du toit. Il y a recueilli ses objets orphelins, comme il dit. Et ses livres.

Tu t'imagines bien que d'habitude personne ne sacrilège un tel lieu. Pas même Alzira, qu'on appelle entre nous « Tornado », parce qu'elle est la tempête de ménage électrique portugaise. Alors, qu'est-ce qui m'a pris? Encore maintenant, je n'ai pas de bonne explication à fournir, à part une curiosité énervante de petite fille de onze ans.

Bref, je me suis mise à fouiller partout, même dans les dossiers de Charlie. L'heure passait sur les aiguilles comme les ailes d'un moulin. C'est de cette façon-là que je suis tombée – glambada! – sur la dernière nouvelle qu'il vient d'écrire.

C'est une histoire tapée à la machine où il met en scène ton récent chagrin conjugal. J'en suis bouleversée! Je le partage entre femmes! Je veux te faire savoir aussi ma compréhension attentive pour ton vieux cœur et t'embrasser sur tes petits cheveux copeaux, ceux qui frisent dans ta nuque d'enfant qui continue malgré toi.

Je n'aurais jamais imaginé qu'on puisse être aussi seule dans une maison de retraite. C'est un vrai placard à personnes. Un endroit rudement cafardeux avec ses plantes obligatoires. Tant pis si les gens vous donnent à manger à votre faim.

Je n'imaginais pas non plus que ton ventre du troisième âge puisse être amoureux si tard. Moi qui te parle sans arrêt de chocolat, j'ai honte que tu te mettes à ma portée sans me raconter tes *vrais* malheurs. Tu sais, je suis parfaitement capable de les capter. Et même de les partager en secret.

En tout cas, j'espère que tu ne te retiens plus de faire pipi par amour de monsieur Bondoufle. Ça n'est pas très bon ni très sain, ni très naturel, d'épisoder sur des événements passés qui peuvent te conduire chez le psychiatre et qu'on ne peut pas recommencer. Les divans ne servent à rien, dit Charlie.

Regarde plutôt du côté du futur, il s'amène. Ce sera peut-être un pied de géranium ou un nouvel être humain. Oh, je me doute! L'amour ne se rempote pas à quatre-vingt-six ans, mais ne te laisse pas aller. On ne sait pas où on va. Charlie n'est vraiment pas sûr que ce soit au ciel.

Tu m'as dit que tu avais cessé d'écouter la radio il y a

dix ans, eh bien, essaie autre chose. La cuisine chinoise est assez compliquée, par exemple. Ce qui compte avant tout, c'est de ne pas se laisser enterrer dans la douceur du sable. Lève-toi tous les matins et attends quelque chose. Guette le sacré soleil. Il entre sous les jupes.

Pour ma part, je comprendrais parfaitement que tu te caresses le vieux ventre si c'est ton plaisir. N'importe qui le ferait à ta place. Tu peux dire à ton mauvais médecin, de ma part, que Charlie ne l'interdit pas. Les filles à l'école se l'enseignent dès que possible. C'est un truc bien connu en attendant l'eau chaude des garçons.

Et, puisqu'on a parlé des troisième âge, parlons maintenant de ma catégorie. Si ça peut te remonter le moral, elle est plus souterraine que tu ne crois. Et, pour l'amour du ciel, que les grandes personnes ne nous élèvent pas comme des larves sous la mère. Nous sommes consentantes de notre monde moderne. Il est là avec ses puces et ses câbles, autant s'habituer. Et cessez de raconter des contes de fées aux enfants. Ils n'y croient plus depuis longtemps. Ils préfèrent la compagnie d'un bon vieux film d'horreur sur le magnétoscope. Parce qu'il y a belle lurette qu'ils sont blasés, les gosses.

Il faudrait pas croire, ils regardent. Ils écoutent. La télé, Bettelheim patati patata, les feuilletons et même la pub. Ils sont poreux. Pardon, réceptifs. N'empêche, ils gambergent. Ils savent bien que si les grandes personnes leur racontent des histoires à dormir debout au moment de les coucher, c'est juste pour les faire patienter. C'est clair, l'enfance est une salle d'attente. En général, on y reste assis chez ses parents aussi longtemps qu'on ne peut pas faire l'amour d'immortelle façon avec son corps nu ou celui de quelqu'un d'autre. Il n'est pas assez développé. C'est la nature qui veut ça. Alors, on est condamné à la patience, qui est une chose barbante, malgré l'invention des jeux sur ordinateur et deux trois améliorations récentes, comme la compréhension bienveillante des adultes.

Oh, bien sûr, ça n'est pas insurmontable. La plupart du temps, c'est tout à fait possible d'attendre. Mais les enfants s'arrangent tout de même, dans la majorité des cas, pour en sortir le plus vite possible, autour de leurs treize ans. Ils veulent quitter ce stade emmerdant de la croissance où tout le monde a quelque chose à leur apprendre et ça n'en finit pas.

Personnellement, j'attends l'eau chaude de mes fiancés en bâillant. La tienne ne te sera pas distribuée par un jeune homme, c'est sûr. Mais, n'importe comment, attends-la aussi. Sous une autre forme, elle sera peut-être un pot d'azalées, un merle moqueur ou un sourire confiant. Si elle passe, ne la rate pas.

Tends ton cou, chère Girafe.

Ta dévouée Marie-Conseil.

A des moments inattendus, Benjamin est un trou d'amour profond. Quand, pour une fraction de seconde seulement, il fait cadeau de son regard, vous êtes noyé de lumière. Il vient de prendre Victoire par les joues. Il la maintient serrée entre ses mains violons et il approche la bizarrerie de ses dents espacées, de ses lèvres mortes au-devant du visage de sa mère. Deux incisives près de l'aile du nez : un baiser. Benjamin s'envole. Perroquet-lyre, il jabille et bacasse deux-trois mots moulinés. Il attrape Jimmy Fast, vieille poupée à étrons, par sa cravate à palmiers, franchit les quelques mètres qui le séparent d'une commode et s'y perche. Il attend. Il attend le soir, le sommeil. Un vide épais dans lequel se jeter.

Chère Tante Girafe,

En mai, fais ce qu'il te plaît! J'ai mangé tellement de cerises depuis deux jours que je vais sans arrêt à l'endroit où même les rois vont à pied! Mais je compte bien être guérite très vite parce que Victoire me soigne, grâce au concours de l'oncle Ben. Avec le riz à l'eau, quand t'as la colique, tu peux pas te rater!

Ici, à la maison-ventre, Benjamin occupe de plus en plus de terrain. Depuis un mois, il a grandi si vite qu'il a fallu lui passer les pantalons d'Antoine. Ses gestes gracieux d'équilibriste sont devenus de grands moulinets inutiles et c'est bien étrange de le voir, avec Monsieur Jimmy Fast dans la main, accomplir des sauts inattendus qui font trembler tout l'étage.

Ben se rend mal compte de ses dimensions de zigue de treize ans. Ses colères zautres deviennent plus impressionnantes. Samo a bien du mérite à continuer de lui donner des bains, souvent deux fois par jour. Chaque fois, comme Ben se prend pour un poisson-singe et ne sent pas sa force, il inonde le carrelage. Il faut tout éponger avec un soin méticuleux et lui, au milieu de ses canards en plastique, de sa grenouille ouarou-ouarou et de ses quatorze petits bateaux, continue comme par le passé à éprouver tellement de relâchement dans l'élément liquide qu'il n'hésite pas à faire c,a,c,a, dans la baignoire. Un jour où il faisait l'hippopotame, immergé de tous côtés, sauf le nez qui respire et les yeux qui gigotent, nous avons remarqué qu'il était en train de faire pousser deux longs poils au-dessus de son zizi, grand comme une bistouquette de notaire. J'en parle à cause de cet homme avec une tête raisonnable de chauve qui m'a montré la sienne, de bistouquette, une fois, par la fenêtre, alors que je rentrais de l'école avec des bonbons plein les joues. Il riait sans bruit dans la buée, derrière la vitre, et j'ai appris par la suite qu'il était un notaire de famille.

Pour en revenir à celle de Benjamin, de bistouquette, elle devient lentement le centre de son monde, parce qu'il s'en va vers la puberté qui le menace. Elle lui procure principalement des chatouilles et quelques avantages de plaisir qu'il se passe en la frottant nostalgiquement, à plat ventre sur le parquet, pendant des heures. Mais elle lui fournit aussi des tourments de gratouille et au moindre changement d'humeur, c'est à elle qu'il s'en prend. Il la tiraille alors au travers de son pantalon avec beaucoup de sentiments de désespoir peints sur le visage, ou pire, quand il n'arrive pas à expliquer le motif de sa colère, il arrache ses vêtements et, avec des yeux terriblement zautres, la présente aux grandes personnes comme une arme de son mécontentement. Tant pis, mon vieux, si le tableau de la consternation arrive chez le crémier ou chez le boucher quand Victoire fait ses courses. Les gens n'ont qu'à regarder ailleurs, dans leurs poireaux, souvent avec des airs gênés, un vague petit sourire, et c'est encore un mérite de maman de faire comme si de rien n'était. Elle est un ange.

Un autre truc qui fait grincer Ben, c'est si vous téléphonez trop longtemps. Benny vous regarde d'abord en jacassant toutes sortes de syllabes battues dans sa bouche. Elles se bousculent entre ses dents avancées comme un embrouillamini d'œufs aux truffes que je peux pas piffer – on dirait des crottes de bique – et plus vous téléphonez à quelqu'un d'important plus il le sent à votre agacement. Alors il commence un de ces fameux rires qui ne s'arrêtent plus, le rire qui dessèche tout sur son passage et met les nerfs à vif. Celui qui vous oblige à raccrocher, parce que nous savons ici que plutôt que de l'arrêter, Benny se ferait massacrer sans bouger pour défendre sa vie. Il peut. Et comme il sait qu'il peut, il puise une force au-dessus de celle de n'importe qui. La force zautre. Vous raccrochez, je te dis. Et voilà, il redevient le centre du monde. Il poursuit son malheur, qui est de donner du mal autour de lui, et c'est sa manière d'exister.

Hier, il a crié si fort malgré la Symphonie n° 7 de monsieur Beethoven par l'orchestre philharmonique de Vienne, direction Karl Boehm, que Charlie est descendu de son bureau où il continue à écrire des nouvelles pour son éditeur. Gobulvic, le siamois, a ajouté son lamentable lamento aux gestes désordonnés et aux stéréotypes de Benjamin qui basculait sa tête vers l'avant à la vitesse d'une poule qui picore, et j'ai vu Charlie se mettre à pâlir. Il avait une petite rosée au-dessus des lèvres. Il est sorti sur le perron du côté rue et quand je l'ai rejoint, parce que c'était pas catholique, je l'ai trouvé avec les yeux exorbités. « Papy Morelli et sa section Haine de l'Espoir! Ils sont revenus, il a chuchoté, je viens de les voir passer. »

Il s'est baissé parce qu'une grosse voiture américaine descendait la rue. Planqués derrière la haie de troènes, on a laissé passer des types avec des chapeaux gris et des yeux qui regardaient les maisons. « La bande de Cleveland! il a fait. Peter Salerno et son beretta nickelé! Ce salaud de Jérôme Bidochon avec sa coupe au rasoir... ils me cherchent! » « C'est des peaux-de-lapin, papa. Des gitans qui rempaillent les chaises. » « Foutaises, a dit Charlie, ils ont fait customiser leur bagnole pour passer inaperçus! »

Il s'est dressé sur ses jambes, s'est engouffré dans la maison. Il est monté directement au premier et quand je l'ai rejoint, il entassait ses affaires dans une valise. « Je pars sur les autoroutes, il a annoncé. Dis à ta mère que j'essaierai de rentrer ce soir. » « Ça va. Rentre pas après onze heures et passe par-derrière, j'ai conseillé à Charlie, je laisserai la porte de la buanderie ouverte. » Il m'a regardée avec bienveillance. Il aime bien quand je marche dans ses coups tordus. « Okay, t'es un bon petit charbon », il a dit d'une manière sentimentale en se penchant pour m'embrasser. « Te perds pas, je lui ai recommandé. Je te bise sur la bouche. Et fais attention à la vitesse avec ta grosse voiture. » « Oui, il a promis. Je serai de retour avant minuit. »

Il a tenu parole, Charlie. Maman a fait la lessive jusqu'à ce qu'il rentre. Il est allé se coucher en bouffant des comprimés. Comme ça risquait d'être une nuit pour Justina Ostropowitch, Samo est allée dormir dans le grand salon. Benny a été adorable le lendemain et, à part Charlie qui se trouvait trop gros sur la balance, tu n'aurais jamais su, tante Girafe, qu'on venait encore une fois d'échapper au grand chinook du désespoir.

Ta dévouée Marie-Vigie.

Par Lacan, mon grand totem! Aussi vrai que la vie de Charlie est en miettes et que je suis l'écrivain de Charlie, il faut absolument que nous revenions sur cette fameuse nuit. Oh, non pas que nous ayons, ni lui ni moi, la moindre velléité de travestir la vérité, non! Crédieu, qu'elle éclate! Depuis le début, à son service je m'époumone! Et personne ici ne songe à nier que Charlie Floche, sitôt touché l'oreiller, est bien allé cette nuit-là rejoindre sa maîtresse hologramme, la très bandante Ostropowitch et ses soutiens-gorge Arista. D'ailleurs, quand la petite Marie-Marie fait état dans sa lettre d'un nouvel épisode de leur tumultueuse liaison onirique, elle fait preuve d'une grande clairvoyance pour une enfant de son âge. Simplement, elle ne sait pas, elle ne peut pas savoir qu'à peine son père vient-il de s'endormir sous l'effet conjugué d'une demi-douzaine de Blue-Lagoon, d'un quart de bouteille de whisky et de plusieurs tonnes de barbituriques, il se met, pris d'un soudain vertige, à errer entre chiens et rêves. Assommé de casse-poitrine, l'infortuné Charlie perd le sens de l'orientation géographique. Pire! Il se goure de passé. Au lieu d'aller en 1935 retrouver Justina quelque part entre Mycènes et Katacolon, il débarque à Berlin par une maussade nuit de mars 1938. Tout est faussé, on imagine. Le manège s'emballe. La musique tourne folle. Alors que la veuve marinière sillonne la Méditerranée du 9 au 25 avril à bord du *Princesse Olga*, le plus moderne liner de la flotte yougoslave, voilà que d'un pas décidé son amant de sucre se présente à la porte de la chancellerie du IIIe Reich. Il est deux heures du matin.

A la vue de cet énergumène porteur d'un abutilon

enrobé de papier cristal, les sentinelles s'énervent quelque peu. L'ai-je assez dit? Nous sommes le 11 mars. Le Führer vient justement de publier sa *Directive Nummer Eins* pour l'opération « Otto », c'est-à-dire pour l'invasion de l'Autriche. Comme le fait remarquer crûment l'Obersturmführer Bunderstock que ses soldats viennent d'appeler en renfort pour chasser l'importun, l'heure n'est pas à la branlette. Déjà les tanks et les camions de la Wehrmacht roulent vers la frontière. On jette Charlie, son sucre et sa plante verte à la rue. Il se fait mal au poignet en roulant dans le caniveau.

A Dourdan, en 1986, le dormeur vient de se tordre violemment la main en se retournant dans son lit. Il ouvre désespérément la bouche pour happer l'air, si lourd à respirer, et se met instantanément à ronfler sur le dos.

A Berlin, en 1938, une angoisse asphyxiante lui broie le thorax à hauteur de cardia. Il cherche à hurler, mais il a perdu l'usage de sa voix. Adolf Hitler l'enjambe sans le voir et monte dans sa Mercedes pour aller se coucher. Le tyran tient à être en grande forme pour son entrée triomphale à Vienne, prévue pour le 14. Charlie se dresse sur ses badines. Termes de blasphèmes, il écume sa rage en courant derrière les feux rouges de la Daimler-Benz qui s'éloigne et se fond dans la nuit. Rompu à la gymnastique ubiquiste, Charlie gagne l'Autriche en hâte pour essayer d'arrêter le cours de l'Histoire.

A l'heure où Justina se parfume avec Iles d'Or de chez Molinard pour aller danser avec le second lieutenant qui lui fait une cour pressante depuis l'escale de Candie, Charlie saute d'un tramway qui le lâche à la Hofburg, devant le vieux palais des Habsbourg.

Ce matin même, 11 mars 1938, à Vienne, le chancelier autrichien von Schuschnigg est réveillé à cinq heures et demie par la sonnerie du téléphone. L'appel n'émane pas du chef de la police, Skubl, comme on l'a complaisamment écrit dans les manuels d'Histoire, mais d'un homme transi de froid, habillé d'un blazer en bourrette de soie qui, du fond d'une cabine, cherche à sauver le monde parce qu'il a déjà vécu l'avenir. Au lieu d'écouter son interlocuteur, le chancelier von Schuschnigg lui raccroche au nez. Il s'habille lentement en guettant le jour qui point sur le Ring. Il se rend à la cathédrale Saint-Stéphane pour y entendre la messe. A la même heure, somnambule de lui-même, Charlie erre dans les rues voisines de la Heldenplatz, son abutilon à la main. Il croise les Viennois qui se hâtent vers leur travail, inconscients de la proximité de l'invasion. Au fur et à mesure que les heures passent, la rumeur éclate à la terrasse des brasseries, se transmet comme une traînée de poudre. Les Allemands sont à la frontière! Ils arrivent! Peu à peu, une foule excitée afflue vers le centre ville. Comme il s'approche de la chancellerie, Charlie rencontre des civils porteurs de brassards frappés de la croix gammée. A la gare, comme il fait mine de vouloir monter dans un train, des hommes en longs manteaux l'arrêtent.

Du fond de sa geôle, il voit clairement les troupes nazies bousculer les barrières de la frontière du côté de Linz. Il entend non moins distinctement la voix d'Adolf Hitler qui remercie Mussolini au téléphone pour son amicale passivité. Et le 12 mars, après le déjeuner, il suffit à Charlie de fermer les yeux pour voir le dictateur traverser les villages pavoisés et s'arrêter pieusement à Leonding sur la tombe de ses parents, avant de se tourner vers la foule qui l'acclame et de lui dire : « Si la Providence m'a un jour appelé de cette ville pour être le chef du Reich, elle doit, ce faisant, m'avoir chargé d'une mission et cette mission devait être la suivante : rendre mon cher pays natal au Reich allemand. J'ai vécu, j'ai combattu et je l'ai maintenant accomplie. »

L'Autriche est désormais province allemande. A Vienne, on arrête soixante-seize mille personnes. Himmler s'est chargé de mettre en place l'appareil de la Gestapo et de la SS. Quelle bonne répétition d'orchestre! Tandis que déferlent les hourrah de la foule embrigadée, Hitler, mélomane de son propre pouvoir, écoute la partition de son triomphe avec émotion. Il pleure. Il est Dieu. Il bande jusqu'à la Forêt-Noire.

A Vermenton, Yonne, le docteur René Floche éteint la TSF. Il vient d'écouter sur son Symphonique Philipps, type Sonate, le délirant accueil et les vibrants Sieg Heil retransmis par Radio Paris.

Il caresse rêveusement sa moustache et se tourne vers Eugénie qui lit la Semaine camique, par Cami, dans *L'Illustration.*

– Ah la langue allemande! soupire le docteur. Quel martèlement! Quelle force! Quelle beauté pour le chant!

Il va jusqu'au piano, plaque un accord ou deux – à tendance mi bémol –, les renforce d'un trémolo dans les graves, puis, transfiguré par une soudaine concentration, laisse aller sa voix de baryton Verdi au-devant de ses états d'âme et s'élance sur des lianes tressées par Heine :

Ich weiss nicht was soll es bedeuten
dass ich so traurig bin.
Ein Märchen aus alten Zeiten
das kommt mir nicht aus dem Sinn!

Il lâche la rampe. S'arrête tout bluff. Regarde son cénacle. A l'air de dire : « C'est joué! J'attends! » Comme personne ne réagit, il traduit pour les imbéciles :

Ché né zais bas bourquoi ché zouis auzi driste...
Une hisdoire tes demps zanciens
qui né mé réfient bas à l'esbrit...

Tout ça avec un accent de théâtre à couper au couteau. Une raideur à la Stroheim dans la nuque. Ach! Il claque des talons, grand imbécile de province, puis s'interrompt pour passer la sébile, faire le tour des visages, quêter une approbation chez ceux qui écoutent malgré eux, tassés dans la salle à manger : Eugénie, blasée par le carrousel quotidien, deux ou trois amis de passage fourvoyés devant un glasse de traminer et qui ne reviendront plus jamais, ou la nouvelle soubrette, Pamela Brochet, une Manchotte de l'île Chausey qui ouvre grandes ses mirettes en voyant le docteur donner son spectacle.

– Ah! Quel accent était le mien! soupire le médecin. Fantastique! Fan-tas-tische!! Et comme j'étais doué pour les langues! Pour les destins! Tiens, c'est lâché!... J'étais fait pour être artiste!

L'instant d'après, le visage acrobate sous ses cheveux ailes de corbeau récemment lustrés par un pommadin excessif, il imite Fernandel ou bien se met à tourner, prince de la gambille, de l'illuse, du cabotinage. Allez! On innove! On pousse les chaises! Floche donne toute la gamme! Une valse avec Greta Garbo. Une réplique de Raimu : « Tu me fends le cœur! Je dis : tu me fends le cœur. J'ai le cœur fendu par toi! » Il grimpe sur un tabouret. Le voilà tout de guingois. Balançant un jonc derrière soi. Le rattrapant devant. Évoquant les acteurs – Harry Baur, Saturnin Fabre – tiens ta bougie drrroite! Le spleen de Lucien Coedel. Le chignon de Fusier-Gir. La bonhomie de Larquet. Il est tout l'orchestre. Jacques Hélian et ses Collégiens. Anabella gnagna et Tino pipi. Hardi les accessoires! Il se sert de ce qui lui tombe sous la main. Allume une moitié de cigarette. Clope de Julien Carette. Manchettes de Jules Berry. Pirouette. Glissade. Ouste! Cancan superbe. L'allure un peu chabraque. Ou alors, clairon. Taratatatata! Tourlourou comme Ouvrard. Et deux secondes plus tard, il joue des saynettes, fuyant comme Le Vigan, prolo comme Gabin, habité comme Artaud, profil comme Chevalier. L'élégance, tu parles! Il est mûr pour l'Alcazar! Tordion du cul. Galure sur le côté. Prêt à mener la revue. Armé pour les claquettes. Fantoche. Défilant jusqu'à son cabinet médical où l'attendait une brochette de bonnes gens de la campagne peu habitués à ce genre de praticien dont le diagnostic était si sûr, l'humeur si fantasque.

Chandelle, il les toisait dans le salon d'attente.

– A qui le tour? il disait.

Quelqu'un se levait un doigt emmailloté. Va pour le panaris! Il les emmenait l'un après l'autre dans sa grotte. Abaisse-langue Néo-Bottu, cautère électrique, trocart, sonde pour l'urètre ou pommade à oxyures, il faisait avec tout.

– Il est bizarre, chuchotaient les plus indulgents.

– C'est un rastaquouère, bramaient les autres. Un original.

Ah les dénaturés! Les mauvais crétins! Les aveugles pécores! René Floche était un grand médecin. Un fabuleux artiste rapporté sur les plis du quotidien. Un type fait pour les devants de scène. Les arquebusades de palais. Les premières d'opéra. Le reste, qui n'était que du tous les jours et qui lui arriva malheureusement tout au long de sa vie, n'était que mouise et bas pipi. Pouah! Rien de ce qu'il traversait ne lui arrivait au genou.

Sa spécialité, c'étaient les accouchements. Il prenait cher et les clients le haïssaient. Mais on l'avait vu, dans des cas difficiles, faire de véritable miracles. Les versions, les forceps l'ensanglantaient comme des couchers de soleil. Penché sur l'estuaire divisé des parturientes, il s'essoufflait comme un grand soldat-de-bonne-foi, vêtu d'un dolman rouge.

Les petites dames noires de Vermenton, les familles aussi, le visage quadrillé par des voilettes, les jambes larges dans des chaussures à boucles, parlaient dans les cours. On refermait les parapuies à cause du vent, et, dans l'attente des vêpres de trois heures, on étouffait pieusement, dans une digestion acide, des mots porte-malheur qui polissaient les fronts de plaisir jaune.

A l'intérieur d'une maison, Floche se relevait de dessus les cuisses entrebâillées pour lui. Il secouait comme un linge tordu par la lessive le petit plongeur placentaire qui, par-devant sa famille réunie, jurait qu'il allait vivre à travers un grand cri.

– C'est un garçon, disait l'accoucheur.

Le père ébauchait des gestes frustes qui signifiaient la

joie. On débouchait une bouteille de bon vin d'Irancy. Le rouge de pays accrochait un peu de rosée à la bouche du docteur. Unis par la fatigue, l'émotion, on se souriait au-dessus de la toile cirée. Dans sa caisse, la comtoise faisait son rayon. Tic-tac, on regardait passer les mouches. Le docteur Floche reniflait. En 1938, il y avait dans les foyers campagnards un manque d'hygiène désespérant. Pour trouver une bonne odeur, il fallait plonger son nez dans son verre.

Le père avançait la bouteille.

– Vous en reprendrez bien un petit coup, docteur?

– Volontiers, disait Floche.

Il asséchait son godet, laissait sa moustache redevenir lichen et se permettait une phrase en rangeant ses ordonnances :

– N'oubliez pas les soins du corps. C'est important pour la santé.

– On s'lave plus souvent qu'à notre heure, disait la grand'mère qui puait le plus.

– N'oubliez pas le savon. Il faut que ça mousse en bas du ventre.

Le savon jetait un froid. Le mur d'animosité temporairement abattu entre la famille et Floche – brique après brique – se reconstituait. Le praticien ramassait sa trousse. On lui ouvrait la porte sans l'accompagner davantage.

– A la prochaine fois, menaçait l'homme au chapeau Fléchet.

– C'est le dernier enfant que nous avons, lui répondaient en chœur les croquants pour effacer la menace.

Péteux dans leurs frocs, ils regardaient s'éloigner le médecin dans la cour boueuse. Un mauvais chien entre les jambes, il luttait contre les courants d'air qui l'emportaient à la dérive et regagnait sa 301 sans être mordu pour cette fois.

Le temps est un cheval ailé, Charlie. A cette époque-là, tu avais cinq ans. Tu étais amoureux de Maryse. C'était la fille d'un photographe. Le front buté comme un baigneur en celluloïd, elle enfermait ses cheveux blonds dans des nœuds en forme de coquillage.

Jumeaux du même pupitre, vous écriviez en pleins et en déliés avec des plumes Sergent-Major. A la récré, tu lui confiais tes doigts maculés d'encre violette. Et c'était dans les attributions de Maryse de te les nettoyer à petits traits de salive qu'elle crachouillait dans son mouchoir. A midi, quand tu avais faim, tu te jetais sur elle. Tu lui mangeais les cheveux, uniquement les anglaises auxquelles tu trouvais un goût délicieux parce qu'elles étaient passées à l'eau de mélisse.

En 1938, à part la scarlatine, rien de bien notoire à ajouter. Maryse et toi vous apprenez à compter jusqu'à dix, sous la férule de l'institutrice, madame Ballet, qui reste une personne aimable jusqu'en 1940 : la guerre, comme je le raconterai plus tard, n'a pas encore altéré son caractère.

La Manchotte est un cœur. Elle a de grosses mamelles. Elle t'emmène souvent dans sa chambre sous les toits. Elle n'aime pas que tu fouilles dans ses affaires.

Décembre arrive. La neige s'en mêle. Le docteur Floche met des chaînes aux pneus de sa voiture. Le matin, la Peugeot ne démarre qu'à la manivelle. Il faut « dégommer » le moteur, grippé par le gel. Au dernier moment, Pamela Brochet arrive avec un pot d'eau chaude. On arrose la poignée de la portière. En s'y mettant à deux, on arrive à décoincer la ferrure. Pourquoi faut-il, Charlie, que le docteur laisse si longtemps sa main sur celle de Pamela? Et pourquoi ce curieux regard, cette façon soudaine qu'il a de regarder les bonnes?

A la maison, les boulets font rougir la salamandre et ternissent le mica des mirus. On obtient entre 16° et 17° dans le cabinet médical. Partout ailleurs, il fait un froid d'usine. Eugénie décide qu'on va remettre en activité la cheminée du salon. Simon Tuffirelli, un maçon italien et communiste, vient se charger de la tâche. Floche, encristé par sa hargne des Rouges, lui reproche de siffler à tue-tête. Eugénie, elle, aimerait assez sa gaieté. Charlie l'approche avec admiration. Simon a fait la guerre d'Espagne.

L'enfant couve du regard les bras musculeux du transalpin qui, avec la seule aide du marteau et du ciseau à froid, démantèle le foyer de briques réfractaires avant de le remonter avec du ciment neuf.

A l'heure du déjeuner, l'ouvrier part vers son frichti, sa gamelle. Charlie entre dans la pièce déserte. Marche sur les gravats. Prend en main les outils. Les soupèse avec ravissement.

Il a mis sa peau sur l'acier froid. Il pose le fil du burin sur la surface polie du marbre vert d'Égypte qui orne le manteau de la cheminée. Il lève la masse. Il tape. Le fer rebondit dans sa petite main, dans son épaule. C'est lourd. Il tape. Jambes écartées, il se cambre. Tape. Un grand pan de festons se détache. Le travail avance. Le docteur Floche passe la tête. Incrédule, il s'avance au-devant du désastre. Un silence pesant s'installe. Charlie relève la tête. Il essuie ses paumes couvertes d'une fine poudre de plâtre. Avant d'être fessé, il dit avec force :

– Plus tard, je veux être un *ouvrirerier!*

Son père soulève le fautif sans un mot et le bascule. L'enfant se retrouve en travers des genoux pointus du docteur. La position est humiliante. Le pantalon glisse. Charlie pense à la manière désordonnée dont son père a frotté le ventre de Pamela Brochet, hier, en se cachant dans l'escalier qui mène aux chambres. Il voit tout son plan. Et même après, quand ses fesses cuisent, il garde l'œil sec. Il répète inlassablement :

– Je veux être un ouvrirerier! je veux être un ouvrirerier!

Quinze jours plus tard, il entre dans le salon où pétille un feu de bois. Il tient par la main une grande fille au visage blafard, au torse un peu sec. C'est Apollonie Kérampichon, la nouvelle bonniche bretonne.

Un peu prognathe de profil, elle a l'air fouine sous sa coiffe. Elle demande :

– Qu'est-ce que je fais ce soir pour le petit, Madame?

– Des pâtes, propose Eugénie. Du vermicelle. Ou bien non, tenez. Donnez-lui des petites lettres, vous savez? Les Lustucru, il aime ça.

Charlie dresse la tête. Il fait mine d'entraîner la Bigouden par sa jupe à bordures.

– Viens, Apo, j'te montrerai... on écrira nos noms sur le bord de l'assiette.

Kérampichon résiste aux tiraillements du gosse qui la hale vers l'arrière. C'est du granit pour la force, ce laideron-là. Elle est veuve récente d'un marin-pêcheur de Bénodet. Et, pour le corps, une friche. Rien que des mauvais ajoncs sur un ventre de tourbe. Restent ses yeux si bleus, aventureux d'avoir tant pleuré sur les bords de grève.

– Et pour le dessert, madame?

– Un peu de lait Nestlé. C'est son plat préféré.

– Ça et le tiapoca.

– Tapioca, Charlie, et ne mets pas tes doigts dans ton nez.

L'enfant prend la veuve par la main. Renifle son poignet près de la petite veine bleue.

– Dis donc, Apo, c'est quoi ton « sent-bon »?

– J'en use pas, chuchote Kérampichon. Juste du savon et de l'huide de coude.

Du fond de son fauteuil de cuir, le docteur Floche relève la tête et abaisse le journal *Candide* dans la lecture duquel il était plongé. Charlie n'aime toujours pas cette manière qu'il a de dévisager les bonnes.

Les souvenirs sont comme l'histoire ancienne, Charlie : ils s'oublient aisément quand ils ne semblent avoir aucun rapport avec le présent, et puis un jour, ils refont surface, reprennent du service.

Je m'aperçois que ton père, si longtemps rejeté au tréfonds de tes entrailles, ce père dont tu ne voulais parler à personne et surtout pas aux psy – hep, vieux salaud, n'est-ce pas là une raison supplémentaire qui t'aurait sournoisement fait refuser le divan de mademoiselle Métianu? –, ce père banni du territoire de la mémoire par le caprice de ta secrète souffrance, celui que tu avais enfermé à jamais dans les catacombes de ton cœur, brusquement mis en lumière, réapparaît au grand jour avec une acuité confondante. Un grand air de vérité.

– La vérité, écrivain? N'est-ce pas ce que nous recherchons?

– Oui, mais ton père, justement.

– Inutile de tricher, écrivain. Je l'aime obstinément. Il est le ventre de ma force. Il est l'image de ma faiblesse. Le volcan de ma colère.

– Parle-moi de lui, Charlie.

– Tu parlais de vérité, écrivain? Elle a une tête à faire peur. D'ailleurs, si tu t'en approches de trop elle devient infailliblement caractérielle. C'est un personne blême, retour de penthotal.

– Parle-moi de ton père.

– C'est trop d'éternité. Trop de larmes! Trop de combats que je n'ai pas su livrer. J'étais un enfant. Mon père m'échappait. Il coulait entre mes doigts. Il s'enfonçait tous les jours et je le regardais s'abîmer. Après la guerre, si tu savais!... Il y a eu les électrochocs et les bruits subjectifs. Les cures de sommeil. Les cliniques. Les bourdonnements d'oreille. Les tentatives de suicide absurdes. Les revolvers dont je cachais le percuteur. Tant de cris. Tant de scènes. Mon père, putain de salaud! Bourreau de ses larmes. Dépressions en tout genre. Démon de mes craintes. Marteau-pilon de mon imagination. Cerf-volant de ma vie!

– *Ton père jusqu'au bout.*

– *Mon père de plus en plus.* Ma racine invisible. Le fruit que je n'ai jamais pu mordre. *Mon père trop haut.* Si loin dans les branches que c'était misère de l'attraper. Celui à qui je n'ai jamais pu parler de moi, parce qu'il n'aimait que LUI. Et qu'il dissolvait inlassablement les êtres autour de sa personne en leur imposant le rythme répétitif de son incurable, de son obsédante envie de séduire et de paraître un bonhomme de lumière – ce qu'il aurait pu être –, rejetant du même coup un statut que ma mère et moi voulions à toute force lui donner, une place à part – notre amour – et qu'il n'a jamais su prendre. *Tortionnaire de lui-même, mon père!*

Cette fameuse nuit dont je parle, Charlie s'est retourné cent fois sur son lit. Il était en eau. Son cœur avait grimpé l'Aubisque.

Il a bu un verre d'eau. Il a respiré profondément. Nous étions éveillés. Yeux grands ouverts dans la nuit.

Nous étions éveillés.

Voilà ce que ne sait pas Marie-Marie. Voilà ce que ne saura jamais Victoire qui reposait dans le salon. Dans la chambre voisine, Benjamin a poussé un cri au milieu du sommeil. C'est une chose qui arrive fréquemment. Il pousse un cri, laboure son lit de ses coudes et retourne à l'oubli.

– Ce cri me réveillera jusqu'à la fin du monde, a dit Charlie en chaussant ses lunettes. Je l'entends même au bout de l'autoroute.

Il s'est levé, est allé jusqu'à la fenêtre. Il a regardé dans le parc et la lune lui a fait un sourire désabusé.

– Cette nuit, je n'irai pas retrouver cette salope de Justina Ostropowitch, a-t-il dit. Catin de rêve, en gaine Magicia, qu'elle crève!

– Magicia?

– C'est ce qu'on porte en 38. Le latex dessine un corps parfait aux élégantes

– Est-ce que par hasard tu aimerais cette femme?

– Fichaises, écrivain! Est-ce qu'on aime ce qu'on a inventé? Justina est une image, il n'y a pas d'accoutumance véritable.

– Tu mens, Charlie! Dès que tu t'endors, c'est pour la rejoindre.

– Parce que ma vie pue! Le présent me rejette. Le passé me fait peur.

– Tu veux dire : Benny qui ne parle pas, et ton père à qui tu n'as pas pu parler?

Il a ricané le plus cyniquement possible et s'est penché à la fenêtre. Il a dit :

– Tu ne trouves pas que c'est une nuit rêvée pour flinguer Sigmund Freud?

– Comment s'y prend-on? ai-je demandé doucement. Vous ne deviez pas le brusquer dans ce genre de circonstance. Il a repoussé ses lunettes sur son nez.

– On tire sur tout, a-t-il décrété soudain. On saccage! On décide que ce putain de livre n'aura pas lieu!

– C'est la première fois qu'un héros de papier me propose une chose pareille, ai-je dit.

Il a ricané.

– Tu te dégonfles, l'écrivain? Tu calanches? C'est trop lourd pour toi?

Il s'est retourné d'une pièce. Vous le sentiez excité. Prêt à aller jusqu'au bout. Il a passé sa main dans ses cheveux si courts, et, l'instant d'après, il s'est voûté, acceptant la défaite.

– C'est bon, a-t-il admis, autant faire des projets de croisière avec Justina. Kotor vu des remparts. Les remparts de Kotor. Elle et moi devant Kotor. Je t'enverrai des cartes postales! Quelle merde est la vie!

– Tu oublies Victoire, dans cette affaire.

– Victoire? Elle est ma chère épouse. Elle est tant de force que parfois elle m'effraie! Mais elle est ma certitude, elle est là. Elle ne peut pas manquer de me témoigner sa tendresse. Elle le fera toujours.

– Souviens-toi de te méfier, Charlie. On dit que l'amour périt souvent de la certitude d'être aimé.

Cette fois, il opta pour le saradjouglou du dindon. Il n'aimait pas qu'on prétendît être sérieux trop longtemps.

– Moraliste à l'envers, je te répondrai que l'amour craint le doute, dit-il. Ma mère en savait quelque chose.

Plus de bouche, elle se méfiait des hommes! Elle n'avait plus envie d'embrasser personne. Pas même son fils!

– Tu nous obliges à revenir à ton père.

– Oui!... Exténuant salaud! Maintenant qu'il me tient, dit sombrement Charlie, il restera jusqu'au matin.

Il fit quelques pas avant de porter la main à sa tête et de la secouer.

– Couah! gémit-il. Hier, quelle cuite! Tu ne trouves pas?

Il avait un teint à faire peur. La fièvre au fond des yeux. Nous sommes restés un long moment à nous confondre, jumeaux de la même hébétude.

Le jour s'était levé sans que nous eussions repris pied. Et quand j'ai eu l'esprit plus clair, je n'ai pas argumenté, parce que Marie-Marie venait de pénétrer dans la pièce et qu'elle avait le don de me faire disparaître.

Elle a traversé la chambre, ouvert les rideaux et chassé la nuit. Elle a disposé la théière et les toasts sur la table basse, en respectant la façon dont son père souhaite les trouver autour de sa tasse. Elle a déroulé sa serviette et l'a dévisagé sans rien dire.

Charlie s'est hissé douloureusement sur sa balance.

– J'ai pris encore deux kilos, a-t-il annoncé.

– Avec Papy Morelli dans le secteur, il fallait s'y attendre, a dit la petite fille.

– Mon Dieu, comme tu es raisonnable, a murmuré Charlie.

– Est-ce que je serai jamais une star? a demandé Marie.

Et, brusquement, le sacré manège s'est remis à tourner.

En février 1939, le docteur Floche a troqué sa 301 Peugeot contre une 402 B, avec boîte électromagnétique cotal à quatre vitesses. C'est une berline qui tient le cent quinze à l'heure et consomme treize litres aux cent.

Adolf Hitler roule toujours en Mercedes. Il est resté fidèle à la marque. Le 22 mars, il s'est embarqué à Swinemünde, à bord du croiseur *Deutschland*. Escorté d'une escadre, il a débarqué à Memel où les nazis avaient organisé une réception triomphale afin de célébrer le rattachement de ce port de Lituanie à la Grande Allemagne. Le Führer a aboyé un discours en gothique à brandebourgs et cent mille mains fanatisées se sont levées pour l'adorer.

Le 5 avril, le président Lebrun a été reconduit à la tête de la République française. Un an jour pour jour après l'annexion de l'Autriche, ganache de lui-même, Albert-les-belles-bacchantes a enfilé sa redingote neuve pour assister aux premières loges à un nouveau bouleversement de la carte géopolitique : le Reich vient d'effectuer l'Anschluss de la Tchécoslovaquie.

Glacés d'inquiétude, princes et républicains de ce bas monde se regardent, se consultent, se téléphonent à tuyaux fermés. Londres appelle Paris. Chamberlain renforce les baleines de son parapluie. De l'autre côté de la mare, le président Roosevelt se fait des cheveux blancs pour la liberté. Staline se déguise en ours. Hitler taille sa moustache. Il se marre.

En réalité, le vieux continent a mal au fion et ne veut pas l'admettre. Insupportable vieillard, il persiste dans son orgueil. La France, première servie, porte ses crachats, ses victoires de la Quatorze en sautoir, fréquente les bals de préfecture, inaugure les chrysanthèmes et refuse de montrer son derche à la médecine. A l'instar de l'Europe privée des Balkans, qui laisse couler du sang d'hémorroïdes sur les fauteuils des ambassades et légations mais continue à s'asseoir comme avant, Paris porte toilette, malgré ses tribulations anales, comptant sur les traités, accords, promesses, ligne Maginot, je ne sais quoi. Tient un fier et imbécile langage du style : « Si on nous embête, on sait qu'on nous trouvera ! » Astique ses boutons de guêtre, regarde du côté de la ligne bleue des

Vosges et oublie de se doter d'une armée moderne. En cas d'agression, la tactique, semble-t-il, consiste à s'enterrer comme à Verdun, mais en mieux. Ah ouaite! Tu parles, les clowns! Visez voir Gamelin à côté de ses leggins s'il avait inventé le moteur à explosion! Généraux de bas-reliefs mûrs pour les cérémonies du souvenir, nos manœuvriers à feuilles de chêne étaient plus proches du coq de monument aux morts que des précurseurs de la guerre de mouvement. Quant aux états-majors, pour nous défendre, on allait voir le travail! Sacrés détaleurs, les chefs, ils allaient laisser divaguer leurs troupes au hasard des chemins, soldats perdus ou graine de prisonniers, mais n'anticipons pas sur la débâcle.

Même les civils! Qu'on me dise par le biais de quelle étrange anesthésie générale on les avait annihilés? L'instinct était dans le lac. Pensez à Ozer Minz! A renifler Hitler, il aurait dû savoir. Eh bien non, l'aveugle, il ne voyait rien venir!

A Dourdan, notre immigré polonais est devenu un médecin prospère et estimé. Il a perdu son accent étranger. Sa femme, née Lucette Amélie Borne, lui a donné deux beaux enfants. Son beau-père, Eugène, Borne du même nom, vient le visiter chaque dimanche. On mange. On boit. On fait la sieste en famille. Pour couronner la journée, c'est la coutume, après le Picon-bière, de fixer sur pellicule l'image de cet immaculé bonheur collectif. Sur la pelouse, on s'interpelle joyeusement. On se place en rang d'oignons. On s'attife. Ombrelles ou parapluies selon les saisons. Avec sa chambre Voigtlander, l'excellent Eugène, photoseur de noces et banquets, réalise un cliché de groupe sur lequel, grâce à un long déclencheur souple, lui-même figure au deuxième rang, tenant familièrement son gendre par l'épaule.

A Vermenton, Charlie a la folie des soldats de plomb. Avec Teu-Teu, son meilleur copain, il construit des abris, des tranchées et des fortins qui minent les plates-bandes du jardin. Les ennemis sont représentés par des escargots de Bourgogne dont la coquille évoque le blindage des chars. Bien vite, l'aviation intervient. Les bras étendus comme des ailes de monoplan, Charlie et son adjoint lâchent sur leurs colonnes des bombes incendiaires sous forme de morceaux de chambre à air de vélo auxquels ils ont mis le feu. C'est abominable. Les deux gosses assistent aux lourdes pertes de l'ennemi avec une inconscience tragique de ce qui se trame autour d'eux.

Eugénie fait façonner ses robes chez une petite couturière. Elle se parfume avec Amou-Daria de chez Révillon. Elle aimerait porter des bas Gui. Bas Gui, jambes jolies. Mais comme sa circulation veineuse est mauvaise, elle se rabat sur les bas correcteurs Vertex.

Tout de même, elle est allée passer deux jours à Paris pour visiter le Salon. Sa sœur Zoé l'y a rejointe, venant de Rodez où elle est chirurgien-dentiste. Elles ont rêvé devant les cimaises où étaient exposées les œuvres de Jacques-Émile Blanche, de Maurice Denis et de Le Sidaner. *Béatitude* par Henri Martin, *Soir d'orage à Douarnenez* par Paul Marchain et *Portrait de monsieur Henry Bordeaux* par Emmanuel Fougerat comptaient parmi les œuvres les plus en vue. Eugénie et Zoé ont dîné à Montparnasse. Le lendemain, avant d'attraper le train, Eugénie a acheté le dernier bouquin de Charles Plisnier, prix Goncourt 1937 pour *Faux passeports*, et puis vite, elle est rentrée à Vermenton, parce que son mari ne supporte pas d'être seul.

Le docteur et madame Floche sont devenus amis avec leurs voisins de la villa Werther. Monsieur Frey est alsacien. C'est un ancien sous-officier de la Légion étrangère. Un homme qui a voulu disparaître, voilà qui a de l'importance. Si on lui demande pourquoi, monsieur Frey remue son pied droit dans sa chaussure de rafia. Si on insiste, il prétend que lorsqu'il était au séminaire chez les bons pères jésuites, il a pissé dans un bénitier le jour de son ordination de prêtre. Personne ne croit à cette version des faits. Monsieur Frey garde son mystère. Pour Charlie, pas de doute, il s'est rendu coupable d'un crime, exactement comme le cas s'est déjà vu dans *La Bandeira*, ce film avec Jean Gabin qui est passé au Sélect.

La culture de monsieur Frey est immense. Il déclame Ovide et Jules César avec l'accent de Sarreguemines. Il est maigre et sa peau est tannée par le grand air. Il a connu le Sahara, les bordels de Shangaï et il a été coulé deux fois en mer de Chine. Il est tatoué sur le bras et aussi sur le ventre, une danseuse mal placée que les enfants n'ont pas le droit d'aller visiter. Il a aussi occupé l'Allemagne en Rhénanie, après la guerre de 1914. C'est lui qui installe définitivement Goethe dans le cerveau du docteur Floche.

Madame Frey a les bras nus sous des étoffes fluides frappées de fleurs exotiques. Elle sert volontiers le thé sous le tilleul ou sous le saule pleureur dont les ombres légères se conjuguent, s'harmonisent et se croisent avec les végétations de ses robes. Elle est boulotte, polyglotte et Tasmanienne. Enfin, elle a beaucoup vécu à Hobart où elle était préceptrice dans les familles fortunées qui jouaient au polo le plus clair de l'année.

Eugénie apprécie la compagnie de monsieur Frey qui a déjà soixante-huit ans mais ne les sent pas. Elle l'appelle Tottie et il l'emmène au fond de son potager pour lui montrer ses plantations. Eugénie a la passion des jardins. Monsieur Frey est capable d'arroser le sien jusqu'à dix heures du soir. Il puise ses arrosoirs dans une citerne au ras du sol. C'est un trou d'eau si ténébreux, encadré de racines pieuvres, que Charlie s'en méfie. On dit que vit sur ses rives obscures un crapaud si volumineux que les enfants doivent se garder de le rencontrer, tant ses pustules verruqueuses suintent d'un urticant venin.

Pendant que Tottie et Génie sont au jardin, mammy et le docteur Floche parlent et l'Australie et de la Rhénanie. Mammy est âgée de quarante-cinq ans. Elle semble constamment dans un état de fibrillation nerveuse. Cette exaltation frémissante lui fait redouter, dans les plis de la conversation, l'irruption de tout ce qui serait grossier ou incongru. Elle se défie particulièrement de cette heure un peu vague, après le déjeuner, où les hommes soufflent la fumée de leurs cigares dans les yeux des dames et racontent volontiers de ces blagues inventées pour vous faire rougir. Elle se choque pour un rien. Elle feint de ne pas comprendre. Ou alors se vexe au milieu des lazzi, quitte la table sous prétexte d'aller chercher un cake, un gâteau à l'orange, et revient les joues en feu.

Parfois, plus détendue, elle s'excuse de sa réserve, distribue des napperons pour mettre sous les tasses et se moque d'elle-même en affirmant que la joie n'est pas protestante. Elle explique aussi qu'elle a toujours vécu avec des gens si protégés qu'elle a du mal à s'intégrer à cette société française, si moyenne dans ses aspirations, si terre à terre dans ses projets quotidiens. Elle raconte ses voyages, parle des espaces, des déserts, des pionniers. Charlie écoute. Boit ses paroles. Pose des questions sur les boomerangs. Mais, par-dessus tout, préfère les moments calmes où elle évoque, dans la chaleur lénifiante de la véranda, les lords anglais et de riches planteurs de la Nouvelle-Galles du Sud qui l'emmenaient naguère, jeune gouvernante, dans le tourbillon de leurs croisières vers l'île Kangoroo ou vers la quiétude tempérée de leur propriété d'été, au pied des Montagnes Bleues.

Le docteur Floche lui parle volontiers de sa propre vie, qui est ratée. Il lui répète comme il était fait pour le chant. Pour l'opéra. Il pousse quelques notes. Il ajoute qu'à une certaine époque, il ne se débrouillait pas si mal avec les langues étrangères.

– En anglais, j'avais un bon accent, se plaît-il à dire.

Il y va de son tailor is rich. Il fanfaronne avec son « th », la langue entre les dents – ze, ze.

Mammy lui corrige son accent. Parfois, elle lui prend la main avec une tendresse inattendue. Elle lui dit qu'il est trop sensible. Trop instable. Trop agité. Il lui répond :

– Ah, vous ne pouvez pas comprendre. C'est tout le problème de mon anxiété. J'étais fait pour autre chose. Une autre destinée.

Leurs yeux ne se trouvent pas. Il fait chaud. Une sorte de solitude s'installe.

Charlie se lève. On rentre dans la fraîcheur de la maison. L'enfant a droit à une seconde orangeade. En remuant son genou sous la table, il écoute son père parler de lui-même en arpentant la salle à manger un peu sombre où sont entassés les souvenirs allemands. Sur des meubles massifs, un peuple de marquis et de bergères de Saxe tressent des gestes précieux. René Floche s'immobilise devant une horloge peinte de Bavière. Il respire à fond, comme s'il était oppressé. Il fixe le balancier de cuivre où est sculpté un chasseur et s'écrie :

Im Wald und auf dem Felde,
da geht der Jäger auf die Jagd
in seiner grünen Jägertracht
Tralla, hallo, tralla!

– Comment trouvez-vous mon accent tonique? s'inquiète-t-il auprès de Mammy.

– Gut! Ganz gut! opine madame Frey en courant sortir une tarte de mirabelles du four de la cuisinière. Wirklich wunderbar!

Un coup de feu très proche les fait sursauter. Un marquis de faïence vibre longuement sur son cheval. Charlie repousse son verre d'orangeade.

– Ça, c'est monsieur Frey qui a tué un chat avec son revolver! dit-il.

Il se précipite en direction du jardin en repassant par la véranda.

Il court dans les allées bien dessinées. Au détour d'un buisson de buddleia, il trouve monsieur Frey et Eugénie qui rient. Le propriétaire de la villa Werther tient encore son automatique à la main gauche. Il a passé son bras droit autour de l'épaule de la jeune femme. Il la chatouille près de la poitrine. Elle est écarlate. Elle se défend :

– Non, Tottie! Comme ça vous me faites mal!

Charlie s'immobilise devant eux. Il regarde sa mère dans les yeux. Il dit :

– Pour Noël, je veux un fusil. Une Reine à air comprimé.

Eugénie porte machinalement la main à une marque qui lui marbre le cou. Monsieur Frey range l'arme dans sa poche. Il s'approche de l'enfant et lève son avant-bras où un serpent s'enroule sur la lame d'un glaive romain. De ses doigts noueux, il lui saisit l'oreille et la tord en souriant paisiblement. Il dit avec un fort accent alsacien :

– Cheune homme, abrends qu'on ne tit chamais *ché feux* à une tame!... On tit : *chaimerais*! Surtout à za manman!

Il offre galamment une rose à Eugénie. Ils s'en reviennent par les petits pois. Charlie les suit. Il marche exprès sur les fraisiers pour écraser les fruits de son ennemi. Il aimerait être fort et cruel, savoir faire de la bicyclette et surtout ne plus porter de barboteuse à six ans. La barboteuse est une pièce vestimentaire humiliante. Charlie défait ses bretelles. Il se déculotte et va jeter l'infâme combinaison bouffante au milieu des lentilles d'eau, dans le bac à crapaud-dragon.

Sur ces entrefaites, l'été s'assombrit, éteint par la folie des hommes. A Dourdan, le docteur Ozer Minz devient nerveux. A Berlin, habillé en grand méchant loup, l'homme à la moustache furieuse, sanglé dans ses habits de parade, entame sur la scène de l'opéra Kroll son rôle le plus sanguinaire du répertoire. Devant le Reichstag, il aboie vers Dantzig et s'exclame :

– J'ai revêtu encore une fois cet uniforme qui, pour moi, est le plus sacré le plus cher. Je l'enlèverai à la victoire ou je ne survivrai pas à l'issue de la guerre!

C'est fait. A l'aube du 1er septembre, la guerre de Hitler commence par la Pologne. Blitzkrieg. L'avance est foudroyante. Le 2 septembre, à Paris, devant la Chambre des Députés galvanisée par le vibrato patriotique d'Édouard Daladier, le président du Conseil s'écrie :

– Retrouvons l'esprit des héros de notre Histoire. La France se dresse pour son indépendance! Messieurs, c'est la France qui commande!

On l'ovationne. On mobilise. On camoufle. On démonte les vitraux des cathédrales. A Vermenton, rue de l'Abbé-Legris, le docteur Floche se décompose devant le gendarme Mathurin Albert qui, dans un bruit de cuir et de sabretache, lui tend son fascicule. Une bouteille de gewurstraminer à la main, monsieur Frey entre dans la salle à manger. Il exhorte René à se redresser : « Vir! Vir! s'exclame-t-il. Zette guerre est une zimple vormalité... Hitler afalera zette Europe déchénérée en moins qué rien! Tans drois mois, fous êtes dé retour! »

Ce soir-là, Charlie, te rappelles-tu, ton père t'a laissé te coucher tard.

– Oui. En un clin d'œil, il a semblé m'aimer davantage. Il a descendu du grenier sa cantine verte sur laquelle était peinte une croix rouge et écrit qu'il était médecin-lieutenant. Il a essayé son uniforme et son képi de velours. Et il a pris le train pour la guerre. J'étais fier d'avoir un père officier. Toutes les nuits, je tuais en rêve des hordes d'Allemands en calquant mes actions sur les exploits de Jim la Jungle.

– C'était la drôle de guerre.

– Elle n'a pas duré longtemps. Mon père était à Bitche, un pays boisé de l'Est de la France. Son régiment avait souffert. Il n'avait pas d'ambulances à sa disposition, seulement des voitures à chevaux. Il y avait des duels d'artillerie. Les canons de papa étaient très gros et montés sur des rails.

– Voilà que tu parles comme un enfant.

– Laisse faire, écrivain. A la rencontre du guignon, je suis un enfant. Un jour, maman s'est mise à pleurer. La lettre qu'elle avait reçue n'était pas écrite de la main de son mari. Elle venait d'un hôpital. Père avait été soufflé par une bombe. Je ne comprenais pas ce que ça voulait dire, d'avoir un père soufflé, mais maman m'a promis que ce n'était pas trop grave, et elle s'est remise à pleurer.

Après viennent des mois en coton. Ils sont mous. Je suis dans un trou noir. Plus de souvenirs. Giberne vide. Le temps s'est mis en boule. Je me retrouve sur un pont qui n'en finit pas de traverser le fleuve.

Je suis sur ce pont et je cours devant moi.

Seigneur! J'ai tout entrepris pour aider Charlie. Et c'est naturel, puisque je suis l'écrivain de Charlie. Mais je pense que ce que je peux faire de mieux, c'est encore d'accepter qu'il ait besoin de moi. D'essayer d'extirper avec lui toute cette apparence du mal. De marcher dans ses folies. D'admettre que Justina Ostropowitch lui a fait connaître l'amour pendant cent quatre-vingt-onze heures consécutives, ou que Papy Morelli existe avec son galurin borsalino, toute sa clique de Cleveland et leur sacrée Haine de l'Espoir – autant de fantasmes exaspérants sortis du vivarium trémens dans lequel Charlie plonge ses manches de chemise, sans illusion pour leur blancheur. Il ne ressortira pas intact de cette affaire, même s'il fait tout pour essayer de retarder l'implosion qui le guette. Sa propre imagination est un foutu détonateur.

Ces temps-ci, sans cesse des images l'effraient. Hier encore, à l'heure de la toilette, un coup de rasoir devant une glace et comme ça, à l'estom, les yeux en ressac, Charlie s'est revu à sept ans. Il courait sur un pont à La Charité-sur-Loire. Il était au milieu d'une foule qui se bousculait, exhortait les vieillards, piétinait les enfants, renversait des lessiveuses, abandonnait des paquets, des tableaux, des carillons Vedette, des aspirateurs Paris-Rhône, des animaux, courait pour sauver sa peau, tirer son épingle d'un jeu de loterie où les numéros perdants étaient déchirés par des balles de mitrailleuse. Il courait, Charlie. Sa main glissée dans celle de son institutrice. Les avions allemands piquaient en mugissant, crachaient les mauvais numéros sur la plaque du bingo des fuyards et remontaient en chandelle. Madame Ballet courait. Ses grosses miches couraient, couronne de viande. Vite, les enfants des écoles! Les avions revenaient dans l'enfilade du pont. Otto, Fritz, Ludwig, de loin, les stukas plongeaient avec une hargne soudaine. D'abord comme des mouches, des frelons, puis avec un entêtement inexorable, ils redevenaient moissonneuse d'hommes dont les conducteurs – Otto, Fritz, Ludwig, Erhard –, visibles un instant dans l'éclat des cockpits, hachaient le chaume des invalides restés cloués sur les charrettes, couchaient le grain de ceux qui bougeaient encore, revenant sans cesse, assassins méticuleux, acharnés à rattraper un landau poussé par une femme, un automobiliste qui se frayait passage dans la cohue des piétons ou cet homme assis à côté d'un vélo qui parlait à l'oreille de sa fille, morte entre les épaules.

Charlie courait. Point de côté. Gorge en soufflet. Il courait. Il avait perdu sa mère dans le flux de l'exode. Sans doute quelque part elle courait. Les avions revenaient. Charlie avait un goût de métal dans la bouche. Ses poumons cherchaient l'air. Ses jambes pilonnaient ses hanches. Il courait, madame Ballet courait. Ses miches couraient. Bientôt la fin du pont. Les stukas s'enrageaient. Mille fois revenaient. Hoquetaient une fois encore. Butés insectes mécaniques aux ailes fardées de tatouages camouflés. Tiraient leurs postillons traçants, pointillés de flammes qui trouaient la panse d'un cheval, le foudroyait dans les brancards. Rattrapaient les chaussures. Dépassaient les dos, les nuques, distribuant le poison, les morsures, criblant les manteaux malgré la chaleur. Pourquoi les parapluies? Oh grand Dieu, pourquoi des parapluies? On avait tant pris avec soi, mais on avait tout oublié. On se marchait dessus. On n'était rien ni personne. Juste une foule aveugle. On passait sur le voisin à saute qui vive. On terrassait les plus faibles. Ou alors, dernière tête de lard, un soldat français de l'armée en déroute levait son Lebel et flinguait vers le ciel une salve imbécile avant de recevoir des hauteurs une mornifle invisible qui l'ensanglantait, définitif, et l'étalait, matricule et moletières, entre les jambes des civils en cavale. Quelle bouillie! quel théâtre! La vilaine tragédie! Tout c't' avant-guerre qui foutait le camp. S'émiettait sur les routes. Soudain vertige de civilisation. Fuite à tout prix. Les citadins semant la panique avec des récits d'atrocités. Les ploucs comprenant pouic. Interceptés par la Blitzkrieg. Poussant troupeau devant eux. Les vaches, les gens, des centaines de milliers de pékins battant la campagne. A vingt kilomètres à peine derrière eux, les Panzer de von Manstein absorbant la cohorte, les enfants jetés dans la guerre passant sans distinguo des jouets Jep aux piqués de la Luftwaffe. Charlie, hurlant, il courait. Madame Ballet courait. Ses miches. Ses grosses. Au milieu des cris, des halètements, des jurons. Bientôt la fin du pont. L'institutrice courait. Elle avait perdu ses lunettes. Elle tenait Charlie par la main. Elle lui broyait les doigts. Et brusquement ils étaient au bout. Sauvés! Ils se jetaient sur le chemin. Encore cent mètres. Où puisaient-ils leurs forces? Ils couraient dans les fourrés. Se cachaient comme les chiens. Rampaient dans la luzerne, au milieu des valises, des chaussures, des vélos. Là-bas, ça bardait sur le pont. Ils s'arrêtaient enfin. Madame Ballet, Charlie. Se tenant par la main. Une grosse dame, un enfant. Du sang vermeil sur leurs deux mains liées. Ils le regardaient, fascinés – une grosse dame, un enfant au milieu d'un champ de fleurs. Une vache s'était mise à paître dans leur dos et c'était de nouveau le printemps du 7 juin 40, une journée radieuse où tout était là. Un monde quiet, solidement ancré à sa place. Plus d'avions dans le ciel. Une journée rudement calme et paisible. Le soleil sur la peau. Une fantastique envie de vivre dans la poitrine. Ils se regardaient. Un sang rouge et cruel les trempait. Madame Ballet n'avait plus d'oreille. Seulement un trou noir qui désormais s'enfoncerait directement dans sa tête. Et, dans six mois, pensait Charlie ce matin en se regardant dans la glace où il s'était sabré la gueule avec un rasoir de Solingen, elle serait devenue une méchante bonne femme. Une instite qui taperait avec une règle sur les doigts des enfants. Elle ne sourirait plus. Elle serait sourde. Enfermée et vindicative. Rêche à faire peur, sans oreille pour écouter. Elle apprendrait aux mioches, à Charlie, à jouer *Maréchal nous voilà* sur leurs pipeaux.

La suite est dans les livres. On batterait monnaie. On nicherait à Vichy. Ce serait une époque avec du crêpe autour des cornes. Un temps d'escargot. Rien n'avancerait plus dans le pays. Une lenteur désespérée sous un ciel bas. Plus de beurre avec ça. On se tringlerait la ceinture. Question bidoche, on couponnerait. Le pain? de la sciure et du son. Et, pour marcher, les tatanes en carton, les lacets en papier.

A ce train-là, pas étonnant que le civisme en ait pris un pet. On délatait son voisin pour un oui. Pour un rien, la police vous faisait descente. Hop, hop! Mains en l'air! Que ça valse! Jüden! Terroristes! On vous déculottait. Patte blanche! Étoile jaune! Marché noir! A chacun sa couleur. A chacun sa débrouille. Système D. Bas peints en trompe l'œil sur les cuisses des élégantes. Le françouze moyen, retourné façon IIIe Reich, ne croyait plus qu'à la saumure, à l'ersatz, à l'acier Krupp. C'était le temps des rafles et de la riflette, des mots de passe et du succédané. Où était passé le courage? Où était le chemin? Même les intellectuels gîtaient dans la tourmente. Valsez saucisses! Pierre Blanchar tournait pour la Tobis. Arletty affichait cul international. Là-dessus, Ferdinand ferdina. Drieu à dia. Et Bardèche attigea. Mais, puisqu'on en parle, Travail Famille Patrie, en ces temps de gazogène, personne, hormis un général factieux, ne trouva le courage de dire tout haut que la francisque, après tout, était une arme à double tranchant.

L'hiver 43 étendit son manteau de glace sur une Europe désolée. A Vermenton, des milliers de corbeaux envahirent les collines du Polygone, investirent les jardins, hardis pillards jusque sur les terrasses. A Dourdan, par un soir de neige, Ozer Minz lâcha la queue du

Mickey. Il fut jeté dans un train avec toute sa famille.

Nuit et brouillard, le temps sembla devoir s'enliser pour toujours dans un écran de fumée noire. Des orchestres livides, en pyjamas déchirés, jouaient Brahms à la mort. Le ciel de Pologne devint un tombeau. A Auschwitz, il accueillit les râles de trois millions de suppliciés Derrière les barbelés, du haut des miradors – Ozer Minz, Shalom! –, son haleine alourdie de crachin avait un âcre goût de chair brûlée.

Loups des enfers, ayez pitié des hommes!

Ce matin, Benjamin est une toupie-rage.

Sa colère s'enroule autour de lui. Il tourne sur l'axe de sa tornade personnelle. Danse punitive. Exorcisme du volcan de soi-même. Lave. Inexprimable lave. Cheminée de violence. Fumerolles d'insatisfaction. Son tournoiement s'accentue. Ivresse. Vol à l'escalade. Escamotage. Quel bon moyen de s'oublier. De ne pas se rencontrer. Danse du néant. Dissolution. Évasion. L'auto-hypnose permet à Ben d'aller au bout de sa fuite. Il est un cormoran qui sèche ses ailes sur un rocher noir. La conscience s'échappe. Benjamin tourne. Il est la spirale de sa propre séparation. L'artisan de sa migration. Il rit. S'arrête. Il titube. S'absente. Il est là. Il revient. Il a peur. Rit. S'échappe de nouveau. Tourne. S'éclipse. Fait un trou à la lune. Colimaçon de sa sauvagerie instinctive. Frère égaré des tribus primitives. Aspiré par la transe qui monte. Qui l'emporte sur une île où les oiseaux crient du haut des falaises de craie. Crient. Et Benjamin craille, croasse, butit, margotte. Il pépie, chuchute. Il sèche ses ailes. Fredonne. Revient à un chant. Ramage, jacasse, piaule, crétèle. Puis, tout soudain, se redresse, la pupille rétrécie et, juché sur la commode, trompette comme un aigle qui a soif.

Hi, le cri qui fait mourir Charlie.

Juin 86!

Chaleur d'airain, je vous jure! Le jardin de Dourdan est magnifique! Les roses, les tulipes font fanfare aux parterres.

Victoire, en jupe de finette, a sorti la table de bistro et le grand parasol. Le chat Gobulvic lèche son impétigo de contrariété et se roule dans la poussière. Dans le lointain d'une allée, Benjamin est un enfant bleu qui fait inlassablement de la balançoire dans un halo de lumière. Quelle paix! Mais, malgré le doigté de l'artiste, comment se laisser prendre? L'escroquerie est notoire. Dieu a plagié Renoir. Paysage un peu flou dans les fonds, ombre irisée sur le pont. Et la rivière, un éventail japonais. Jusqu'à la maison-ventre, faux-semblant, paupières closes, astucieusement placée au confluent des arbres et de la prairie, là où l'œil se perd, éclaboussé par le tintamarre d'une myriade de fleurettes traitées à petites touches.

La carambouille ne prend pas, vous dis-je! Sitôt passées les persiennes, vous entrez dans une toile de Munch. Stress! La couleur bourgeoise fout le camp! Bleu de Prusse! Vert cruel! Les traits s'affirment, ourlent les visages, cernent les yeux. Les murs se déforment. L'expressionnisme anamorphose les escaliers, la torchère. Distord les verticales, attaque le centre de gravité. Happe, dissout, corrode. Sape, ébranle, appelle.

Appelle.

En ce moment même, en plein après-midi, Charlie quitte son bureau où la bibliothèque s'est mise à tanguer après qu'il a regardé dans la rue par l'œil-de-bœuf du troisième étage. Il a distinctement vu repasser, rasant le trottoir, la même Lincoln Zéphyr que celle de l'autre jour, Papy Morelli et ses tueurs, il en est sûr, et maintenant il descend l'escalier qui mène à la salle de bains, il tremble, il entend dans sa tête les battements assourdissants de son cœur, ça va de plus en plus mal, il a une boule dans l'estomac, une autre dans la gorge, et quand il arrive enfin en bas des marches, il y a encore ce couloir, ce palier avant d'atteindre la porte, de la pousser en se jetant au sol pour se préserver d'une chute imminente, et ça va vraiment mal, sa vue est brouillée, il a eu un vertige, il se met à vomir alors qu'il est encore à quelques pas des cabinets, tant pis, il ne se retient plus, sa tête heurte la porcelaine, il serre la cuvette de toutes ses forces, il sait qu'ils finiront par l'avoir, qu'il est de plus en plus vulnérable, qu'ils le coinceront sur l'autoroute le jour où il ne supportera plus Benny comme une goutte d'eau qui fait hi et il est secoué par des spasmes fréquents, il dégueule, ça dure une éternité, oh froid et chaleur, je vous jure, il dégobille sur lui, n'en finit plus, s'arrache la boyauderie, c'est fou ce que ça cogne dans son ventre, une agonie pareille, et pendant d'interminables minutes il fixe le sol entre ses mains, pense à Marie-Marie qui ne doit pas se rendre compte de toute cette souillure sortie des entrailles de son père, il l'entend qui s'approche, qui va venir et le découvrir, il ne veut pas, bon dieu ce froid qui brûle, et cette immobilité absolue, absurde, plus rien n'obéit, plus un muscle, il faut que je me lève, encore un effort, il entend le cri perçant de Marie dans son dos, que je parvienne à me remettre sur pied, elle crie : papa!, que je trouve un sourire rassurant, tu vois, c'est rien, j'ai dû trop manger à midi, quelque chose qui ne passe pas, et elle, petit darrière d'espoir, mignonnette à croquer, enfant-plume, les yeux si vaillants qu'elle fait reculer tous les chiens de l'enfer, doucement se penche, fait les gestes d'une petite mère, le saisit sous le bras, soulève, essaye, jolie fraise, qu'est-ce que t'es lourd Charlie, j'y arrive pas, tu vas te salir, ça fait rien, laisse je vais mieux, et son sourire qui mettrait debout n'importe quel noyé, j'y arrive Charlie, elle le prend par le ventre, c'est ce temps chaud qui détraque, et maintenant il se sent avec un sourire complètement idiot, presque irréel, tu m'as fait peur, on aurait dit que tu allais mourir, et Charlie regarde sa fille, il a envie de dire quelque chose de tellement violent que c'est impossible à faire sortir, alors tout ce qu'il trouve c'est une larme, arrête Charlie, ça n'aide personne, j'sais bien c'est ridicule, Charlie aurait voulu sombrer instantanément dans le sommeil et au lieu de cela il pleurait, Marie aurait voulu pleurer aussi mais elle n'y arrivait pas, trois ans qu'elle était sèche et ils se tenaient embrassés pour toujours, t'en parleras pas à Victoire, je ne veux pas qu'elle s'inquiète, non ça restera entre nous, parfois j'ai l'impression que je vais exploser, c'est seulement quand on aime à ce point-là, respire, respire avec ton ventre, je fais que ça, tu m'as fait si peur, est-ce que ça va mieux, oui parce que tu me tiens dans tes bras ma petite femme, oh papa, oh papa pourquoi est-ce que je n'ai pas ta taille, on aurait le droit de s'aimer comme des fiancés, qu'est-ce qu'on fait d'autre en ce moment, oui mais c'est pas pareil, dis pas ça moucheron, on a tout l'amour devant nous, il pensait ce qu'il disait, tu m'as rendu mes forces, elle riait, dis papa est-ce que je serai une star, oui oui oui, tu parles, la mégastar, la vachement star, te moque pas de moi, est-ce que j'en ai l'air, j'vois pas tes yeux, une vraie star comme Ava Gardner ou même Debbie Reynolds, te moque pas c'est important, je me moque pas je te jure, soulève ton bras à force d'être comme ça j'ai une crampe, les caméras viendront butiner ta petite gueule, elles s'intéresseront à toi de très près et très affectueusement, tu crois, oui parce que tu mérites un nombre incalculable de gros plans, t'as vraiment le chic Charlie pour remonter le moral, pas du tout tu es la plus belle des plus belles, je sais je sais mes admirateurs exigent que je me débarbouille avec le savon Lux et normalement, Charlie aurait dû se sentir plus détendu, mais, au lieu de cela, il ingurgitait sa salive à grand-peine, il venait d'entendre une voiture s'arrêter dans la rue et les portières claquer, papa viens il faut pas rester là, je te trouve encore pâle, pas de doute on sonnait à la porte, il sursauta, tu rêves Charlie j'entends rien, il regardait Marie-Marie avec des yeux affolés, la regardait fixement et soudain elle couvrait ses mains de baisers, oh Marie tout cet amour foutu par les fenêtres, et Charlie sentait à nouveau monter la nausée, mon Dieu il faut que je tienne le coup, il poussa un gémissement et s'interdit de faire le moindre mouvement, la voix de la petite fille continuait sa lointaine litanie, je t'aime je t'aime, il se jeta soudain sur le siège des cabinets, pour comprimer son cœur c'était impossible, oh Seigneur pas ça, pas le cœur, il tenta de sourire, je t'aime je t'aime, Charlie quand tu meurs j'ai l'impression qu'une partie de moi se détache, mais non tu vois, c'est juste de la bile, il se vidait et son corps n'était plus qu'un gouffre, plus il se penchait sur la cuvette et plus Papy Morelli et ses dingues s'en donnaient à cœur joie, ils tapaient sur sa tête avec des matraques courtes, toujours au même endroit, oh Marie ne reste pas là, et d'ailleurs tout était noir.

Il était au fond de la cuvette.

Lettre carambouille,
j'en peux plus, j'en ai marre.

Chère tante Zo,

Rien ne va plus. C'est chienlit verte. Je suis morte dans le dos. Je n'aime plus personne. Alors ce simple mot d'écrit pour te demander POURQUOI?

Pourquoi dit-on?
un père dénaturé.
un enfant prodige.
un fils prodigue.
un amant terrible.
une fille à soldats.
un oncle d'Amérique.
un papa gâteau.
une femme fatale.
un cousin germain.
une cousine bête.
une mère abusive.
une tante à héritage.

et un parent par alliance.
Hein? Pourquoi?

Ta dévouée Marie-Tempête.

Pas plus tard que dimanche, Charlie a disjoncté. Il a écopé sous ses cheveux en brosse d'une implosion méritée, je trouve. Le genre de pernicieuse intumescence liée depuis treize ans à un phénomène de trop-plein affectif, principalement rempli goutte à goutte par le robinet qui fait hi de Benjamin, enfant autistique.

A huit heures du matin, Charlie est monté dans son bureau. A onze heures, il en est ressorti avec les mains devant les yeux. Un chaud tumulte enfermait sa respiration dans un coffre oppressant. Sa bouche était crispée par la déglingue. Extrasystoles à tous les étages. Il comprimait le holster de son cœur d'où s'échappait une fontaine de révolte suractivée. Il se sentait les forces du mal.

Après s'être avancé comme un zombie sur le palier, il essaya de contrôler ce lasso imbécile dont les nœuds se rattrapaient dans son estomac et remontaient spasmodiquement pour lui enserrer la gorge. Derrière la porte de sa chambre d'enfant, Benny lançait son habituel cri subaigu. S'il s'interrompait, c'était pour siffler, puis, trois fois d'affilée, il se giflait l'oreille. Et ainsi de suite, en cadence, il criait, sifflait. Se frappait.

Charlie est entré dans la foutue piaule. Elle était blanche. Elle était nue, à part les jouets empilés sur les meubles ou dispersés sur le sol. Benny était grimpé tout en haut de la commode. Il tirait sur ses chaussettes rouges. Il a bien ri en voyant son père dans un état de délabrement pareil. Le sacré gosse avait une manière de se marrer la plus féroce qui soit. Un rire à vous fendre la tête. Charlie s'est ouvert en deux. Il n'y pouvait rien. Il s'est dit clairement : « Cette fois, ça y est. Je tombe vers le haut. Je viens de m'ouvrir, je sens cette sacrée brûlure, le damné gosse a eu ma peau. » Charlie s'est mis à courir comme une oie sans tête. Il fallait qu'il bouge. Sur son passage, il renversait les meubles du palier. Il a dégrafé sa chemise et est revenu sur ses pas. Il a retourné le lit de Benny qui puait pas mal l'urine et cassé la plupart des jouets. Le foutu électrophone, Jimmy Fast en lambeaux et toute la pile de disques de Mozart. La chiotte soit de la grande musique. Charlie détestait la terre entière. Benny tirait sur ses chaussettes, il hurlait de rire.

Charlie est descendu dans le hall, il a ramassé les poussières de sa vie, il a pissé sur les hémérocalles, tant pis pour la composition florale, il a pris sa casquette et s'est jeté dehors en boitant. Il est allé sonner chez la voisine. Il l'a baisée au vol, debout contre la porte, son visage moche à moitié caché par les pelisses, les manteaux, les flanelles. Il l'a baisée. Elle ne s'y attendait pas, mais elle a trouvé que c'était une bonne journée pour elle.

– Cinq ans que j'attendais la pluie, a-t-elle commencé à dire.

Mais, sans égard pour cette sécheresse métaphysique, il cavalait déjà dehors en boitant. Il venait d'entrer dans une peau à neuf vies et se déhanchait pour accomplir le reste. Il aurait pu voler ou tuer quelqu'un sans s'en apercevoir, tellement il avait l'impression qu'on essayait de lui défoncer le crâne à coups de maillet. Il boitait. Il avait la nausée. Il se mit à courir, la main devant sa bouche. Bon dieu, il ne fallait pas qu'il dégueule, plus il allait faire de conneries et plus il se rendrait de liberté. Pouacre de sa propre saloperie, il boitait vers les péripéties comme on court après la résurrection. Encore plus de dégoût et je me convertis! Il boitait vers la grâce de Dieu, à droite du prunier, sur les autoroutes, il courait, il se défendait bien avec ses poumons, il suffisait qu'il se retienne de gerber, vas-y Charlie, tes conneries t'allongent, tu cours plus vite, n'oublie pas de boiter, et quand enfin il se laissa tomber sur le siège de sa Mercedes, il sut qu'il était suivi, que les tueurs étaient après lui, et l'idée de son propre meurtre lui parut inévitable, ténèbres rassurantes d'une vérité qui se rapprochait, plus vraie, plus aiguë que celle des faits eux-mêmes, inventés la plupart du temps, lecteur ne croyez pas tout ce qu'on vous raconte, pourquoi par exemple aurait-il baisé la voisine, je vous le demande, une femme sur le retour de plaisir et qui ne soupçonnait même pas la tempête qu'il avait sous le crâne, tandis qu'à petite vitesse, bonjour mademoiselle Rigault, bonjour monsieur Floche, il passait devant chez elle, numéro 51, la saluant courtoisement, avant d'accélérer avec la rage d'un homme désespéré, allez, direction l'autoroute, et derrière lui tous les chiens de l'enfer lâchés, la poursuite commençait, Papy Morelli et sa section Haine de l'Espoir dans le rétroviseur, assassins fidèles, ils étaient là.

Lettre dans un ascenseur
1er juillet

Chère tante Girafe,

Pour cause de père disparu, figure-toi que je suis à Paris depuis quatre jours.

Maman m'a confiée à mon oncle Olivier afin que j'aille au Louvre et que ça me désénerve. J'y ai vu des Léonard de Vinci, des Fragonard en costumes, des Rubens ainsi que d'autres tableaux peints par des inconnus célèbres. Oncle Olivier est assez sympathique dans sa spécialité de monteur de cinéma. Il l'est malgré sa barbe qui ne fait pas toujours plaisir aux enfants qui l'embrassent, elle mousse. Mais j'aime Olivier parce qu'il a fait la révolution de 68 et qu'en vertu de ses principes, il vous livre à vous-même. Vous pouvez en profiter pour fuguer et je ne m'en suis pas privée, au lieu d'aller faire la conne sur les graviers du Luxembourg. C'est ce qui t'explique ma présence tout en haut d'un gratte-ciel de trente-huit étages.

Je l'ai choisi à la Défense pour son ascenseur haute destination d'où je t'écris cette lettre. La cabine est confortable. Assise sur le tapis-moquette, j'y voyage chaque après-midi avec des inconnus qui travaillent dans les pétroles ou la publicité.

Déjà trois jours que je reviens au même endroit. Les types changent de cravate mais personne ne m'a jamais demandé où j'allais. A Paris, les gens ont perdu le scrupule de s'intéresser à toi. C'est chacun pour sa pipe. Tu peux casser la tienne, n'importe! Du moment que tu ne barres pas leur route aux Parisiens, ils s'en foutent pas mal de ta saleté de vie carabosse. Ils passent. Ils ne s'arrêtent pas. Une sacrée couche d'indifférence les tartine.

Elle se voit surtout à l'œil nu dans le métro. Les couloirs sont remplis de chômeurs alcooliques acculés au cafard ou qui jouent désespérément de la musique avec des écriteaux qui les plaignent. Les gens les enjambent sans leur donner un sou. Ça ne donne pas envie d'être dans la mistoufle.

Moi, remarque, les passagers de l'ascenseur voient bien que je ne chôme pas ni rien. J'écris, je lis, j'écoute monsieur Mozart dans mon walkman. Je vis les yeux fermés, les oreilles sourdes. Peut-être un peu coincée mais si joliment douce. J'attends patiemment d'être une star. Ça les apprivoise. Ça les dérange pas. Ils s'en tapent.

Je suis dans l'ascenseur. Ça monte et ça descend. Ça monte et y a pas de vent. J'en profite encore un peu.

Ta dévouée Marie-Marie.

Chrono sphinx, le temps s'est détraqué.

Huit jours que nous dérivons vers le Nord, Charlie. Belgique, Hollande, Luxembourg. Belgique à nouveau, et maintenant retour par les Flandres. L'autoroute est une prison. Voilà les barreaux que tu nous donnes. Stricte obéissance au règlement, Charlie. Notre itinéraire suit les nœuds des échangeurs. Ne jamais faire demi-tour. Pas de marche arrière. Ne pas s'arrêter. Ne pas marcher sur la chaussée. Garder ses distances. Allumer ses codes. Se relaxer régulièrement sur les aires de stationnement.

Huit jours sans desserrer les dents, Charlie. J'ai beau être avec toi, appuyer sur tes épaules, tu ne me vois pas. Tu ne veux pas m'entendre. Tu ne me souhaites pas.

Nous n'avons rien écrit.

Ta barbe a poussé, Charlie. Tes yeux sont des lièvres inquiets. Dans le rétroviseur, la Lincoln Zéphyr de nos poursuivants devient parfois un point qui recule vers l'infini. Tu accélères, Charlie. Mouvement lisse dans un monde clos. Rayonnante déchirure. Tu te mets à sourire, puis à rire en pensant à la déconvenue de Papy Morelli et de toute sa foutue section Haine de l'Espoir si tu arrives cette fois encore à leur échapper. Douze heures de sursis. Une nuit pour boire à la santé du serpent. Accélère, Charlie! Fonce! Le pied dans le plancher! Plus vite! Deux cents, deux cent vingt à l'heure. Plus près de la limite, Charlie! Deux cent cinquante. Tu peux! Roule les yeux fermés.

A la tombée du jour, nous ferons halte dans une station-service tressée par les néons. Nous boirons de la bière. Du schnaps. Nous ferons mille nuits. Mille bombances. Nous échangerons la mort contre la vie avec des gens que nous ne reverrons jamais. Nous troquerons quelques maigres misères, des recettes de plaisir fruste contre des bourrades de camionneurs. Au milieu des plaisanteries salaces des bords de comptoir, les rondeurs d'une barmaid feront bander l'air. Fumée, lourdeur d'alcool et rires de gorge, entre Ostende et Amsterdam, cette nuit, la dernière fois, nous serons ivres, rancuniers et batailleurs. Faiseurs de noises, chercheurs d'embrouilles, nous passerons la mémoire au falot. Qu'elle crève dans l'oubli! Qu'elle recule! qu'elle s'amenuise! Tu conjugues au présent, Charlie. Seule la minute compte. A la santé du démon! Au scalp! A l'égratigne! Nous chercherons des femmes sans tête, sans empreintes, sans âge et sans nom. Elles seront reines de nos verges. Nous pisserons Heineken, Geuze Lambic, Mort Subite. On nous couchera dans la plume. Nous sentirons la frite. Nous serons tout-puissants. Maîtres de nos rêves. Nous traverserons l'océan sur un pont habillé par Christo. Nous choisirons la côte Ouest, Hollywood-sur-Sunset! Nous enterrerons sa vie de garçon avec ce sacré sagouin de Bukowski. Nous pinterons des litres, des flacons, des gorgeons avec ce vieux Hank, viens gerber Chinaski! Nous nous suiciderons dans les eaux bleues de la piscine d'une star liftée, nous écouterons Giuseppe Panfido jouer des barcarolles sur son violon-tige. Nous monterons au paradis avec des dames galantes du body-body. Cent fois déjantés de la tête aux pieds, nous sécherons comme des buvards. Nous nous réfugierons sous les porches des églises, dix-huit tentatives pour devenir un saint, vas-y, Charlie. Pousse-toi du ventre, à vue d'œil il grossit. Voilà le jour qui point, le soleil qui rempile. Arrête de boire, il faut repartir. Nuit braséro qui recule. Nuit électrique. Petit matin dans la grisaille. Pâleur, les yeux caves. Papy Morelli en embuscade sur le parking. Un jappement bref. Des ordres. Peter Salerno, ses flingueurs qui s'élancent vers leur voiture. La poursuite qui reprend. Accepte ta mort, Charlie! C'est du reculer pour mieux sauter.

Huit jours que tu fuis. Accélère, ils nous suivent. Nous ne ralentirons plus à l'approche des travaux sur la route. Tant pis pour les ouvriers en cirés jaune fluo. Ils lancent des gestes vers les nues, souvent nous invectivent. Nains des enfers, qu'ils sortent de l'image, évacués par l'obscurité rugissante des rives.

Accélère, Charlie. Huit jours que je suis ton ombre. Que je te cherche et que tu ne me réponds pas. Au train où va ton silence, les heures s'épuisent, Charlie. Elles s'éparpillent.

Franchement, je ne sais plus...

– Je n'ai plus besoin de toi, écrivain. Ne cherche pas à me rejoindre avec tes phrases. Tu n'écriras plus un mot. Je garde le dernier chapitre. Il est pour mon père.

– *Ton père?* Il resurgirait, j'en étais sûr!

– Écarte-toi. Laisse-moi le passage. Vois, mes ennemis me poursuivent. Je suis harassé par le temps.

– *Ton père! Ton père qui t'oblige à boiter!*

– Mon père a tous les droits! Il bat en moi fidèlement. Hier, j'ai traversé le pays minier. C'est là qu'il était né. J'ai vu défiler les corons, un pays désolé. A Bruay, à Liévin, les terrils sont chiendent. Les femmes ont leurs maris dans les jambes. Le Nord des gueules noires est bradé. Tant de courage assassiné!

– Ote tes pas de ceux de ton père, Charlie. Le docteur Floche t'écrasera. Il est le poids du passé. Il t'écrasera!

– Comment le pourrait-il, vieux sagouin? Il est mort et enterré!

– Ton père est au fond d'un fauteuil. Il poursuit inlassablement un voyage immobile.

– Foutaises, écrivain! Mon père est mort! Il s'est tiré une balle dans la bouche. C'était le 20 août 44, exactement.

– Personne ne te croira, Charlie. Le docteur Floche est toujours là, au fond de son fauteuil. C'est un vieil homme de quatre-vingt-deux ans. Il bouge. Il respire en Bourgogne.

– *Il est mort*, te dis-je.

– Dis plutôt qu'il nourrit une haine rabâchière. Il l'engraisse de ses regrets.

– Ne l'accable pas, écrivain. *Il est à peine vivant.*

– Il s'est réfugié dans la maladie et la souffrance afin de poursuivre son monologue.

– *Il a si mal à la tête!* Depuis quarante ans, chaque jour est un enfer!

– L'homme est la sculpture de sa vie, Charlie. Quand ton père ne parle pas, de l'arthrite qui lui replie les doigts vers l'intérieur des mains, il se lève en grimaçant de douleur.

– *Il est beau! Il est encore beau!*

– Il s'en va en boitant jusqu'au piano désaccordé.

– *Il souffre. Mon père souffre!*

– De son médius recroquevillé, il tape un *la* sur le Pleyel. Il écoute sa résonance. La-a-a-a-a! Il pousse la note avec sa voix. Il fait la, mi, ré. Il chante quelques mesures d'un lied interprété par Jesse Norman, puis s'en retourne au fond du cuir, fanfaron de ses amours passées.

– *Les femmes! Il les a eues toutes!*

– C'est ce qu'il croit dans son cauchemar sénile. Une obsession. Une musique de foire qui trotte dans sa cervelle. Il laisse divaguer son regard. Le manège tourne. Des silhouettes mafflues font la ronde. Vite remplacées sur une toile de fond peinte en trompe l'œil, des courtisanes d'opéra défilent. Elles ont des manteaux ourlés de fils d'or. Les paupières ornées de paillettes. Des corps de lutteuses. Parfois la bouche chaude. Une tendresse asphyxiante. Et des seins rebondis qui allaitent, nourrissent et assassinent.

– Bravo, père! Profite de leurs bonnes grosses lunes blanches! Chante l'opéra dans leurs ventres! Cuisse les Walkyries derrière les portants du décor!

– Mirage, Charlie! Tout se passe au fond du fauteuil.

– N'importe. A son âge, pas de quartier! C'est ce qu'on voit qui compte. C'est ce qu'on a cru voir qui est arrivé!

– Nous y voilà, Charlie. *Qu'est-il donc arrivé le 20 août 44?*

Charlie a appuyé à fond sur le frein. En même temps, il a donné un brusque tour de volant vers la droite. La voiture a rebondi sur le bas-côté et, en chassant, elle s'est soulevée un bref instant sur deux roues avant de rebondir lourdement contre le sol et de s'immobiliser sur la bande d'urgence.

Charlie a allumé ses feux de détresse. La merde soit du règlement. Ses yeux se sont posés au fond de moi. Après ces jours de séparation, c'était comme si nous avions rendez-vous. Il venait d'admettre que nous n'étions qu'une seule et même personne. Il faisait soudain trop chaud dans l'habitacle. Mes mains, les siennes, faisaient de l'eau. Elles se sont nouées machinalement sur son écharpe. Elles tiraient sur la soie par les deux bouts.

Nous étions l'heure qui sonne, Charlie.

– *Que s'est-il passé le 20 août 44*?

– Écarte-toi, écrivain, a-t-il dit d'une voix sourde. Tu me demandes là ce que je ne voulais pas même envisager. Un secret que j'ai tenu si longtemps enfermé en moi que les faits n'ont plus de sens. Parée des couleurs de la naïveté, leur cruauté appartient à l'imagerie d'Épinal. Jusqu'aux gestes des personnages qui me paraissent ampoulés et, cependant, leur théâtralité a marqué à jamais mon enfance d'une balafre que je n'ai jamais montrée à personne.

– Pas même à Victoire?

– Pas même à Victoire. Tiens, je suis un peu comme cette Thérèse dont je n'ai pas parlé et qui n'osait montrer ses seins qu'une fois l'amour fait.

– N'avons-nous pas fait ce livre?

– Nous n'avons pas dit toute la vérité.

– La quête mène invariablement au pied des arcs-en-ciel, Charlie. Plus le spectre de la lumière recule, plus le mystère est envisageable. C'est de lui qu'il faut se nourrir. De son épaisseur fluide et impalpable. Plonger, plonger au fond des lacs noirs, pourvu qu'ils soient trompeurs. La vérité est souvent molle. Le songe est fortifiant. Que le bateau existe pour celui qui rêve d'être capitaine! Partout est la tempête. La tempête est partout! Au coin du papier peint ou quand la terre se parfume.

– Plus question de rêver, écrivain. L'histoire EST la tempête de mon enfance. En 44, tu veux savoir le naufrage? Tu veux savoir? Je vais tout te déballer. Direct!

Zigzags, aucun. Et même tant mieux. Qu'on y aille! Qu'on se jette! Qu'on nettoie! Autant racler l'étal. Passer le jet sur la souillure. Qu'elle file au caniveau. A l'égout. Que l'enfoirure sèche une fois pour toutes – repos du docteur Floche.

Mon père a été arrêté à la Libération. Voilà pour l'aveu. C'est dit! Traîné en prison. Battu.

Ses gardiens lui ont craché dessus. L'ont humilié, à genoux sur la paille. Tapée de minus! Essaim de mouches! Festoyeurs merdeux! Tous miteux, les types! Pourris dans leurs bottes. Ah quelle racaille! Ces libérateurs d'occasion, récents héros d'opérette, rien à voir avec les vrais résistants, FFI depuis trois jours, sortant des brassards cousus la veille et s'érigeant en juges, pesants connards à pleins pouvoirs. Rigolade absurde de les voir se harnacher, porter leggins et revolver, s'avantageant la prestance d'un baudrier de gendarme, lieutenant ceci, capitaine cela. Hier boucher, paysan, plombier les mains dans le sanitaire, le béret soulevé, bien poli, bonjour docteur comment allez-vous, et tout soudain bombardés dans les grades, hissés redresseurs de torts, gardiens de la patrie en danger, avance sale boche ou je te mets mon pied au cul! Tout ça de la faute à Goethe! A cause de l'accent tonique qui nous avait perdu dans l'esprit de la populace. Sans compter la fréquentation des voisins de la villa Werther. Monsieur Frey, sa Rhénanie! Ses petits saxes, son accent à couper au couteau, alsaco de merde, ils faisaient pas la différence. Et ses coups de revolver. Tuer les chats du voisin! Dans quel pétrin on s'était mis! Où l'historique va se nicher! Et tiens, retour des hystéries, qu'on en finisse avec l'injustice de la bêtise, les plus versés disaient que mon père avait couché avec la Tasmanienne. Des horreurs, à mon avis. Père n'avait jamais rien fait de ce côté-là, j'en mets ma main au couteau. Ailleurs, je ne dis pas. Il avait sûrement enjambé des rombières. Voilà qui explique mieux la rancune. Mais pas seulement! Les mœurs incompréhensibles du docteur Floche se retournaient aussi contre lui.

Tiens, à Vermenton, les gens s'étaient mal accoutumés à sa maussade manière de parler peu. A sa silhouette maigre et oscillante. Retour des hôpitaux où on l'avait soigné en 41, il était méconnaissable. Il entretenait désormais des moustaches épaisses et tombantes. C'était, sur son visage allongé, une sorte de balai qui, à force de désir de propreté, aurait effacé la bouche, mince et furieuse. Les chapeaux du docteur Floche étaient devenus noirs, plats, à larges bords. Son cou s'emboitait dans des cols demi-souples d'où s'échappait par le bas la morphologie invariablement fade et rustique d'une cravate tricotée dans les gris.

Il s'avançait, le stéthoscope en avant, tâtant de la trompe, comme un pachyderme exténué, le terrain qu'à grands pas sautés il arpentait dans ses souliers noirs.

Parfois, il parlait seul dans la rue, soufflé par son obus comme j'ai dit, enfermé en lui, cadenassé, passant de phases d'abattement profond à des rebiffes d'agressivité notoire.

Dans ces moments-là, qui étaient légion, il entrait à l'improviste chez les commerçants ou traversait la place en courant, hélant un pékin de hasard pour lui parler dans le blair de cette fameuse attaque dans la forêt de Bitche, un déluge de fer et de feu, il fallait voir comme! Les chevaux des ambulances cabrés sous la violence du tir, impossible d'évacuer les blessés, et les râles des opérés ajoutés aux imprécations des artilleurs, le lieutenant Floche dans son grand tablier de sang, opérant sans relâche, huit heures de suite les bras dans la tripaille et dans le suint avant d'être emmené vers le ciel par un obus venu jouer les grandes orgues sous ses pieds.

Avec des yeux de visionnaire, il s'énervait à mesure, secouait mieux qu'un prunier celui qui l'écoutait poliment, l'obligeant à répéter ce qu'il venait de dire, revenant sur ses propres gestes, ses obsessions, puis l'abandonnait soudain pour un autre, transportant plus loin son angoisse, sa folie, déconnade à tous crins, malade de sa tête, mûr pour la provocation, l'interpelle, l'engueulade dans les lieux publics, calmez-vous docteur, plus jamais pareil, c'est certain. Neurasthénique, j'admets. A peine rafistolé, c'est sûr. Les nerfs fragiles. Comprenant rien au tragique Carnaval vert-de-gris qui jouait fifre, battait tambours, chapeau chinois et pas de l'oie sous ses fenêtres, il continuait à dire son Goethe, à chanter son *Or du Rhin* à la clientèle, tu parles, il avait beau déployer du génie à accoucher les femmes, un bataclan pareil, ça faisait crasse à la cambrousse! Les pécores, les marchands, les notables rêvaient tous de l'envoyer au poteau.

Mon père, tué vif par ces exténuants imbéciles! Crapules en tout genre! Lopaille de surcroît. Esprits étroits! Quarante ans après, je crie au meurtre! A l'assassinat! Racaille à tout jamais! On a tué mon père! Voleurs de ma jeunesse! Jocrisses de l'Histoire! Épurateurs de rien! Faux héros de sinistre toupet! Vous avez brisé ce que vous ne compreniez pas, ce que vous ne pouviez pas comprendre, mon père qui dépassait de la couverture d'indifférence étendue sur vous à jamais, pauvres gisants sans rage, foutriquets sans passion, passés à côté d'un homme qui marchait sur des échasses, cassé, pas réparable, mon père, ce fameux jour, mêlé à la foule pour regarder déguerpir l'armée allemande, il me grimpait sur ses épaules et me montrait les camions, les side-cars bondés de vieux Bavarois en déroute, applaudissant comme tout le monde à leur départ précipité, inconscient du deuxième acte, cinq minutes après le passage du dernier Fritz, sur un coup de baguette magique, les cloches de l'église qui se mettaient à valser, ding-dong, des tractions avant, des camions à gazogène qui débouchaient sur la place, croulant sous des bouquets de volontaires armés jusqu'aux dents, mitraillettes Sten, revolvers à barillet, ça arquebusait des coups de feu pire que pour une fantasia, odeur de poudre, partout c'était plutôt gai, coloré sous le soleil, des drapeaux sortaient de toutes les fenêtres, on lançait les bérets basques vers le ciel, guignols de se retrouver entre Français, les gens s'embrassaient, j'embrassais les gens, j'avais onze ans, pensez, j'avais perdu mon père depuis longtemps, bousculé par la foule.

Des lurons avaient mis du vin blanc en perce sous la halle. Ça chopinait à tous les carrefours. Ça y est, c'était fini, on rentrait du gris dans la couleur, bleu blanc rouge avec l'espoir, nous étions libérés!

On organisa sur-le-champ un grand bal populaire. Du haut des tréteaux, l'accordéon tricotait les valses. Hop, hop, les couples se nouaient. En avant la tournaille. A la guinchette, à la gambille, les filles avaient retrouvé leurs dents du bonheur. Et aussi on buvait. Je buvais. J'y avais droit. Tous les gosses à la chopine. « Bois un coup, mon p'tit gars, prends, c'est des vitamines! » Trois verres de blanc cul sec, ça c'est un patriote! Je me revois au beau milieu des rires des femmes, saoul perdu de chablis, je dansais enroulé dans les plis d'un drapeau. Des coups de revolver, le hennissement des Sten ponctuaient la beuverie. Une engueulade. Un trop-plein. Ça y est, ça recommençait. Et puis les scélérats sont arrivés, des commerçants, des péquenots, je les reconnaissais à leurs billes, ceintrés dans leurs ceinturons, l'air important sous les galons, exaltés par le chablis, vin pour la querelle, et sûrs de leur bon droit, ils ont commencé à déshabiller des femmes sur la place du marché.

– A poil, les collabos! Brûlez-leur les poils du cul!

On rattrapait celles qui s'esbignaient. On leur mettait des étiquettes au cou. Certaines valaient cent francs le kilo, le prix de la barbaque. D'autres paraissaient hors de prix. On leur servait la main aux fesses. C'était du maboulisme. Comme si la petite fête tournait frappadingue. Des dames que je connaissais pour la plupart, des ordinaires qui faisaient la veille leurs courses à cet endroit même, certaines qui ne commençaient jamais une phrase sans parler de la pluie du beau temps, des douleurs qu'elles avaient, d'autres parmi les plus jeunes qui éclataient d'un drôle de rire, le soir dans l'ombre des tilleuls, quand je rentrais du lait, et qui, une fois en peau blanche, semblaient tout engourdies de honte dans leur robe d'innocence.

– Elles ont couché avec les boches!

Brusquo, c'était sérieux. L'accordéon s'était tu. Venant du fond de l'assemblée, il y avait des cris. Au premier rang, les mauvais triqueurs avaient de la hargne dans les yeux. Le coiffeur sortit ses ciseaux, ses rasoirs.

– Marcel, passe-moi le coupe-chou, rapplique ici avec ta tondeuse.

Partout ça épilait. Tous volontaires pour voir la vraie rousse. Cinq-six hommes à la fois, les hommes entouraient les fautives. A genoux, salopes, on les tenait par la nuque, par les nichons. Qu'elles paient! La femme de l'adjoint au maire, la servante du bistro de la poste. Quand on s'écartait, elles étaient rasées. Elles baissaient la tête. Elles n'avaient plus de regard.

Besoin d'images? Vous en redemandez? Voilà du pire. Un droguiste revint avec ses pinceaux. On badigeonna la plus grosse des accusées avec de la peinture rouge. Du minium pour protéger de la rouille. Une ignominie de plus, un chien la léchait. Les spectateurs hurlaient de rire. La veulerie moussait sur les visages. Sur une autre femme, on fit des croix gammées au pochoir. C'était si follement drôle sur ses seins qu'on lui passa une laisse, qu'on l'obligea à danser. L'accordéon donna de la mâchoire. En avant la zizique. On retourna au bal.

Vous disiez que c'était fini, la souffrance? Ignobles salauds! Cuistres et scélérats, vous alliez aller bien plus loin. Vous iriez jusqu'au meurtre. J'aurais dû m'en douter, sur vos mines. Si c'était maintenant, je vous reconnaîtrais. Dans ces circonstances, périodiquement, on vous revoit. On vous retrouve. Vous êtes gens de knout, brutasses, macoutes et tortionnaires. Vous êtes de tous les temps, à jamais je vous chasse! J'étais un enfant ivre de vin et d'odeurs, je dansais dans les plis d'un drapeau. Dans ma poche une grenade. Mon père était en prison.

Soudain, des gens à brassards firent irruption dans le bal. Ils criaient :

– On fusille à la gendarmerie! on fusille les collabos!

Après le silence, la bousculade. Le sang des hommes pour l'exemple, on n'a pas si souvent l'occasion. Aussitôt, ce fut ruée. La foule se passait dessus pour aller au spectacle. J'étais sur le carreau, renversé, piétiné. Voilà le genre de barbarie qui manquait à la gloire.

Quand je me relevai, j'avais perdu mon drapeau. Un ivrogne continuait à valser au milieu des bouteilles avec des précautions d'ours. J'avais la sensation du malheur. Mes jambes tremblaient sous moi. Je pensais à rentrer le plus vite possible à la maison. Il fallait à tout prix que je retrouve mon père et ma mère et que je leur parle. Une fantastique envie d'aimer m'appuyait sur le cœur.

Le sol ne se sentait pas sous mes pieds. Je courais si vite. Je courais. J'ouvrais les portes devant moi. Grimpais l'escalier. Je criais :

– Les boches, on les a eus! on les a eus! Je viens chercher ma baïonnette!... je viens chercher ma baïonnette!

Sur le palier, je trouvai ma mère.

Elle était immobile dans la pénombre. Je me précipitai contre elle. Maman, elle me reçut dans ses bras. Je sentis contre ma tête sa poitrine nourricière qui se soulevait. Elle pleurait. Elle avait la saveur du sel. Pour la première fois, elle m'embrassait. Ma mère m'embrassait!

Elle dit simplement :

– Ton père est en prison.

Et je rougis d'humiliation.

– Qu'a-t-il fait? demandai-je. C'est un salaud? Dis, maman, c'est un salaud?

Sans attendre la réponse, je dévalai l'escalier. Je criai :

– Mon père n'est pas un salaud! Mon père n'est pas un salaud! C'est mon père!

En courant vers la gendarmerie, j'échafaudais des plans. J'avais ma baïonnette et je les tuerais tous. Ils étaient si nombreux. Des fesses et des jambes que j'écartais pour m'infiltrer. Me faufiler au premier rang. Comprendre ce qui se tramait. Ce silence si lourd. Le bruit des culasses qu'on armait. Une rangée de gendarmes. J'avançais. Des gens qui tenaient des torches. Les visages étaient pâles. Badigeonnés de leur vraie nature. Abandonnés à leur vilenie. A leur curiosité morbide. Une nuée d'éphémères se jetait pour mourir sur l'incandescence d'une lampe unique qui éclairait la cour. C'était la première fois que j'entendais cogner mon cœur, écrivain. J'étais si près de la salle des machines. Encore trois rangs à franchir. Sacrés sagouins, je haïssais leurs culs à hauteur de mes yeux. Qu'ils bougent. Qu'ils s'en aillent. Qu'ils ouvrent la haie. J'entendis la voix de l'adjudant de gendarmerie ordonner :

– Feu!

Il y eut un roulement de tonnerre. Je vis la flamme sortir des mousquets. Une ombre se recroquevilla à l'autre bout de l'esplanade.

– C'est Musard, le camelot, dit quelqu'un dans le noir. Il a fermé sa grande gueule.

– Encore heureux qu'ils l'aient pas manqué, dit doucement une femme à côté de moi.

Elle restait la bouche ouverte et, quoi qu'elle eût chuchoté, curieusement, tout le monde l'entendit. Comme un toast porté à l'hystérie, un éclat de rire général trinqua sur les visages. De groupe en groupe, il roulait. S'enflait d'une gaieté irresponsable. Dégelait les joues, faisait sortir l'air qu'on avait retenu. Ah, ah, ah, les gens avaient besoin de se réconforter, d'entendre le son de leur propre voix et de savoir que la mort qu'ils regardaient était juste.

– Cela suffit pour ce soir, dit l'adjudant de gendarmerie. Nous avons fait un exemple. Les autres seront jugés. Dispersez-vous.

On protesta pour la forme et on se dispersa.

On le fit d'autant plus vite que, précédée d'un vrombissement inquiétant, une explosion, puis deux, puis cinq, firent de la cour une joyeuse pétaudière, d'un côté les cailloux, de l'autre la poussière qui retombait encore lorsqu'une estafette à moustaches apparut en enlevant son brassard et hurla par-dessus la frayeur :

– Les boches sont revenus! Ils attaquent! Ils sont sur les collines. Ils ont des canons! Tout le monde aux caves!

En effet, les vieux Bavarois avaient changé d'avis. Plutôt que de s'exposer sur les routes, ils avaient décidé de tenir les collines. Les voilà installés sur le Polygone, refuge de corbeaux. Ils ont une demi-douzaine d'obusiers et entament une canarde qui sème la déroute chez les héros du moment. Encore une fois, chez les sauveurs de la France, voilà que le derrière prédomine. Cent fions spontanément dans le sens du départ. Sur les badines, ils détalent. Volée de moineaux, s'éparpillent. Ah les coquins! Les polichinelles en bottes de sept lieues! Deux trois boum boum de plus sur la cafetière et ils avaient vidé les rues, jeté les brassards aux orties, rendu galons, abandonné les armes. Redevenus civils, les athlètes de l'épuration! Liquide au fond des frocs, plongeant vers les caves, qu'il se mouche dans ses fèces, ce joli monde! Je me retrouvai seul avec l'adjudant de gendarmerie qui avait perdu ses gendarmes.

Perplexe, le sous-officier s'engagea dans le couloir qui menait aux cellules.

A travers les barreaux de la grande porte, je vis le troupeau las des gens arrêtés, au premier rang se trouvait mon père. Voyageurs obstinés sifflant dans le ciel, plusieurs obus passèrent au-dessus des toits puis s'écrasèrent au sol, ébranlant les murailles. Les prisonniers hurlaient, bramaient chacun pour soi qu'on les devait libérer. Qu'on ne pouvait laisser crever les gens dans une prison, sous un bombardement. Mon père s'approcha de la grille et adressant la parole à l'adjudant qui s'appelait Petitpain, lui dit :

– Petitpain, quelle importance? Maintenant nous allons tous mourir, alors laissez-nous sortir.

Petitpain était sur le point de se laisser fléchir. Il le dit aux prisonniers. Et ceux qui étaient auprès des grilles le firent savoir à ceux qui étaient au fond et n'entendaient rien. On se poussait déjà pour arriver dehors le premier. Là-dessus, Petitpain se fouille, retourne les poches de sa vareuse, change de nez, s'allonge, se plie, commence à se faire de la mie. Pas moyen de remettre la main sur les clés. Le trousseau a disparu. Ses gendarmes ou quelqu'un sera parti avec. On s'embrouille. On se regarde. Qu'est-ce qu'on fait? De nombreux obus sifflent. Miaou, les explosions se font plus proches. Par pleins seaux, le plâtre dégringole dans le couloir. L'adjudant cesse de fouiller ses poches, d'un bond il se jette à plat ventre. Côté mauvais français, idem on s'exécute.

Du haut du Polygone, les Bavarois godent comme des fous. S'en donnent à cœur joie. Pilonnent le village. Ratatinent les toitures à plaisir. Jouisseurs du plus rien à perdre, les vétérans de la Wehrmacht vont à dame, sabordent l'essentiel avant de lever la botte. Iront jusqu'à plus d'armes. Jusqu'à plus de munitions. Tant pis, qu'ils crèvent ceux d'en bas! Qu'on les enterre sous les briques! Hardi, mein Führer, les vieux chleuhs pilonnaient.

Les murs de la prison vibrèrent encore plusieurs fois, plus très sûrs de leur assiette. Les prisonniers, l'adjudant étaient crème sous la poudre des plafonds. Tous roulés dans la farine des plâtras. Acceptant la vacherie par le haut, tassés, meuglant de trouille en sourdine : On va tous y rester – jusqu'à ce que le docteur Floche eût relevé la tête, puis, immense, se fût redressé tout entier. Mon père, grand gibet noir sur les corps enneigés, hugolesque figure au-dessus des chienlits, sans un mot, démesuré, enfin digne de sa hauteur, blafard, me regardait. Avec une lenteur extrême, les mains tendues devant lui, il s'avança jusqu'à la lumière tombant d'un soupirail et sembla s'y noyer, transfiguré jusqu'aux épaules. Là, nimbé de cette radieuse clarté, il déploya ses bras, toute l'envergure, puis de sa belle voix chaude de baryton Verdi, face à ce Petitpain prostré à ses pieds, comme un grand premier rôle entouré de la figuration moutonnière des porteurs de hallebardes, il entonna une Marseillaise qui le faisait inexorablement monter au ciel. Mon père, allons enfants de la patrie, qui me faisait savoir qu'il n'avait rien fait de mal, docteur Floche, tellement au-dessus du troupeau, inexorablement il s'élevait au-dessus des pauvres laineux mérinos, peuple bêlant qui se redressait, échine après dos, profitant par capillarité de la dignité que mon père lui rendait, et reprenait en chœur qu'il fallait marcher, marcher, et qu'un sang impur abreuverait ses sillons. Voilà de l'historique, tas de cochons! De l'opéra! Du bas-relief!

De tout le reste, je me cure les oreilles. La reddition des vieux Allemands, les balcons refleurissant de tricolore, la guerre qui reculait, rien à chiquer. Pour moi, la pièce était jouée. Plus question de retourner à l'école. Le 3 octobre, il y eut encore cet harassant voyage de vingt-cinq kilomètres à pied pendant lequel ma mère et moi nous nous tenions par la main. La tête abritée d'un chapeau à voilette, Eugénie Schneider suivait les berges de la nationale 7. Avec un acharnement de bonne Lorraine, elle avait décidé d'aller ainsi jusqu'à Auxerre sans le recours des voitures qui ralentissaient pour nous prendre. Gens de corde, elle disait. Elle ne voulait plus de personne. Se méfierait à jamais des quidams, même pour demander sa route.

Nous avions mis nos meilleures nippes. Rien que du dimanche, malgré la canicule. Eugénie trottinait sur les poteaux de ses mauvaises jambes. Elle tenait bon. Je n'osais pas me plaindre avec mes pieds en sang. La faute en était aux galoches. A la guerre. Aux chacals. A pas de chance. Le choléra, c'était nous. J'étais sûr que nous n'aurions plus jamais droit qu'à cette incurable fatigue. Engourdi par la fatalité, les os douloureux à cause de la croissance, j'avançais à côté de nos ombres. Dieu de dieu, sous le soleil, nous étions les abonnés du malheur!

Le lendemain, vers midi, le docteur Floche nous est apparu. Silhouette à l'encre de Chine, il se tenait sur le seuil de la prison départementale. Il avait un carton à chaussures sous le bras. Une pomme dans la main droite.

Il a traversé la rue à longues enjambées et s'est arrêté devant nous. Il a prononcé le prénom de sa femme, Eugénie, en la regardant dans les yeux. Il a ajouté :

– Tu te rends compte? Aujourd'hui, c'est dimanche.

Et il s'est remis en marche dans les rues désertes. Nous le suivions sans rien dire. Mon père mangeait sa pomme. Nous sommes passés devant un boucher qui essuyait pensivement son fusil. Place des Migraines, nous avons pris un autobus rempli de petites filles qui me tiraient la langue.

A Vermenton, le docteur Floche s'est assis définitivement dans son fauteuil. Ma mère est montée dans sa chambre. Et je suis devenu un enfant derrière une vitre.

Voilà le tic-tac du temps, écrivain. Ici, je descends du manège. L'image se fige sur le regard d'un gosse penché à la fenêtre.

A reculons, le générique de fin se déroule très vite, comme à la télé. D'abord les petits rôles, les bonnes, les FFI, la foule en liesse, puis, pêle-mêle, les enfants handicapés, le contingent d'Algérie, merci au colonel Andrès, à la Thomson-Houston, aux parfums Houbigant, le docteur Reyna a tenu son propre rôle, mademoiselle Métianu – lacanienne – était interprétée par une élève du cours Florent, nos excuses au gourou Shri Krishnaswami Robert à qui j'avais promis son chapitre et qui ne l'a pas eu, aléa des personnages de papier comme je m'en suis expliqué, nous saluons au passage le talent de Justina Ostropowitch dont les robes sont de Poiret, les lettres blanches défilent à un train d'enfer, au générique encore je vois toute la bande de Cleveland, Adolf Hitler à la tempête, Eva Braun morte au lendemain de ses noces, Charles Grand Gaulle dans un sous-verre, Dimitri Tiomkin à la musique, Ozer Minz et sa famille – shalom! –, plusieurs centaines de vieux Bavarois, tante Girafe au teint si transparent, Bondoufle son amant du troisième âge, Mickey Mouse et les Craven « A », sans oublier les politiciens, les stratèges, madame Ballet, les journalistes et les critiques, les psychiatres et mon chat.

Voilà, c'est à peu près tout, je pense. Pardon à ceux que j'oublie. Les couleurs pour la vie étaient de Ripolin. Les barcarolles interprétées par Giuseppe Panfido au violontige.

Je propose un lent fondu au vert cruel. Les sièges claquent. Le public sort. La pellicule dégrenne du projecteur. 5, 4, 3, 2, 1, Start. A l'heure de la Croix de départ, je retiens la leçon de mon père. Être à genoux ou dominer. Je choisis la hauteur. J'opte pour les nuages.

Dernières forces pour une course vagabonde, j'allume le moteur de la Mercedes. La mort n'est pas douloureuse, écrivain, pourvu qu'on la choisisse. Juste un acte tendu, un éclair.

L'accélérateur accumule la rage sous le capot. Devant nous, l'autoroute est un porte-avions. Grondement, répit. Point fixe du désespoir. Toi et moi savons lire cette carte-là, écrivain.

A trois cents kilomètres en amont, Benjamin aussi est derrière la fenêtre. Il attend. Il attend de s'ouvrir au monde. Un jour, il enjambera les poules pour aller vers son père. Lui et moi avons rendez-vous dans un lieu imprévisible. En ramassant mes forces, j'irai bien jusqu'au bout du lointain, un pays sans maisons. Un territoire sans ombres. Il y aura des limons, une platitude heureuse. Pas de saisons. Aucune raison. Rien qu'une consternante et éternelle vastitude avec des saints et des vaches qui feront les cent pas en ruminant l'éternité. Fils! Comme j'ai aimé faire le chemin qui mène au pâturage!

Devant nous, je répète, l'autoroute est un porte-avions. Soudain, Charlie libère sa colère. La voiture s'assied sur ces roues arrière. Trois tours sur place. Une fumée bleue.

Un cri pneumatique. Et la Mercedes s'élance, catapultée vers la nuit. Ses feux de freinage s'allument avant qu'elle ne plonge dans le ciel de suie. Une bosse, elle a disparu. Absorbée par le vide. Bue.

Après elle, venant en sens inverse, un Mammouth semi-remorque bascule sur le tremplin de la piste. Fruits et légumes. Il défonce l'air humide en direction d'Amsterdam.

ÉPILOGUE

Charlie a été abattu dans la nuit de lundi à mardi. Au bord de l'autoroute A1. Sur l'aire de Bapaume. Au kilomètre 149.

Les camions de fruits et légumes remontaient vers le Nord. La pluie fouettait l'asphalte. Au ras des barrières de sécurité, les phares des voitures s'annonçaient en pointillés.

Papy Morelli et ses types de la section Haine de l'Espoir se sont chargés de l'affaire. Quand Charlie est ressorti de la sanisette en remontant son froc, ils étaient tous là avec leurs grands imperméables. Jimmy Belette et ses proxénètes, Joseph Bonanno, dit les Bananes, et la bande de Cleveland, il ne manquait personne. James Licavoli et Peter Salerno allumaient des yeux fous. Ils tenaient leur main droite enfouie dans leur poche.

En passant près d'eux, Charlie a juste dit :

– Merde, les gars, c'est un putain de film B que vous nous préparez là.

Il a gloussé le fameux saradjouglou du dindon. Il leur a tourné le dos et il a marché fermement vers sa voiture. Il ne comptait pas trop l'atteindre avant qu'ils tirent.

Les salauds l'ont assassiné comme il l'avait toujours souhaité : en plein mouvement. Trois balles dans la région lombaire. Il a fait une assez bonne chute dans la boue. Les bras en croix, pas le temps de fermer les yeux.

A l'avant-dernier moment, quelque chose qui aurait pu passer pour une idée vague et humoristique, tout au moins pour une ébauche de réponse à la troublante question de savoir qui sale la mer, a essayé de remonter le long de son cervelet. Mais elle s'est arrêtée sous forme d'une bulle d'air à hauteur de la scissure de Rolando.

Devant cette absence de réponse claire, les yeux de Charlie et sa bouche aussi ont eu le temps de dessiner un sourire navré. Les salauds lui ont coupé définitivement la lumière avec une balle dans la nuque. Le moribond a tendu la main vers le velours de la nuit pour essayer d'attraper la queue du Mickey. Pas étonnant qu'il la manque, cette saloperie de souris n'était jamais passée aussi loin de lui. Quelle importance?

La pluie s'est arrêtée. Les types de la section Haine de l'Espoir ont brossé le chapeau du mort, ses vêtements, et ils ont téléphoné à Justina Ostropowitch.

Elle est arrivée moins d'un quart d'heure plus tard dans son Hispano-Suiza. C'est ce foireux de Jérôme Bidochon, avec sa coupe au rasoir, qui conduisait.

Il avait la gueule en sucre sous une casquette plate. Justina était habillée en Reine des Abeilles. Elle a haut-talonné jusqu'à Charlie. Jamais ses hanches n'avaient fait un foin pareil pour aller retrouver un homme.

Elle s'est penchée sur le cadavre et, les paupières englouties d'ombres noires, elle a posé sur Charlie l'étrange lumière de ses crayons eye-liner. Elle a secoué la tête avec incrédulité et la nuit entière s'est mise à puer Shocking de chez Schiaparelli.

Elle a susurré avec sa voix d'oasis :

– Amour joli! T'ai-je assez dit de ne pas me quitter!

Elle a déroulé ses lèvres comme une trompe et elle a séché le sang derrière ses oreilles. Ensuite, elle a fait disparaître toutes les plaies grâce au pouvoir magique de sa salive. Envoûtante Justina! Avec son goût de venin dans la bouche et sa taille de guêpe, Charlie aurait dû se méfier! Elle était dans le coup de sa destruction depuis le début.

La veuve marinière s'est dressée avec son port de Reine. Elle a bougé ses yeux à facettes. Son visage d'insecte s'est durci à hauteur des mandibules. Son teint s'est repeint en vert cruel. Avec une sublime insolence, elle a claqué des antennes et, conduite par son homme de sucre, elle est repartie en Hispano-Suiza.

Les gars de la section Haine ont transporté le corps de Charlie à son domicile. Ni vu ni connu. Crise cardiaque.

Ils sont passés par le balcon.

C'est Marie-Mad qui a découvert son père le lendemain matin. Charlie dormait dans son lit. Son visage d'obèse était calme. De sa main ouverte par le sommeil réparateur, il avait laissé échapper le manuscrit de ce livre.

En se penchant pour l'attraper, la petite fille en éparpilla les feuillets. Trop curieuse pour résister à la tentation, elle s'assit sur le sol et en entama la lecture en commençant par le dernier chapitre.

Les mots de Charlie étaient méconnaissables. Ils y chantaient une chanson pour enfant-plume. C'étaient des mots d'espoir si près du cœur de Benjamin que Marie se mit à pleurer avec des larmes incroyablement chaudes, des larmes comme elle n'en avait pas vu passer dans ses yeux depuis plus de trois ans. A ce compte-là, même une péniche aurait pu naviguer dans la chambre, et plus besoin pour sangloter d'avoir recours au chagrin occasionné par la perte des vieux morts. Marilyn et Groucho Marx étaient sur la touche.

Derrière les rideaux de la chambre, les animaux du parc s'étaient mis de la partie. Ils interprétaient la scène rose bonbon de ce lumineux matin avec une sentimentalité compassée. Descendus de leurs arbres, les merles, les mésanges, les écureuils jouaient de l'ocarina, du yukulélé et du violon-tige. Tout était chouettement cul et pistache clair. Exactement comme dans un dessin animé de Walt Disney. Ben et Jimmy Fast tenaient le devant du tableau. Ils déjeunaient au milieu d'un parterre de lapins et de campagnols en habits de gala. Ils mastiquaient des chamallows en faisant des projets de fabuleux voyages avec Bao-Bao. Une nouvelle vie ripolin commençait.

D'ailleurs, un manège flambant neuf avait planté sa toile devant la maison-ventre. Depuis la pelouse, Samothrace appelait les enfants. Sans les attendre, elle s'élançait pour atteindre au passage le licol d'un gros canasson blanc. Une fois en selle sur le palefroi, personne ne trouvait bizarre qu'elle eût revêtu une armure pour la circonstance. Jeanne d'Arc et l'oriflamme, elle y avait droit, Samo. Et aussi de tendre la main pour attraper la queue d'un gros Mickey tout neuf.

Dans le parc, il y avait un type à visière bleue qui filmait toute cette sensiblerie en sucre candi et qui n'avait peur de rien avec son sans-gêne américain.

Il avait juché sa caméra sur une grue et le cadreur, partant du plan général, descendait en travelling panoramiqué pour finir pile dans l'axe de la chambre, où il s'engouffrait en passant par le balcon. Sur son passage, le rideau ondoyait de ce frisotis imperceptible, tellement romantique, qui faisait la marque des films des années 50 et, techniquement, le mouvement d'appareil était aussi parfait que dans une œuvre de Stanley Donen.

D'ailleurs, la caméra Mitchell s'immobilisait avec précision pour capter un gros plan de Marie-Mad. Avec ses faux airs de Debbie Reynolds, elle papillotait des yeux et, à travers la buée de ses larmes de joie, elle se découvrait avec satisfaction dans la glace de l'objectif. Il lui semblait qu'elle était devenue une grande jeune fille mince, avec des cheveux blond platine, un manteau de reine de beauté et des cuisses un peu fortes.

Le metteur en scène la rassurait sur ce point. Tout au long de sa carrière, elle serait toujours photographiée en gros plan, de cette façon ses cuisses pourraient atteindre le volume qu'elles voudraient. C'était une suffisamment bonne nouvelle pour que Marie entame une nouvelle bouchée au chocolat. On la filmait en gros plan et elle avait un délicieux goût de cacao amer dans la bouche. Et tout allait de mieux en mieux pour elle, parce que, sans rire, debout au pied de l'arc-en-ciel, son père Charlie venait de lui poser la main sur la tête.

Il avait une très belle main, à la fois fine et puissante. Et l'ombre de ses doigts sur son front était rafraîchissante malgré les sunlights. Pas douteux, Charlie était magique. S'il posait sa main sur vous, hop, vous étiez une star. Une vraie star. Tout ce que vous aviez à faire pour vous sentir bien et être payée mille millions de dollars, c'était de continuer à pleurer doucement.

A votre insu, Charlie avait placé la ficelle d'un cerf-volant dans votre menotte, et bon sang, pourvu que vous ayez su garder un regard d'une grande pureté, le ciel prenait une couleur de victoire.

Indéniable.

Benjamin Floche prononcera sa première phrase à dix-sept ans. Il dira à voix claire et distincte : « Qu'elle est con, cette chaussette. » Ses propres mots. On sera en 1990, exactement. Cette année-là, le Petit Chaperon Rouge aura presque trois cents ans. Brrr, comme le temps passe.

Cet ouvrage a été réalisé sur
Système Cameron
par la SOCIÉTÉ NOUVELLE FIRMIN-DIDOT
Mesnil-sur-l'Estrée
pour le compte des Éditions Mazarine
en septembre 1986

Imprimé en France
Dépôt légal : septembre 1986
N° d'édition : 2556 – N° d'impression : 5370
43.01.0262.02
ISBN : 2.86374.245.0